D1103431

TANTRAS

LES ROYAUMES OUBLIÉS AU FLEUVE NOIR

TANTRAS

par

RICHARD AWLINSON

FLEUVE NOIR

Titre original :
Tantras

Traduit de l'américain
par Michèle Zachayus

Collection dirigée par Patrice Duvic
et
Jacques Goimard

© 1989, TSR, Inc.

© 1994 Editions Fleuve Noir pour la traduction en langue française et la présente édition.

ISBN : 2-265-00218-6

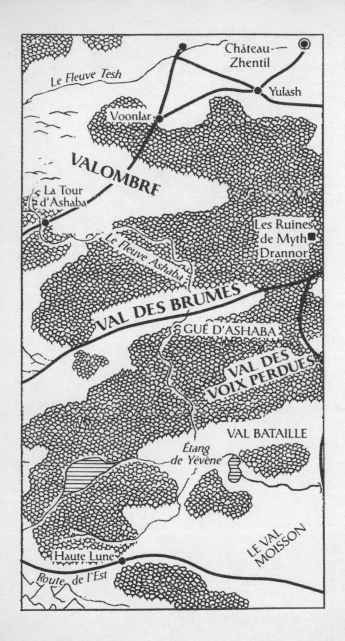

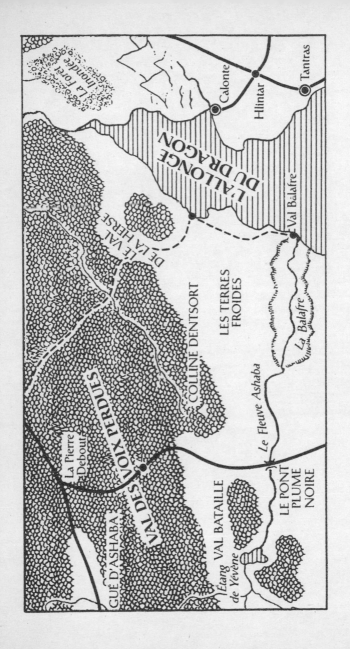

PROLOGUE

Toute sa vie, Forester avait vécu dans le Val des Ombres. Il avait bravement combattu les forces de Zhent pour défendre le pont du fleuve Ashaba, à la frontière ouest de la vallée. A présent, il peinait en compagnie de ses amis pour transporter les cadavres et tenter de les identifier. Un prêtre du dieu Lathandre, presque aussi habile que Lhaeo, le scribe de feu Elminster, consignait par écrit le nom des défunts à mesure que le grand gaillard les énonçait.

— Voici Meltan Elventree, fils de Neldock, dit-il d'une voix sans timbre, attrapant le garçon mort par les aisselles.

Au bout du douzième cadavre, anesthésié, il avait oublié son chagrin. Après avoir hissé dans les charrettes plus d'une cinquantaine de corps, y compris ses amis proches et des parents, il ne remarquait plus que les différences de poids des morts.

— Pauvre gars, soupira le prêtre. Neldock aura le cœur brisé.

— Il a un autre fils, remarqua Forester d'un ton

froid, hissant le cadavre sur les lattes de bois du chariot. Tu sais, Rhaymon, je ne pensais pas que tu serais si sensible. Lathandre est le Dieu du Renouveau, n'est-ce pas ? Tu devrais te réjouir que ces hommes aient une chance de tout recommencer.

Rhaymon ignora les sarcasmes, et relut ses tablettes avec soin.

— Tant de beaux jeunes gens. Tant de chances gâchées.

L'immense Forester écarta ses longues mèches de cheveux noirs. A l'instar de ses compagnons, il était en sueur et maculé de sang ; il sentait la fumée et la mort. Il passa ses mains douloureuses sur sa tunique marron, puis jeta un coup d'œil au paysage désolé.

La forêt était auréolée de brumes d'un gris bleuté. Une pluie miraculeuse avait éteint les feux allumés par la stupide magie des troupes du Seigneur Baine le Fléau.

La ville de Valombre et le continent de Féerune dans son ensemble étaient tombés dans la prostration. Les dieux, chassés des cieux, avaient usurpé l'identité de leurs avatars - leurs hôtes humains. Depuis lors, les certitudes n'existaient plus.

La course du soleil était irrégulière. Parfois, il ne se levait pas ; d'autres fois, quatre astres du jour apparaissaient à l'horizon. Il neigeait ; l'instant suivant, il pleuvait des cordes - *littéralement*. Les règnes végétal, animal et humain ne répondaient plus aux lois connues. On assistait à des transformations, à des évolutions ; tantôt belles, tantôt horrifiantes.

Pire encore, l'art ancestral de la magie était devenu totalement imprévisible, voire dangereux pour ceux qui s'y essayaient. Les mages, qui auraient dû être à même de rectifier le tir, étaient les plus redoutables propagateurs du mal. La plupart s'étaient cachés pour méditer sur le problème, mais les entêtés découvraient à leurs dépens que les sorts étaient désormais plus capricieux que la course du soleil. On murmurait même que Mystra, Déesse de la Magie, avait été détruite, et que son art ne serait plus jamais viable sur les terres de Féerune.

Le grand Elminster, le mage le plus puissant des Royaumes, était tombé, victime du chaos. Deux étrangers venus l'aider à défendre le temple de Lathandre l'avaient assassiné. On exigeait leur châtiment, on criait vengeance. Contre ce crime, le peuple pouvait encore réagir.

Le chaos faisait partie intégrante de l'existence. Le monde échappant à tout contrôle, mieux valait s'en accommoder. Fermiers et artisans étaient retournés à leurs tâches, et tant pis si leurs plantes leur adressaient des discours, ou si leurs outils se changeaient en verre entre leurs doigts, et se brisaient en mille morceaux.

Dans le Val des Ombres, les hommes des collines s'étaient battus contre les armées maléfiques de Zhent, leurs ennemis héréditaires du nord, comme ils l'eussent fait contre tout autre envahisseur. Bien des braves y avaient laissé leur vie. Sans l'arrivée des chevaliers de Myth Drannor et des cavaliers du Val des Brumes, la Vallée aurait été vaincue et asservie. Maintenant la guerre était finie et les survivants, comme toujours, devaient enterrer leurs morts et rebâtir.

Au nord-est, la route commerciale grouillait de citadins et de soldats affairés à rassembler les cadavres et à désamorcer les pièges. On démantelait les barricades à l'aide d'équipages de chevaux. La route serpentait à travers bois, là où s'était concentré le gros de l'offensive, la veille.

Forester fut tiré de ses rêveries par un hurlement sauvage parvenu des bois. Rhaymon jeta des coups d'œil nerveux autour de lui ; Forester ricana.

— Ce n'est qu'un charognard... Un félin ou un loup attiré par l'odeur du sang.

Le cadavre suivant était un jeune soldat zhentil, en armure noire. Forester jura et le tira sur un côté de la

13

route, avec les autres. Le Zhentil gémit doucement.

— Bon sang ! s'exclama le géant. Il vit encore ! (Il égorgea le jeune homme inconscient.) Repose en paix, mon brave.

Rhaymon fit un signe de tête approbateur. Forester prit place dans la charrette qui s'ébranlait et le prêtre suivit le funèbre convoi d'un pas las et triste en vérifiant sa liste de noms. Aussitôt retentit derrière eux un cri strident. Rhaymon se retourna à temps pour assister à l'étrange dédoublement du jeune homme qui venait d'être égorgé : son corps astral fut arraché de sa dépouille encore chaude par d'invisibles forces.

— Tu paieras pour ce que tu as fait ! promit la projection astrale, regardant son meurtrier. Toute la Vallée paiera !

Forester perdit l'équilibre et tomba. Le spectre se rapprocha des deux hommes. Le géant croisa les yeux pâles du mort, y lut la rage et fit ses prières.

Rhaymon réagit plus agressivement :

— Va-t'en ! hurla-t-il, brandissant son symbole sacré, un disque de bois rose. Seigneur Lathandre, Dieu du Printemps et du Renouveau, aide-moi à bannir ce spectre et à le renvoyer dans le royaume des morts !

Le fantôme éclata de rire. Forester fut pris de faiblesse en réalisant qu'il voyait à travers sa silhouette la terre carbonisée et les arbres brûlés. Sa dague ne lui servirait de rien contre un esprit.

— Allons, allons, Lathandrite ! fit le fantôme avec un large sourire. Les dieux foulent les terres de Féerune, ils ne sont plus dans leur tour d'ivoire ! Le Seigneur Myrkul ne règne plus aux Enfers, n'espère pas que j'aille disparaître dans une coquille vide ! En outre, où est ton dieu ? Crois-tu vraiment qu'il va répondre à tes prières ?

Un groupe de compatriotes s'était approché pour mieux voir le spectacle, comme à la foire. Un voleur, mince et sec, au nez crochu, se rangea au côté du géant saisi d'épouvante.

— Que vas-tu nous faire ? demanda Cyric au fantôme trop bavard. Personne ici ne craint un Zhentil vivant. Alors, un mort...

Le voleur aux cheveux noirs avait été son chef de guerre, songea Forester. Brillant et capable, il avait rallié toutes les volontés contre un ennemi très supérieur en nombre : la cavalerie zhentille, menée par le puissant sorcier Fzoul Chembryl. Mais l'amitié de Cyric pour les assassins présumés d'Elminster le rendait suspect aux yeux du plus grand nombre. Une bouffée d'air froid surgit : la créature d'outre-tombe glissa vers le nouveau venu qui le défiait en plissant les yeux - ces yeux étranges qui pouvaient voir la nuit.

Elle ouvrit les bras pour étreindre sa proie.

Cyric éclata de rire : le fantôme n'étreignit que le vide.

— Tu n'es pas un véritable mort-vivant, dit-il avec un air faussement blasé. Rien qu'un produit de plus du chaos qui règne dans les Royaumes !

Cyric se détourna et s'éloigna avec dédain.

Le soldat zhentil poussa un long hurlement de rage, dans l'indifférence générale. Les spectateurs retournèrent à leurs occupations. Forester courut rejoindre Cyric. La projection astrale s'évapora en gémissant.

— Comment... comment savais-tu ? voulut apprendre le géant, qui reprenait son souffle avec peine.

Son ancien chef s'arrêta et lui fit face :

— As-tu vu quiconque s'enfuir en courant ? Te sens-tu plus vieux ?

Le visage de Forester refléta la plus totale confusion.

— Plus vieux ? Bien sûr que non ! Ai-je l'air plus vieux ?

— Non. J'ai vite compris qu'il ne s'agissait pas d'un véritable spectre : quand un méchant homme périt, son fantôme est si atroce qu'il suffit de le voir pour vieillir de dix ans. De plus, les fantômes irradient la terreur. (Il s'impatienta, voyant que Forester ne comprenait pas.) Tu ne paraissais pas plus vieux, les badauds ne s'enfuyaient pas à toutes jambes : ce n'était donc pas un vrai fantôme.

Forester acquiesça évasivement, tentant de comprendre ce qui était arrivé.

Bande d'idiots ! songea le jeune homme.

— Ecoute, nous en reparlerons ; j'ai besoin de voir Kelemvor. On m'a dit qu'il était ici il y a deux heures.

— C'est vrai, mais il est reparti dans les bois. Je ne l'ai pas revu.

Cyric s'en fut en jurant.

— Méfie-toi des bois ! l'avertit Forester. On a entendu le cri d'une bête fauve, tout à l'heure !

Sans aucun doute celui d'une panthère, songea le voleur. Kelemvor rôdait dans les parages. Cyric tira son épée du fourreau et pénétra dans les sous-bois avec circonspection.

Des filaments de brume s'accrochaient aux frondaisons, rendant l'atmosphère pesante. Les yeux bruns du voleur s'injectèrent de sang, des larmes d'irritation ruisselant sur ses joues hâves, encore crasseuses. Il se fraya un passage à travers les bosquets de chênes et les enchevêtrements de lianes. Petit à petit, l'air redevint respirable. Il s'arrêta devant un bouquet d'arbres sombres, un peu trop silencieux, découvrit une touffe de poils noirs accrochée aux épines. Puis il entendit derrière lui des craquements secs de brindilles et se jeta derrière un tronc d'arbre en brandissant son épée.

Un archer zhentil, maculé de sang, surgit, à bout de souffle, et passa près de sa cachette, jetant sans cesse des regards inquiets par-dessus son épaule. Des oiseaux au plumage bariolé s'envolèrent à tire-d'aile sur son passage.

Cyric voulut grimper dans un arbre, mais son regard de nyctalope, au dernier moment devina de gigantesques toiles d'araignée poisseuses ; il resta sans bouger.

Une grande panthère noire entra en scène. Elle se rua vers le nord, sur les traces de sa proie essoufflée. Les beaux yeux verts brillaient de la joie mauvaise de lui donner la chasse.

— Kel, murmura le voleur.

Il entendit un cri strident, suivi d'un rugissement.

Cyric sentit monter en lui de la pitié pour son vieux compagnon d'armes. Kelemvor Lyonsbane, le puissant guerrier, partageait ses aventures depuis un an, ainsi qu'Adon, prêtre de Sunie, et Minuit, magicienne aux cheveux de jais et au caractère bien trempé. Et voici qu'Adon et Minuit, accusés du meurtre d'Elminster, étaient emprisonnés au donjon de la Tour Tordue en attendant leur procès. Quant à Kelemvor, il ne pouvait échapper à la malédiction ancestrale et rôdait sous la forme d'une panthère.

Il risquerait toujours de se transformer en félin sanguinaire, à moins d'avoir le cœur dur et de mener une vie de mercenaire !

Je me demande ce qui a déclenché sa transformation cette fois, songea le voleur, se glissant dans les broussailles.

Dans une petite clairière, la panthère léchait le sang de ses griffes, le corps mutilé du soldat à ses pieds. Elle se crispa à l'apparition de l'humain, exhibant ses crocs avec un rictus menaçant. Le voleur recula.

— C'est Cyric, Kel ! Reste en arrière ! Ne m'oblige pas à te blesser !

Le fauve eut un feulement rauque et se ramassa sur lui-même, prêt à bondir. Cyric recula à pas lents jusqu'à un grand chêne, contre lequel il s'adossa. Il se prépara à combattre. La bête féroce s'immobilisa, leva la tête et lança un hurlement perçant.

Sa fourrure fut parcourue de frissons. Deux mains humaines jaillirent de sa gueule, écartant les mâchoires en un angle impossible. Il y eut un craquement écœurant ; le corps du grand félin se coupa en deux et la dépouille animale se désintégra.

Une créature tremblante et nue, d'apparence vaguement humaine, tomba à terre. Le voleur, qui avait vu la même métamorphose à Tilverton, se sentait fasciné et révulsé. Il ne pouvait pas détacher son regard de son vieux compagnon d'armes.

— Qui... qui ai-je tué cette fois ? demanda Kelemvor d'une voix étonnamment fragile.

— Un soldat zhentil. Les hommes de la Vallée ne manqueront pas de te remercier. (Cyric couvrit de son manteau son ami encore faible.) Que s'est-il passé, Kel ?

— Elminster... Il s'était engagé à me délivrer si je combattais. S'il est mort, il ne peut plus tenir parole. Cette malédiction ne finira donc jamais ? (Après un lourd silence, il contempla sa victime en frissonnant.) Je suis heureux de ne pas avoir tué un homme des Vallées.

— Pourquoi ? Ils sont comme leurs ennemis ! s'exclama le voleur. Forester, ce gros lourdaud qui s'était opposé à moi, vient d'égorger un Zhentil blessé et sans défense, plutôt que de le faire prisonnier !

— C'est la guerre, Cyric. (Le guerrier fléchit les muscles de ses bras, commençant à recouvrer ses forces.) Tu ne peux pas attendre qu'ils prennent soin des ennemis blessés. Ce sont les Zhentils qui ont déclenché les hostilités. Tant pis pour eux.

— Oublies-tu Minuit et Adon, emprisonnés pour un meurtre qu'ils n'ont pas commis ? s'emporta le jeune homme. Les citadins ont toujours besoin de boucs émissaires !

— C'est faux ! lâcha froidement son compagnon. Le seigneur Trystemyne est un homme équitable. Justice sera rendue.

Cyric resta ahuri. Son sang ne fit qu'un tour :

— Trystemyne fera très exactement ce que son peuple attend de lui, cracha-t-il enfin. Adon et Minuit peuvent bien être innocents : la justice qui va être rendue sera *très exactement* celle des exécutions du Château-Zhentil, dans le temple de Baine.

Kelemvor se leva, faisant craquer un à un les os de sa colonne vertébrale.

— J'ai besoin de retrouver mes vêtements et mon armure. Allons.

Cyric jura. Kelemvor avait toujours bêtement cru à la loi des hommes. Et la malédiction n'y avait rien changé. En emboîtant le pas à son ami, le voleur se promit de s'occuper de tout cela à sa manière.

CHAPITRE PREMIER

LE PROCÈS

Minuit craignait d'explorer les ténèbres insondables qui l'environnaient.

On l'avait ligotée et bâillonnée pour l'empêcher d'utiliser sa magie, mais on avait négligé de lui bander les yeux. Elle était terriblement désorientée ; un atroce isolement la tenaillait. Le son de la respiration d'Adon lui rappelait qu'elle n'était pas seule dans la cellule.

Elle avait les bras dans le dos, et les jambes étroitement liées ; ses mains touchaient ses talons. La douleur ne lui laissait aucun répit.

Sa panique initiale avait cédé la place à une angoisse lancinante. Ses cris étouffés étaient restés sans réponse. Les avait-on oubliés dans cette tombe ? Adon bougea faiblement. Il n'avait plus prononcé le moindre mot depuis leur arrestation. Etait-il inconscient, ou traumatisé par le désastre ?

Adon avait consacré sa vie à Sunie, Déesse de la Beauté. Quand les dieux avaient été chassés du ciel, il s'était résigné à leur déchéance. Jusqu'au jour où un adorateur de Gond l'avait défiguré à l'arme blanche. La foule fanatisée avait contraint ses amis à l'évacuer sans pouvoir le confier aux soins d'un guérisseur. Une vilaine cicatrice était restée.

Adon n'avait pas compris. Sunie l'avait abandonné. Comment imaginer un monde où l'on ne pouvait plus compter sur les dieux ? Lui, si jeune de nature, il avait sombré dans la morosité. Et maintenant, jeté au fond d'une geôle et accusé de meurtre, il ne risquait pas de retrouver de sitôt son optimisme d'antan.

Minuit s'étonna de n'être pas plus traumatisée elle-même. Comment aurait-elle pu prévoir une pareille accumulation de catastrophes ? Depuis son enfance, elle avait toujours été fidèle à Mystra, Déesse de la Magie ; et quand sa divine maîtresse avait été précipitée sur Terre, puis anéantie par Heaume, Dieu des Gardiens, pour avoir voulu réintégrer les Plans Célestes, la jeune femme aurait eu de bonnes raisons de perdre espoir elle aussi.

Mais elle n'avait pas le temps de faire du sentiment. Juste avant de disparaître, Mystra lui avait confié, sous la forme d'une amulette, une parcelle de ses pouvoirs, avec la mission de retrouver Elminster et les Tablettes du Destin.

Ces Tablettes portaient les noms et les sphères d'influence de toutes les déités, gravés en runes magiques. Deux d'entre elles avaient été volées, et c'est en punition de ce crime que les dieux avaient été bannis. Ils avaient dû se choisir des corps humains - des avatars -, pour survivre dans les Royaumes et souffraient désormais des mêmes limites que leurs hôtes. Ils ne pouvaient plus protéger efficacement les hommes de foi de Féerune, et ceux-ci ne pouvaient plus être sûrs de lancer des sorts avec succès. Lentement mais sûrement, le monde retournait au chaos.

Minuit devait donc retrouver les Tablettes sans perdre une seconde. Sinon, les Royaumes seraient condamnés.

Et l'aventure avait commencé. Kelemvor était devenu son amant, Cyric et Adon ses frères d'armes. Les quatres aventuriers étaient devenus amis dans l'épreuve. La fortune avait souri à Minuit même si elle n'était qu'un pion entre les mains des dieux. Que de chemin parcouru depuis qu'elle avait quitté Arabel !

Alors était survenue la bataille du temple de Lathandre, la disparition d'Elminster, puis leur arrestation. Absurde ! La prisonnière passa les événement en revue sans omettre un détail. Il y avait sûrement un moyen de démontrer leur innocence, mais lequel ?

Un cliquetis métallique, une serrure qui tourne... La jeune femme fut aveuglée par le rai de lumière qui filtra.

— Sortez-les de là, dit quelqu'un d'une voix profonde, mais chargée de douleur. Et soyez prudents.

De lourdes mains s'emparèrent d'elle ; elle se força à rouvrir les yeux. Sur le seuil, une puissante silhouette se découpait contre la lumière, tenant une canne surmontée d'un petit dragon d'argent.

— Elle tremble, remarqua un garde en la soulevant du sol.

Un cri de douleur filtra du bâillon ; les gardes hésitèrent.

— A quoi vous attendiez-vous ? dit l'homme d'un ton cassant. Vous l'avez ligotée comme un animal ! Tous ses membres sont endoloris.

Le visage couturé d'un vieux guerrier lui apparut, tandis qu'on la sortait de la cellule. Elle fut frappée par des yeux d'un bleu perçant.

On les traîna, Adon et elle, le long d'un sombre corridor, jusqu'à une grande pièce austère, meublée pour la circonstance de trois chaises et d'une table.

— Ôtez-lui son bâillon, ordonna le vieil homme, tandis qu'on asseyait la prisonnière sur une grande chaise de bois.

— Mais c'est une puissante magicienne ! Elle s'est servie de ses pouvoirs pour tuer Elminster, protesta un garde blond et courtaud en reculant.

Adon restait immobile, là où on l'avait laissé, le

regard vide.

Le vieil homme grimaça de colère :

— L'a-t-on nourrie, lui a-t-on donné à boire ?

— Non, marmonna le blond. Les risques...

— J'en fais mon affaire, gronda-t-il. Elle sait que je suis là pour l'aider. (Les gardes échangèrent des regards soupçonneux.) Faites-le maintenant ! aboya-t-il.

Cet accès provoqua une quinte de toux ; l'inconnu, malgré son impressionnante stature, était visiblement rongé de l'intérieur par une douloureuse maladie.

Le bâillon ôté, Minuit aspira de grandes goulées d'air, puis supplia d'une voix cassée qu'on lui donne à boire. Le garde blond s'exécuta.

— Coupez les liens de ses chevilles, ordonna-t-il ensuite ; elle ne lancera pas de sorts avec ses pieds ! Je veux qu'elle marche pour se rendre à son procès.

Minuit se mit debout et chancela.

— Je suis Thurbal, le capitaine de la garde, reprit-il, tandis qu'on asseyait Adon près d'elle. Tu dois prêter la plus grande attention à ce que je vais dire. Dans moins d'une heure, ces hommes vont te conduire dans la salle d'audience du seigneur Trystemyne, notre suzerain. Tu y seras jugée pour le meurtre d'Elminster le Sage. Tu dois tout me dire sur les événements qui ont précédé cette tragédie, pour que je puisse assurer ta défense. (Thurbal agrippa le pommeau de sa canne sous l'emprise d'une nouvelle vague de douleur.)

— Pourquoi voulez-vous nous aider ? demanda Minuit, sur la défensive.

— J'ai été blessé en mission au Château-Zhentil, chez les serviteurs de Baine, et je suis resté inconscient tout ce temps. Trystemyne est convaincu que cela fera de moi un avocat impartial dans cette affaire.

— Mais Elminster était votre ami, non ?

— Plus que mon ami, répondit Thurbal. Il était l'ami de tous dans la Vallée, et de tous ceux qui, à

Féerune, aiment la liberté et la connaissance. Tous ceux qui l'ont connu pourraient en témoigner. C'est fâcheux pour toi. Le temps est compté. Il faut que tu me racontes ta version des faits.

Minuit s'exécuta. Elle se concentra sur les événements ayant immédiatement précédé la mort du vieux mage au temple de Lathandre. Elle resta évasive sur les raisons pour lesquelles elle était partie en quête et ferma les yeux en se remémorant l'attaque :

— Elminster a tenté d'invoquer contre Baine une formidable entité d'un autre plan. Mais le sort a dévié. La fissure qu'il avait provoquée a permis à Mystra - ou plus exactement à un fragment de l'essence de la déesse - de s'échapper de la texture magique environnant Féerune.

— N'as-tu pas dit que Mystra avait péri au château Kilgrave, en Cormyr ?

— Oui, c'est exact. Mais quand Heaume a détruit son avatar, son énergie a dû être absorbée par la texture. Quand elle a réapparu, elle tenait de l'élémentaire..., une puissance plutôt qu'une personne. (Minuit soulagea sa tension en inclinant la nuque.) Cependant, Mystra n'a pu sauver Elminster des griffes de Baine. Le Seigneur Noir des Zhentils l'a acculé au gouffre. Adon et moi n'avons rien pu faire.

— Eh bien, Adon, dit le vieux guerrier. Qu'as-tu à dire ? As-tu essayé de sauver Elminster ?

Adon, immobile, fixa Thurbal d'un air absent.

— Son silence ne va pas nous être d'un grand secours, soupira l'avocat. Ne peux-tu le faire parler ?

L'homme qui se tenait à ses côtés n'avait plus rien de commun avec celui qu'elle avait rencontré à Arabel. Pâle, les cheveux défaits et emmêlés (chose qu'il n'aurait jamais tolérée avant sa blessure), son regard vert avait perdu toute sa vivacité.

— Non, soupira-t-elle. Il vaudrait mieux que je sois la seule à répondre.

— Très bien. Allons, le procès va commencer.

(Thurbal se leva et fit signe à un garde. Minuit fut à nouveau bâillonnée.) Désolé, mais j'ai mes ordres. Les citadins craignent tes pouvoirs, et le seigneur Trystemyne refuse de prendre des risques.

On les emmena vacillants sur leurs jambes mal assurées. Le corridor était si grand que cinq hommes auraient pu y marcher de front.

Un chœur de cris haineux les accueillit, à l'entrée de la salle d'audience. La brutalité avec laquelle on traînait les prisonniers provoqua les acclamations de la foule massée pour le spectacle. Les interjections des citadins, au-dehors, venaient s'ajouter au brouhaha. Le chaos menaçait de réduire à néant l'ordre de la cérémonie.

Le seigneur Trystemyne se tenait au centre d'une estrade. Il avait, face à lui, un petit lutrin ; à ses côtés, les nobles. Thurbal vint prendre place à la gauche du suzerain.

Orage-Main-d'Argent, la célèbre barde et aventurière, se détacha de la foule pour venir se placer à la droite de Trystemyne. Sa chevelure grise - la Main d'Argent - accrochait la lumière ; la soif de vengeance faisait briller ses yeux bleu-gris d'une lueur inquiétante. Orage et Sharantyr, garde forestier des chevaliers de Myth Drannor, avaient découvert les deux jeunes gens, indemnes, près du temple détruit ; plus loin, ils avaient trouvé les restes d'un corps - sans doute celui d'Elminster - avec des débris de grimoires. Cette macabre découverte avait soulevé une haine que seule la mort des deux accusés pourrait apaiser.

Les prisonniers furent contraints de s'agenouiller ; le grondement de la foule monta. Toute la population survivante était venue au procès, pour hurler sa colère contre les étrangers. La garde avait fort à faire pour contenir les enragés.

Kelemvor contemplait son ancienne maîtresse, si vulnérable, qu'on mettait à genoux. Le guerrier étudia les traits fermés du seigneur de la Vallée, et comprit pourquoi sa demande d'entretien privé avait été rejetée. La rage de Trystemyne était manifeste, même si l'homme tentait de mettre de côté ses sentiments.

Il leva la main ; on fit aussitôt silence.

— Nous sommes réunis ici pour un devoir sacré, non pour hurler à la mort comme des loups. Agissons en hommes civilisés. Elminster n'en attendrait pas moins de nous.

On entendit dans le silence un rire bas et mauvais. Kelemvor se tourna vers Cyric et lui lança un coup de coude dans les côtes.

— Boucle-la, imbécile ! chuchota-t-il.

Le voleur ricana d'un air méprisant.

— Attends un peu la fin du procès, Kel. On verra alors si justice est faite.

Cyric s'aperçut alors que Trystemyne avait le regard fixé sur lui. Il adressa au suzerain une révérence faussement contrite. Des rumeurs haineuses s'élevaient de nouveau ; Trystemyne leva les mains et se racla nerveusement la gorge.

— Minuit du Val Profond, et Adon de Sunie, vous êtes accusés du meurtre du sage Elminster.

A ces paroles, le silence fut brisé comme une coquille d'œuf. Trystemyne cria pour le rétablir, et brandit haut son épée. Les reflets des torches semblèrent entourer la lame d'un halo mystique. Les murmures de rage retombèrent.

— Justice sera rendue, je le jure ! (Il y eut des acclamations.) Je suis le seigneur de la Vallée, la responsabilité du jugement m'incombe. Puisque la magie est instable, il n'est pas question de lire dans les pensées des prisonniers. Les faits seuls dicteront ma décision. Que l'accusateur les énonce.

Orage-Main-d'Argent s'avança :

— Il y a deux faits incontestables. Le premier : un cadavre a été découvert dans le temple de Lathandre. Méconnaissable, il est vrai. Mais il se trouvait près de morceaux de tissus et de grimoires ayant appartenus à

Elminster. Notre sage protecteur avait disparu, de toute évidence assassiné.

« Deuxième fait : ces deux-là ont été aperçus peu avant que le temple soit détruit par des forces magiques. Ils étaient sains et saufs. (La salle résonna de cris et de menaces ; contrairement à Trystemyne, Orage n'attendit pas que la foule se calme.) Il est évident qu'ils ont assassiné notre ami », cria-t-elle par-dessus le brouhaha.

Minuit tenta de protester malgré son bâillon.

— Un instant ! s'écria Thurbal, agitant sa canne en l'air. Nous ne devons pas tenir pour acquis que ces gens sont coupables ! Nous sommes réunis pour savoir ce qui s'est passé, non pour les lyncher !

Un maelström de sifflements et de huées balaya la salle. Cyric jeta un coup d'œil à son compagnon, qui regardait droit devant lui. Thurbal se rassit en grimaçant de douleur ; Trystemyne racla le lutrin du pommeau de son épée pour ramener le silence.

— Encore une manifestation de ce genre, et ce débat se poursuivra à huis clos !

Les gardes firent sortir quelques fous furieux qui continuaient de hurler à tue-tête.

— Qu'on fasse entrer Rhaymon de Lathandre.

Le témoin, en robe rouge bordée d'or, s'avança. Il portait en médaillon son disque de bois rose et tenait dans les mains la liste des morts qu'il avait établie avec tant de soin.

— Racontez-nous la dernière fois où vous avez vu Elminster vivant.

— Ma dernière mission, le jour de la bataille, fut de garder le temple de Lathandre jusqu'à l'arrivée d'Elminster.

— Garder ? Contre quoi ? demanda Orage. Que craignaient vos compagnons ?

Rhaymon plissa le front, comme surpris par cette question.

— Plus tôt, ce jour-là, le temple de Tymora avait

été attaqué. Nous étions tous salement secoués. Les prêtres de Tymora avaient été massacrés, l'autel souillé, et le symbole de Baine le Fléau peint sur les murs en lettres de sang. On avait volé les potions de guérison.

— Alors vous avez eu peur que la même chose arrive à votre temple ?

— En effet. Elminster a dit qu'il avait quelque chose d'important à faire au temple. Il a dit qu'il le garderait à notre place.

— Y compris s'il y allait de sa vie ?

Thurbal s'avança, agitant sa canne en guise de protestation. Le dragon du pommeau accrocha un rayon de soleil et sembla grogner en écho.

— Elle lui fait dire ce qu'elle veut ! Que le témoin s'exprime par lui-même !

Trystemyne lui jeta des regards furibonds.

— Finissons-en, Orage.

— Elminster était-il seul quand il est arrivé au temple ?

Le prêtre désigna les accusés d'un geste.

— Non. Ils étaient avec lui.

— Pourrais-tu nous dire de quelle humeur il était ?

Rhaymon fut décontenancé.

— Etes-vous sérieuse ? marmonna-t-il.

— On ne peut plus sérieuse.

— Il était un peu grincheux ; c'était Elminster, après tout.

Quelques rires fusèrent dans la salle ; Orage resta de glace.

— Serait-il juste de dire qu'il paraissait agité ? La présence des prisonniers le rendait-elle nerveux ?

— Je ne saurais dire pour quelle raison il était aussi fébrile. Ce que je sais, ajouta-t-il vivement en désignant Adon, c'est que l'homme défiguré m'a arrêté au moment où je m'en allais, et m'a demandé de faire payer les soldats de Baine, le Seigneur Noir, pour ce qu'ils avaient fait aux adorateurs de Tymora.

— J'ai une dernière question. Crois-tu qu'ils aient tué Elminster ?

Thurbal se campa devant Trystemyne :

— Mon seigneur, cela va trop loin !

— Je décide de ce qui va trop loin ou pas, trancha Trystemyne d'un air sévère. Prêtre, réponds à la question.

— Si je pouvais les tuer ici et maintenant, je le ferais avec joie. Bien des hommes - et certains avaient à peine l'âge d'homme - sont morts pour protéger cette cité. Et ces deux-là ont ridiculisé leur sacrifice !

— Ce sera tout, dit Orage, regagnant sa place.

Thurbal considéra le prêtre avec soin, faisant rouler au creux de ses mains jointes le dragon d'or ornant sa canne.

— As-tu vu l'un ou l'autre des accusés blesser Elminster de quelque façon que ce soit ?

— Notre vie a été détruite ! Il va falloir reconstruire le temple...

— Réponds à ma question, coupa calmement Thurbal.

Rhaymon tremblait de rage et de frayeur, gêné par la présence trop intime du dragon d'or que le vieil homme pointait sur son front.

— Je n'ai rien vu.

Un garde entraîna le prêtre, qui se dégagea :

— Je n'ai pas vu le soleil se lever ce matin ! Ce procès devrait-il se dérouler dans l'obscurité sous prétexte que le soleil ne s'est pas levé ?

— Assez ! intervint Trystemyne avec fermeté.

— Ils sont coupables et ne méritent que la mort ! cria Rhaymon, tandis que deux gardes l'entraînaient hors de la salle.

La foule se déchaîna une fois de plus. Les gardes expulsèrent quelques excités. Le vacarme, dehors, ne cessait d'augmenter.

Cyric s'assit sur le banc. *Voilà pourquoi nous avons risqué notre vie !* songea le voleur. *Nous avons sauvé cette racaille pour lui permettre de nous juger et de nous condamner !*

Adon restait immobile, inconscient de la tragédie qui se nouait au-dessus de sa tête. Il gardait le silence alors qu'aucun bâillon ne l'empêchait de clamer son innocence. *Dis quelque chose, pauvre épave !* s'emporta le voleur en son for intérieur. *Sinon pour toi, fais-le pour Minuit !*

Lhaeo fut amené dans la salle. Le jeune homme brun aux yeux verts se tenait droit, avec une prestance naturelle.

— Je suis Lhaeo, scribe d'Elminster, dit-il d'une voix calme. Quand Minuit et Adon sont arrivés à la tour la première fois, ils étaient en compagnie d'Hawksguard, capitaine de la garde en service actif. Kelemvor et Cyric étaient aussi avec eux.

— Peux-tu nous signaler quelque chose d'inhabituel dans les paroles échangées entre Elminster et la magicienne ? demanda Orage.

— Elminster a indiqué que ce n'était pas la première fois qu'il voyait la jeune femme. Il a parlé des Rocterres.

— Où d'étranges troubles se sont produits dans les cieux, quelques jours seulement avant que les étrangers atteignent le Val des Ombres. Que sais-tu à ce propos ?

Lhaeo lut le désespoir muet dans les yeux de la prisonnière. Le scribe se souvint de son maître partant précipitamment dans la nuit, et revenant peu après, en marmonnant quelque chose dans sa barbe au sujet du sort *la Mort-le-Geryon*.

— Pas que je me souvienne, répondit-il. (Minuit ferma lentement les yeux, soulagée et reconnaissante.) Je souhaite déclarer que je ne crois pas qu'Elminster soit mort.

— Nous savons tous, Lhaeo, combien tu étais proche de ton maître, dit Orage d'une voix compatissante. Il était comme un père pour toi. Mais que cela n'obscurcisse pas ta raison. (Elle se saisit des fragments de robe et de grimoires.) Ils appartenaient à Elminster, n'est-ce pas ? (Lhaeo hocha la tête.) Ton maître n'aurait certainement pas laissé détruire ses précieux grimoires. Il est impossible qu'il ait laissé raser le temple. (Elle marqua une brève pause.) Qu'est-ce que Minuit avait à faire avec Elminster ?

— Elle déclarait être porteuse d'un message : les ultimes paroles de la déesse Mystra, et le symbole de sa Foi.

— Alors, ce n'est pas seulement une meurtrière, c'est une hérétique ! s'écria Orage, et la foule explosa.

— Assez ! hurla Trystemyne le Tryste. Contrôle-toi, Orage, ou je serai forcé de te remplacer.

Le silence revint.

— Tu n'étais pas présent au temple de Lathandre ? demanda Orage, se tournant vers le prêtre.

— Non, répondit Lhaeo. Elminster m'avait envoyé contacter les chevaliers de Myth Drannor pour les appeler à la rescousse. Les communications magiques avec l'est n'étaient plus possibles.

— Tu es parti le jour où ils sont arrivés, souligna Orage sèchement.

— C'est vrai.

— Etait-il possible qu'Elminster se soit défié de ces étrangers et ait voulu t'en protéger ?

Lhaeo hésita ; cette suggestion le frappa comme un coup.

— Je ne pense pas, dit-il à voix lente. Non, ça n'aurait pas été dans sa manière.

— Pourtant, tu l'as rarement accompagné durant ses nombreux voyages dans les Royaumes. Pourquoi cela ?

— Je ne sais pas, dit le scribe en évitant le regard de Minuit.

— Je n'ai rien à ajouter.

Thurbal agrippa le pommeau de sa canne, caressant

la tête du dragon. La sueur perlait sur son front.

— Pourquoi Elminster a-t-il autorisé Minuit et Adon à rester dans la tour ?

— Il pensait qu'ils seraient d'un grand secours dans la bataille.

— Il te l'a dit ?

— Oui, et il a autorisé Minuit à l'assister pour lancer ses sorts. Le prêtre Adon faisait des recherches dans les grimoires.

— A-t-il paru effrayé ou suspicieux envers Minuit ou Adon, de quelque façon que ce soit ?

— Non, répondit Lhaeo. Pas du tout. C'est tout le contraire.

— La déesse Mystra est-elle morte ?

Orage voulut protester, mais Trystemyne lui intima le silence. Il ordonna au scribe de répondre.

— Selon Elminster, un sort horrible a frappé la déesse. Est-elle morte ou non ? Je ne saurais le dire, avoua-t-il avec un soupir, tête basse. Quand Minuit est arrivée en parlant d'un message de la déesse, Elminster n'a pas éclaté de rire ; il ne l'a pas non plus renvoyée. Il était convaincu de son intégrité et de son dévouement aux Royaumes.

Thurbal et le scribe se turent un instant.

— Si tu n'as rien d'autre à demander, Thurbal, je pense que nous avons assez entendu ce témoin, déclara Trystemyne.

Lhaeo retourna s'asseoir. Orage appela un grand gaillard aux yeux noisette, un soldat dénommé Irak Dontaele.

— Ta patrouille était de garde la nuit où fut perpétrée l'attaque contre le temple de Tymora. Tu as été le premier à pénétrer dans les lieux et à découvrir les corps des fidèles, ainsi que la profanation du temple.

— Non, grogna Irak. C'est faux. (Il se précipita, agrippa Adon par la robe et le souleva par les aisselles.) Celui-là était sur les lieux avant tout autre.

— Lâche-le ! ordonna Trystemyne.

Les gardes bandèrent aussitôt leurs arcs, prêts à tirer sur le témoin. Les yeux d'Adon roulèrent dans leurs orbites quand l'autre le lâcha brutalement.

— Que signifie tout ceci, Orage ? s'insurgea le suzerain. Essaies-tu d'établir un lien entre les deux attaques ?

— Le voilà, le lien ! s'écria Orage, désignant Adon. Cet homme était présent sur les lieux des deux catastrophes ! On nous le présente comme un adorateur de Sunie, Déesse de la Beauté, et regardez-le ! Même sans sa cicatrice, il n'a vraiment pas la tête de l'emploi. J'affirme qu'Adon de Sunie et Minuit du Val Profond sont les alliés du Seigneur Baine. Leur véritable loyauté va à ce dieu maléfique et au Château-Zhentil. Voilà pourquoi ils ont assassiné Elminster ! (Un rugissement monta de la foule.) Quels noms les assassins ont-ils donnés aux gardes quand ils sont arrivés ?

Kelemvor tressaillit. Ils avaient utilisé une charte falsifiée pour pénétrer dans la ville. Le guerrier avait cru que l'affaire serait oubliée dans le chaos qui allait suivre.

— Ils ont utilisé de faux noms... Et si je me trompe, cria Orage, pourquoi ce prêtre n'a-t-il strictement rien dit pour se défendre ? Parle, meurtrier ! Dis-nous ce que tu as fait !

Adon ne releva pas la tête ; le regard perdu, il gémit « Sunie », puis retomba dans son mutisme.

— Thurbal, as-tu des témoins pour la défense ? s'enquit Trystemyne.

— J'appelle Kelemvor Lyonsbane... Tu as commandé les troupes à l'est, près de Krag Pool, où l'armée des sectateurs de Baine a subi les plus lourdes pertes, et où nous avons remporté la victoire décisive. Tu es pourtant entré dans la ville avec ces étrangers. Explique brièvement comment tu les as rencontrés.

— Minuit et Adon ont le cœur vaillant ; leur loyauté envers le royaume des Vallées ne devrait pas être mis en doute, déclara Kelemvor.

— Dis-lui de répondre à la question, s'impatienta Orage.

Kelemvor étudia la femme aux cheveux argentés qui se tenait devant lui. Il la regarda dans les yeux en racontant sa première rencontre avec Minuit à Arabel, et la quête qui l'avait finalement mené dans les Vallées.

— Il s'agissait donc d'un contrat, déclara Thurbal. Tu ne la connaissais pas avant.

— Non. Mais j'ai appris à la connaître.

— C'est l'archétype du mercenaire, intervint Orage. Il ne fait rien sans récompense à la clef.

— Si tu n'avais pas été appelé à témoigner, Kelemvor, aurais-tu spontanément parlé en faveur de Minuit ? demanda Trystemyne.

Le guerrier se mit à trembler ; son visage se ferma. Mentir pour Minuit aurait été un acte désintéressé. La malédiction familiale l'aurait frappé.

— Réponds à la question.

Minuit avait les yeux écarquillés par la terreur. Le cœur lourd, Kelemvor se tourna vers le suzerain :

— Je ne l'aurais pas pu.

— Pas d'autres questions, trancha Thurbal, se détournant, dégoûté.

Orage sourit et renvoya le témoin.

Le guerrier regagna sa place sans un mot. De son regard de lynx, Cyric lut la défaite dans les yeux de son ami. Il se sentit mieux ; Kelemvor commençait à comprendre.

— Cela suffit, Thurbal. (Trystemyne croisa les bras.) As-tu d'autres témoins ?

— Un seul, monseigneur : vous-même, dit doucement l'avocat.

— Pardon ? Tu te sens bien ?

— J'appelle Trystemyne Amcathra, dit distinctement Thurbal. En vertu des lois de ce royaume, vous ne pouvez refuser de témoigner, à moins de prononcer un non-lieu et de libérer les accusés.

Le regard du suzerain s'enflamma ; néanmoins, il obtempéra :

— Très bien. Pose tes questions.

— Où se trouvait le Seigneur Baine tout au long des combats?

— Je ne comprends pas.

— Baine a mené les assauts de Voonlar. Nos éclaireurs peuvent confirmer ce point, si vous le désirez. (Nouvelle quinte de toux.)

— Cela ne sera pas nécessaire. Baine a mené l'offensive.

— A Krag Pool, avant que les défenseurs abattent les arbres piégés sur les envahisseurs, le Seigneur Noir a disparu, déclara calmement Thurbal. Des douzaines de témoins oculaires peuvent en témoigner.

L'avocat sortit son mouchoir et y cracha un caillot. Kelemvor crut voir, l'espace d'un instant, le dragon de la canne perdre de sa brillance.

— Continue, s'impatienta Trystemyne.

— La dernière fois que Baine le Fléau a été aperçu, c'était au croisement de la ferme de Jhaele Grison. Le Seigneur Noir s'est matérialisé devant vous, Trystemyne Amcathra, et a voulu vous occire. Mayheir Hawksguard vous a défendu et a reçu à votre place une blessure mortelle. Est-ce exact ?

— C'est exact, répondit Trystemyne. Hawksguard est mort bravement en défendant sa patrie.

— Où est allé ensuite le Seigneur Baine ? demanda Thurbal. N'étiez-vous pas à son entière merci ? N'aurait-il pas pu vous tuer alors, malgré le sacrifice d'Hawksguard ?

— Je l'ignore, marmonna Trystemyne mal à l'aise. Peut-être.

— Mais il ne l'a pas fait. Il a disparu derechef. Son attention a dû être attirée ailleurs. (Une nouvelle quinte de toux réduisit l'avocat au silence. Trystemyne pianota sur son lutrin en signe d'impatience.)

Allons, ça ira, reprit Thurbal. A présent, où se trouvait Elminster tout ce temps ?

— Au temple de Lathandre.

— Pourquoi ? Pourquoi n'était-il pas en première ligne, aidant par la magie à repousser les offensives ennemies ?

Trystemyne secoua la tête. Il n'avait aucune réponse.

— Elminster ne vous a-t-il pas dit à plusieurs reprises que la bataille décisive aurait lieu dans ce temple ?

— Oui, mais il n'a jamais expliqué ce qu'il voulait dire. Peut-être avait-il vu ces étrangers dans l'avenir, et cherché à les éloigner d'un point névralgique...

— Je suggère que la véritable bataille s'est déroulée dans ce temple, que Baine le Fléau s'y est rendu, et que c'est lui qui a assassiné Elminster le Sage.

Orage bondit sur ses pieds, les bras au ciel.

— Pure spéculation ! Il n'y a pas la moindre preuve de la présence de Baine en ces lieux.

— Avant de prouver la culpabilité des prisonniers, il faut trouver un motif à leurs actions. Orage-Main-d'Argent prétend que ce sont des espions à la solde de Baine. Elle n'a pas la plus petite preuve de ses allégations. J'ai parlé à la prisonnière, Minuit, avant l'ouverture du procès, et elle affirme...

Trystemyne leva le poing.

— Je me moque de ce qu'elle affirme ! Elle est une assez puissante magicienne pour avoir tué Elminster. Mes ordres étaient catégoriques : on ne devait pas l'autoriser à parler !

— Alors comment aurait-elle pu se défendre ? hurla Thurbal, au comble de l'exaspération.

— Comment pouvons-nous être sûrs qu'elle ne t'a pas ensorcelé, Thurbal ? demanda Orage. Qu'elle n'a pas soumis ta volonté à la sienne ? Tu es d'une naïveté désespérante, mon ami, et on devrait te retirer tes fonctions sur-le-champ, pour ton bien.

— Tu n'as pas le droit ! hurla Thurbal.

— Tu te trompes. Je ne peux te laisser plus longtemps sous l'influence des âmes damnées de Baine,
déclara Trystemyne. (Il fit signe aux gardes.) Veillez
à ce qu'il ne manque de rien. Il est clair qu'il essaie
de combattre les effets de l'hypnotisme. Les gardes
présents lors de cet entretien devront être relevés de
leurs fonctions, et attendre ma décision. Emmenez-le.

Thurbal eut beau protester, hurler au scandale, il
était trop faible pour se débattre, et les gardes n'eurent aucune peine à l'entraîner.

Trystemyne s'adressa à la cour :

— J'en ai suffisamment vu et entendu. Elminster le
Sage était notre ami, et notre loyal défenseur jusqu'à
sa fin. Sa trop grande confiance a provoqué sa perte.
Nous ne commettrons pas pareille erreur. Nos yeux
sont grands ouverts et voient la vérité.

« Le Seigneur Baine est un lâche. Il a fui de terreur
quand nos forces ont anéanti son armée. Voilà pourquoi nous ignorons ses faits et gestes. Si Elminster
était vivant, il serait là, sous nos yeux. Mais c'est
impossible. Il n'y a rien qui puisse le ramener à la
vie ; donnons au moins la paix à son âme : châtions
ses meurtriers ! »

Un silence de mort planait dans la salle d'audience.
Tous étaient suspendus à ses lèvres.

— Je décrète que, demain à l'aube, dans la cour de
la Tour Tordue, Minuit du Val Profond et Adon de
Sunie seront mis à mort pour le meurtre d'Elminster
le Sage. Gardes, emmenez-les.

Les cris et les vivats firent trembler les murs. Le
voleur parvint à se frayer un passage dans la foule
assoiffée de sang et jeta un étrange regard sur les
prisonniers qui passaient sous bonne garde.

Justice sera rendue, avait dit Trystemyne. Ces
paroles roulaient dans la tête du jeune homme, tandis
qu'il manœuvrait adroitement pour se rapprocher du
seigneur, à l'insu des gardes. Il réfléchit à la manière

la plus rapide de l'égorger.

Trystemyne crut sentir un léger courant d'air et se retourna, mais il ne vit qu'une ombre mince, qui disparaissait dans la foule.

A nouveau perdu dans la masse des citadins, Cyric s'étonna d'avoir changé d'avis à la dernière seconde, et épargné celui qui venait de condamner Minuit à mort. Il y avait de meilleures façons d'honorer sa dette envers la jeune femme, et de faire payer ces imbéciles. Et puis, la foule l'aurait déchiqueté.

Je ne veux pas mourir, conclut-il. *Bien au contraire.*

*
**

Le Seigneur des Os saisit d'une main décharnée l'éclat d'énergie rougeoyant et eut un petit rire satisfait. Il brandit le fragment près de la statue d'obsidienne de quelques centimètres de hauteur qu'il tenait de la main gauche. Dans un éclair blanc, la figurine absorba l'énergie. Un tourbillon rouge dansa au sein de l'objet translucide.

— Oui, Seigneur Baine, croassa le Dieu des Morts à travers des lèvres gercées et noires. Nous te rendrons ta plénitude assez tôt.

Il caressa la tête lisse de la statue, comme il aurait fait à un petit enfant. Les volutes cramoisies n'en brillèrent que mieux.

Myrkul soupira ; de vagues visions du monde extérieur flottaient dans la brume. La ferme où il se trouvait était obscure, crasseuse, morne. Le plafond à poutres basses était noirci par les fumées graisseuses de la cuisine. Les rats grouillaient entre les tables en bois déformées, et les bancs qui se fendaient. Deux dormeurs étaient emmitouflés dans des couvertures souillées.

Le Seigneur Myrkul, Dieu des Morts et de la Putréfaction, aimait plutôt l'endroit, sorte de petit sanctuaire naturel pour lui. Malheureusement, sa situation l'empêchait de le contempler en détail : il était à la frontière éthérée des Plans, une zone qui existait en parallèle aux Royaumes. Tout avait une apparence nébuleuse : le mobilier, la vermine, les rustauds endormis..., autant de fantômes.

— Si seulement ils *pouvaient* me voir, confia-t-il à la statuette. Ils en mourraient. Joie, pleurs de joie. (Il contempla la figurine, fidèle à son modèle jusqu'aux plus petits détails : peau parcheminée, orbites vides et comme calcinées...) Et leurs cadavres iraient bien dans ce taudis. (Il y eut un crépitement.) Oui, Seigneur Baine. Le dernier fragment de ton essence n'est plus très loin d'ici.

Le squelettique personnage traversa les murs ; une lune blafarde baignait de ses rayons le sud de Montéloy.

Il s'éleva dans les airs, tendit la statuette vers la lueur qui vacillait dans le lointain :

— Voilà où se trouve ce qui subsiste du Dieu des Conflits !

La figurine s'embrasa à nouveau de minuscules éclairs rouges et noirs, qui brûlèrent la paume décrépie de Myrkul.

— Je vais te laisser choir, Baine le Fléau, et tu vas être catapulté au Plan Primaire, dans les Royaumes ! (Les arcs de lumière s'atténuèrent.) Je ne t'aiderai pas à récupérer le dernier fragment de ton essence. Tu resteras incomplet..., prisonnier de cette statuette ! (Myrkul eut un rictus satisfait : la figurine était redevenue noire.) Je suis heureux d'être à ton service, Seigneur Baine, mais tu ne me manipuleras pas.

Les deux dieux déchus se mirent en route, l'un tenant l'autre, et arrivèrent à destination après une heure de marche.

Devant eux, le fragment ressemblait à un immense cristal de neige perlé de sang de près d'un mètre de diamètre ; le plus grand et le plus complexe des éléments divins. *Comme c'est étrange*, songea le squelette ambulant. *Chacun des éclats divins était différent. Celui-là est le plus curieux. Serait-ce son âme... ?*

Le Dieu des Morts haussa les épaules et éleva la petite statue à hauteur de l'objet ; celui-ci disparut en un clin d'œil, absorbé par la figurine divine. Elle vibra à nouveau de ses pulsations rouges et noires, à un rythme de plus en plus effréné. Un cri strident de triomphe éclata dans le crâne de Myrkul.

Je suis vivant ! Je suis entier !

La statuette s'anima : des yeux perçants et une bouche aux crocs mauvais vinrent cisailler le matériau lisse.

— S'il te plaît : pas si fort ! Tu me fais mal au crâne ! grinça le Seigneur des Enfers. Je suis heureux de voir que mon plan a marché.

Comment m'as-tu retrouvé ? Comment savais-tu que je n'étais pas détruit ?

— J'étais à la bataille du Val des Ombres et j'ai vu revenir Mystra. La déesse anéantie ! Bien sûr, elle est apparue sous une forme abâtardie. Mais j'ai compris qu'elle n'avait pas été tuée, seulement dispersée. Finalement, nous sommes des dieux, et Ao lui-même a beau être Maître des Destins, il ne peut pas nous en faire davantage. (Myrkul sourit.) Alors, quand ton avatar a été réduit en bouillie, je me suis mis en quête de tes fragments à la Frontière Ethérée. Es-tu redevenu tout à fait toi-même ?

Oui, Myrkul ; je vais bien. Comprends-tu la portée de ce que tu viens d'accomplir ? (La voix désincarnée, dans le crâne de Myrkul, se fit plus puissante, et le Maître des Moribonds sursauta.) *Tu as traversé les Plans ! Tu as vaincu le Seigneur Ao ! Nous avons échappé aux Royaumes, et nous pouvons rentrer chez*

nous, dans les Plans supérieurs, en pleine gloire !
(Les yeux de la statuette brillaient d'excitation.)

— Non, Seigneur Baine ; je crains que cela ne soit pas possible. J'étais prêt à abandonner, quand j'ai découvert que tu avais été dispersé dans l'Éther. J'ai cru que le Seigneur Ao nous avait bloqué l'accès de tous les Plans existants. (Il frotta son menton putréfié.) J'avais tort.

Tort ?

— Oui, soupira-t-il. Ainsi que me l'a fait remarquer mon hiérophante, aucun des dieux ne réside dans les Plans Ethérés ; Ao n'avait donc aucune raison d'en bloquer l'accès. Bien sûr, trois de mes sorciers ont péri en cherchant à localiser tes fragments. (Toutes les vertèbres du dieu réincarné craquèrent quand il se pencha.) Mais je ne pouvais te laisser souffrir ainsi.

De grâce, Myrkul, épargne-moi tes flatteries. Tu as besoin de moi.

Myrkul se renfrogna. Il caressa l'idée de jeter la statuette dans les profondeurs de l'Ethéré. Baine se perdrait dans les couleurs tourbillonnantes et les puissants vortex. Il ne pourrait jamais s'en libérer.

Mais le Dieu des Conflits était dans le vrai. Myrkul avait besoin de son acolyte. Non qu'il manquât de courage ou d'initiative. Mais il courrait un danger majeur en se lançant à l'assaut tout seul contre les royaumes célestes ; c'était dangereux, et il ne pouvait envisager son propre anéantissement sans déplaisir.

Myrkul eut un sourire obséquieux.

— Tu as raison, bien sûr, Seigneur Baine. Quittons cet endroit, afin que tu puisses choisir un nouvel avatar et mener tes plans à bien.

Comment retournerons-nous dans les Royaumes ?

— La magie semble plus fiable en dehors du Plan Matériel Primaire. Je devrais pouvoir lancer un sort pour nous ramener à nos pénates sans risque d'erreur. Je n'attends plus que ton ordre, dit-il avec un grand sourire carnassier.

CHAPITRE II

LA TOUR TORDUE

Les protections magiques installées par Elminster à la Tour Tordue s'étaient désintégrées avec la destruction du temple de Lathandre. On déplorait la mort d'un garde, emmuré par accident.

Des torches immatérielles continuaient de brûler dans leurs appliques murales, sans qu'on pût les ôter.

Les brumes invoquées pour masquer les murailles s'étaient altérées aussi. Il en sortait des cris stridents, qui assourdissaient tout le voisinage.

Vêtu de noir de pied en cap, Cyric était perché sur un arbre ; il avait étudié en détail les défenses de la tour, obtenues d'un garde bavard qu'il avait préalablement soûlé. Le pont étant détruit, la sécurité s'était relâchée. Les gardes de nuit bénéficiaient d'une permission et avaient regagné leurs foyers. Demain, frais et dispos, ils assisteraient à l'exécution des traîtres.

Un important contingent d'hommes veillait à la sécurité du suzerain. Les protections magiques n'étaient plus fiables ; le sort de Baine tourmentait Trystemyne, inquiet d'éventuelles représailles sur sa femme et son enfant.

Les niveaux inférieurs, qui abritaient les condamnés à mort, étaient sévèrement gardés. Mais Cyric était déterminé : armé de deux dagues, d'une hachette, d'une corde noircie et d'un petit cylindre obscur, il bénéficiait aussi de l'entraînement des voleurs patentés du Château-Zhentil.

Près de l'étable où il se cachait, il poignarda un garde et dressa son cadavre sur une planche à son poste usuel, afin de donner le change aux autres soldats en faction sur les meurtrières de la tour.

Il gagna l'ouverture du plafond, où il avait descellé une pierre quelques heures plus tôt, et s'y coula sans bruit. Il attira l'autre garde par des coups de pied et une toux répétée ; il n'eut aucune peine à se débarrasser de lui. Il arrangea le cadavre de la même manière, à l'extérieur des étables, et pénétra dans la tour.

Le voleur entendit des éclats de voix, provenant des cuisines. A demi dissimulé dans les ténèbres, un jeune garde était fort occupé à engloutir un objet dont la nature - un gâteau au chocolat - ne pouvait échapper à un regard de lynx.

Cyric le tua, lui aussi, prenant plaisir à entendre craquer ses vertèbres. Il traîna le cadavre dans un cellier, lui barbouilla le visage de chocolat, et prit soin d'effacer toute trace de son passage.

Suivant la direction qu'il avait mémorisée, Cyric passa devant une série de salles et parvint à l'intersection décrite par son informateur.

A l'extrémité du couloir se trouvait Forester. L'homme, heureux de le voir arriver, ne cria même pas quand la dague lui perça le cœur. Quelque part, un corps astral éclata de rire.

L'assassin chercha l'entrée secrète du donjon. Il suivait à la lettre les instructions du garde qu'il avait corrompu.

La porte s'ouvrit sur l'escalier menant aux souterrains, à l'arrière du donjon. Cyric l'emprunta, épée pointée. Le garde posté près du gong ne l'inquiétait pas ; les six soldats vociférant plus loin, absorbés par le jeu, étaient une autre paire de manches.

A l'aide de sa dague, le jeune homme décapsula le petit cylindre noir et en sortit l'Epine de Gaeus.

L'informateur de Cyric avait, à ses heures perdues, pillé le logis en ruine d'un ancien alchimiste et revendu ses trouvailles au marché noir. L'Epine de Gaeus était rarissime, voire unique ; ironiquement, c'est l'or de Trystemyne qui avait servi à cet achat. Cyric se concentra un instant, aspira un grand coup, plaça le cylindre à ses lèvres... Et entra.

Un garde se dressa pour donner l'alerte et reçut l'Epine en pleine gorge. Il s'effondra aussitôt sur un tabouret, hébété.

Cyric lui fit un signe et murmura :

— Ecoute très attentivement. Le seigneur Trystemyne m'a envoyé chercher un des prisonniers : la magicienne. Il veut la questionner. Conduis-moi près d'elle.

— Je devrais en informer mon capitaine...

— Le temps presse. Ne hausse pas la voix.

Autour d'eux, les cellules étaient bondées de mercenaires à la solde de Baine qui s'étaient rendus à leurs ennemis sitôt leur défaite consommée.

Le garde drogué alla ouvrir une cellule un peu plus loin.

— Attends, dit Cyric. Si on te pose des questions, tu diras que je suis un géant de deux mètres, aux cheveux roux, à la carrure de lutteur, et que j'ai un accent étrange. As-tu compris ?

— Bien sûr, murmura le garde d'une voix sans timbre.

Cyric le renvoya à son poste, ouvrit le battant discrètement et pénétra dans le cachot.

Ses yeux de nyctalope repérèrent vite la jeune femme. Il la libéra de ses liens, lui massa les jambes et la pressa de partir.

Minuit refusa d'abandonner Adon.

— Cette loque ! persifla Cyric. Son silence t'a trahie au procès ! Et chaque seconde perdue peut causer notre perte !

Il l'entraîna ; elle était trop faible pour lui résister. Mais elle pouvait parler.

— Tu dois nous sauver tous les deux, ou je vais crier ! menaça-t-elle. Il est malade ; tu ne le vois donc pas ?

— Tout ce que je vois, c'est que c'est un lâche ! gronda Cyric. Mais puisque tu te soucies encore de lui après ce qu'il t'a fait, que ta volonté soit faite.

Furieux, il trancha les liens du prêtre avec une telle brutalité qu'il le blessa aux poignets ; il le remit sur pied sans ménagement.

Les trois jeunes gens émergèrent du cachot sous l'œil morne du garde drogué, et empruntèrent l'escalier. Cyric eût volontiers balancé Adon du haut des marches, dans l'espoir de lui rompre le cou, mais Minuit ouvrait l'œil.

— Où est Kel ? voulut savoir la jeune femme, qui luttait contre la douleur pour mettre un pied devant l'autre.

Cyric hésita entre deux mensonges.

— Il a refusé de venir. Il a dit qu'il ne voulait pas intervenir dans une affaire de justice.

— De justice ? cracha Minuit, abasourdie.

— Je l'ai traité d'imbécile et de fou.

La magicienne ne trouva rien à ajouter.

Ils parvinrent à l'étroite ouverture et s'y glissèrent avec diligence.

Le chantier naval était désert. Cyric ouvrit la porte à l'aide des clefs qu'il avait dérobées sur le cadavre de Forester. Seuls résonnaient le clapotis des vaguelettes de l'Ashaba, et les plaintes des bateaux de bois amarrés qui frottaient contre le quai.

Tandis qu'il se dirigeait vers la face sud du bâtiment, le voleur imagina le chantier livré aux flammes : le genre de diversion idéale pour garantir leur

évasion. Une fois détruite la petite flotte de Trystemyne, il faudrait du temps pour réparer le pont et il
ne serait plus question de poursuivre les fugitifs.

Mais l'incendie lui-même serait très long à mettre
en œuvre, et les trois jeunes gens seraient découverts
avant d'avoir fini.

Cyric jeta un coup d'œil circulaire.

— Il nous faudrait une diversion.

— Je sais, mais mes grimoires sont restés dans la
tour d'Elminster. Sans eux, je ne peux pas faire
grand-chose.

Soudain se firent entendre des bruits de pas discrets.
Quelqu'un sautait légèrement d'embarcation en embarcation. Cyric parla à voix haute pour attirer l'attention, puis fit volte-face, dégainant sa dague.

Minuit l'arrêta in extremis. Lhaeo se tenait devant
eux ! Il bondit sur le quai, vêtu d'une cape noire, un
gros sac en bandoulière.

— Que veux-tu ? siffla Cyric sans baisser sa garde.

— Je ne vais pas vous trahir, si c'est ce que tu
veux savoir. Vous imaginez-vous à quel point
Elminster sera contrarié, si la première chose qu'il
apprend en revenant chez lui est votre exécution ?

— Nous avons vu périr Elminster, dit Minuit. Il a
été entraîné dans ce gouffre abominable.

— Je ne crois pas, répéta le scribe lentement. (Il
ouvrit son sac.) Il a disparu tant de fois déjà. S'il
était vraiment mort, je... le sentirais...

— Alors que veux-tu ? grogna Cyric. Au cas où
cela t'aurait échappé, nous sommes un peu pressés !

Lhaeo fronça les sourcils, écarta la dague et s'approcha de Minuit.

— Je suis là pour vous aider. C'est le moins que je
puisse faire après ce procès. (Il fit signe à la jeune
femme d' approcher.) Voici ton grimoire, ainsi que
quelques provisions pour le voyage.

Il retira du sac un beau globe d'ambre, orné d'étranges runes ciselées d'éclats de diamants.

Minuit s'éclaira en le reconnaissant.

Le globe éclaterait en mille morceaux si un objet magique puissant se trouvait à proximité.

— Cela devrait vous aider à retrouver les Tablettes du Destin, dit Lhaeo calmement. (Il sourit de leurs expressions étonnées.) Elminster me cache très peu de choses. Il m'a même confié que la première Tablette est à Tantras.

— Nous devons partir, souffla Cyric à Minuit. Tu feras l'inventaire plus tard !

Il attrapa Adon par le bras et se dirigea vers un bateau.

— Une dernière chose, murmura le scribe en tendant à la magicienne un autre sac, moins volumineux. Regarde cette fiole métallique : les brumes de l'extase. Une arme parfaite pour mettre hors d'état de nuire, sans verser le moindre sang, tout un contingent de gardes.

Cyric poussa le prêtre amorphe sur la fragile embarcation ; il commença à délier les amarres.

— Tu avais prévu de venir à notre secours ! s'exclama Minuit.

— Oh, loin de moi cette pensée ! fit Lhaeo avec une indignation forcée.

La jeune femme l'agrippa par l'épaule, et le força à lui faire face. Le scribe reprit soudain l'air grave.

— Pourquoi ? Les citadins t'auraient tué s'ils avaient percé tes intentions à jour.

— Je ne pouvais permettre qu'on vous fasse du mal. Je ne pouvais fermer les yeux sur une parodie de justice, ma dame. (Il lui baisa la main.) Elminster te faisait confiance. Tu dois en être digne.

Minuit embarqua. Cyric largua les amarres. Lhaeo les aida à s'éloigner du quai. Puis il se fondit dans la nuit.

Cyric, assis au centre, se mit à ramer, tournant le dos à Minuit. Adon, le regard vide, lui faisait face.

Hélas, le courant s'acharnait contre eux. Le voleur,

furieux, frappa l'eau du plat de l'aviron, aspergeant ses compagnons.

Adon ne réagit pas.

— Cet empoté est tout juste bon à servir de lest ! s'emporta Cyric exaspéré en lui envoyant un nouveau jet d'eau dans les yeux. Il ne fait que me rendre la tâche plus pénible !

Minuit essuya doucement l'eau du visage inerte.

— Je sais que tu m'entends, Adon, murmura la magicienne. Je ne t'abandonnerai pas. Je ne laisserai personne te faire du mal.

Elle continua, le front soucieux, sans remarquer que des larmes se mêlaient aux gouttes froides du fleuve Ashaba.

*
* *

Kelemvor avait passé la nuit entière, ou peu s'en fallait, dans la cour battue par les vents. Pas question de dormir. La garde était là, en alerte ; des bagarreurs s'y étaient mêlés. Entendre leurs grasses plaisanteries lui donnait la nausée. L'atmosphère de fête avait un caractère obscène.

Les feux de sa colère s'attisèrent quand des artisans vinrent installer les tréteaux de l'échafaud ; la disposition des bancs tenait compte de l'affluence des spectateurs : deux hémicycles disposés en tenaille permettraient de voir les condamnés à mort sous tous les angles. Des colonnes se dressaient au centre, équipées de grossiers anneaux de métal pour enchaîner les poignets et les chevilles des suppliciés. Une ouverture circulaire, dans chaque colonne, allait permettre au bourreau d'enfoncer les pointes de fer à travers leurs corps. Ce serait une mort lente et atroce.

Kelemvor ignorait encore ce qu'il ferait quand les

choses en arriveraient là. Même sans être convaincu de l'innocence de ses amis, il voulait se racheter. Minuit pouvait avoir provoqué la mort d'Elminster sans le vouloir. Comment savoir ?

Soudain, l'alerte fut déclenchée.

Comme les autres soldats, Kelemvor courut au donjon. Devant la cellule vide se tenaient, la mine sombre, le seigneur Trystemyne et Thurbal.

Sur un tabouret, les traits figés sur une épouvantable extase, gisait un garde, la gorge tranchée.

Le coup avait été porté avec une telle violence que la lame s'était enfoncée dans le mortier du mur, épinglant l'homme sur place.

— Qui l'a tué ? gronda Kelemvor.

Tous les regards se focalisèrent sur lui.

— Quand je suis venu le relever, répondit un garde nerveux, il avait cette étrange marque au cou. Je lui ai demandé ce qui lui était arrivé ; il a débité à toute allure une histoire d'homme de haute taille, comme Forester, roux, comme moi, avec un accent bizarre. Il venait, a-t-il dit, de l'escalier du fond, sur ordre du seigneur Trystemyne. Son récit achevé, il a souri et s'est passé l'épée à travers la gorge, à l'endroit précis de cette marque. C'est ce qui s'est produit, je le jure !

Trystemyne restait silencieux. Un des mercenaires prisonniers, dans la cellule d'en face, cria qu'il avait tout vu.

Le seigneur des Vallées, suivi de Thurbal et de Kelemvor, se tourna vers lui.

— Qu'as-tu vu ?

— Pas si vite ! coupa le prisonnier, visage collé aux barreaux. Qu'est-ce que ça me rapportera ?

Trystemyne l'agrippa sauvagement au poignet, et y posa son épée incrustée de rubis ; l'homme hurla de terreur.

— Ça te rapportera de garder ta main, cracha le seigneur, tandis qu'un garde immobilisait l'autre bras du mercenaire. Parle vite si tu ne veux pas que je t'écorche vif !

Le prisonnier s'exécuta sans perdre une seconde.

— Cyric ! s'exclama Kelemvor. Ce ne peut être que lui.

Un brouhaha s'éleva dans la tour. Les trois hommes grimpèrent l'escalier étroit et traversèrent le hall jusqu'à la salle d'audience.

Un garde leur montra le cadavre de Forester, qu'on avait traîné derrière les lourdes tentures encadrant le trône.

En une heure, les faits et gestes du voleur furent reconstitués, la disparition du bateau découverte.

Trystemyne entraîna Kelemvor dans ses appartements privés. Il s'affala sur un siège.

— J'ai besoin de quelqu'un pour leur remettre la main dessus, Kelemvor. Quelqu'un qui soit loyal au royaume, et qui sache comment retrouver ces bouchers.

Kelemvor était trop atterré pour répondre. Minuit, Cyric et Adon s'étaient servis de lui depuis le début ! Il n'y avait pas d'autre explication à leur fuite précipitée. Peut-être étaient-ils, tout compte fait, ces meurtriers qu'on avait condamnés.

— Tes actions au service des Vallées ont été exemplaires, reprit Trystemyne. Tu es un homme de valeur, Kel. Je pense que tu as été trompé. (Kelemvor acquiesça, se passant une main dans les cheveux.) Tu sais peut-être où ils sont allés.

— Peut-être, marmonna-t-il.

— Je veux que tu te lances à la poursuite de ces criminels, et que tu les ramènes ici. Je te donnerai une douzaine d'hommes, y compris un guide forestier.

— Forestier ? Mais ils sont partis en bateau, dit-il, dérouté.

— Ils ont une avance considérable. Notre meilleure chance de les rattraper, c'est la voie de terre.

A ce moment, la porte s'ouvrit sur Lhaeo.

— Seigneur Trystemyne, accordez-moi votre clémence ! s'exclama le scribe en tombant à genoux. Je ne savais pas ! J'ai cru en leur innocence ! Mais ils ont versé le sang et m'en ont souillé les mains !

— Calme-toi, ordonna Trystemyne. Dis-nous tout.

— Comme je l'ai dit au procès, je crois qu'Elminster est vivant. Je... je me suis rendu à la tour, pour aider la magicienne et le prêtre à s'échapper avant leur exécution. Mais Cyric m'avait devancé ! (Lhaeo baissa la tête.) Je les ai laissés partir - non, je les ai *aidés* à partir. J'ai donné à Minuit son grimoire et... d'autres choses. (Trystemyne observa Kelemvor, dont le visage était dénué de toute expression.) J'aurais dû comprendre que le garde à l'intérieur était déjà mort ! Quelqu'un aurait dû donner l'alerte. L'idée ne m'est même pas venue que... Jamais je ne pourrai me pardonner !

Trystemyne parvint à contenir sa rage.

— Les meurtres se sont produits avant que tu les rejoignes, Lhaeo. Tu n'en es pas responsable.

Le jeune homme déglutit.

— Vous devez me placer en état d'arrestation.

— Considère-toi aux arrêts. Ne quitte pas la tour, sauf pour te procurer de quoi manger et boire. C'est mon dernier mot. (Le scribe se releva, inclinant la tête.) Une chose encore : sais-tu où ces criminels se rendaient ?

Lhaeo se retourna, blanc de colère.

— Oui, répondit-il, crispé. Ils vont à Tantras.

— Un instant, Lhaeo, intervint Kelemvor. Tu viens de dire que tu *pensais* qu'Elminster n'était pas mort. As-tu cessé d'y croire ? Estimes-tu que Minuit et Adon l'ont... assassiné ?

Les épaules raides, le scribe murmura :

— Après ce qu'ils ont fait dans la tour, je crois que ce sont des assassins. Pis encore, ils ont abusé d'hommes de bien comme Elminster. Comme toi, Kelemvor. Ils doivent payer pour leurs crimes !

CHAPITRE III

LA NÉRÉIDE

En pensée, Cyric avait assassiné Adon une centaine de fois. Il se voyait fracasser le crâne à coups d'aviron, et contemplait les eaux sombres se refermant sur cette épave humaine.

Le prêtre se mettait parfois à pleurer ; Minuit tentait de le réconforter en lui murmurant de douces paroles à l'oreille. A de tels moments, la colère bouillait en Cyric, qui songeait à des manières de tuer encore plus sanglantes.

La descente du fleuve, paisible, laissait trop de temps pour penser. Le soleil était haut dans le ciel ; Cyric et Minuit rêvaient de banquets et de festins. Le jeune homme devait se reposer. Mais ils n'osaient pas accoster : leurs poursuivants pouvaient surgir à tout instant.

Adon surprit Cyric en lui tendant un généreux morceau de pain, un sourire imbécile aux lèvres, comme un simple d'esprit.

— Ne t'approche pas de moi ! rugit Cyric en le giflant à la volée.

Adon tomba à la renverse, le pain projeté dans les airs. L'embarcation tangua. Le jeune homme, tout tremblant, rampa aussi loin de Cyric que possible. Il se recroquevilla, une étrange expression de peur et de colère mêlées sur le visage.

Minuit étouffa un juron :

— Pourquoi as-tu fait ça ? Réponds-moi !

Le voleur ne dit mot, ravalant son fiel. Aucune de ses raisons ne plairait à la jeune femme. Depuis leur départ d'Arabel, il avait considéré le prêtre comme un poids mort. Rien n'était venu le faire changer d'avis : Adon ne pouvait invoquer sa déesse pour lancer des sorts, il était donc inutile comme guérisseur. Ses talents de guerrier étaient convenables, mais pas exceptionnels.

On se passe très bien de lui, conclut le voleur. *Voilà pourquoi je le hais. Je n'ai pas besoin de lui.*

— Parle-moi encore de Tantras, soupira Cyric pour changer de sujet.

La colère s'évanouit de l'esprit d'Adon, ne laissant que la peur. *Ne lui dis pas*, implora-t-il dans le silence de ses pensées. *Il ne doit pas savoir.*

Minuit ne vit pas son expression :

— L'une des Tablettes du Destin y est cachée. C'est du moins ce qu'Elminster nous a dit, avant son combat contre Baine.

Cyric se crispa.

— Il faudrait savoir où elle est cachée.

— Elminster l'ignorait, soupira Minuit.

— Alors comment sommes-nous censés la retrouver ? Je ne suis même pas sûr de savoir à quoi elle ressemble !

Elle frissonna. Les Tablettes, à ses yeux, étaient liées à la mort de Mystra.

— Elles se présentent comme de simples tablettes d'argile, murmura-t-elle. Une soixantaine de centimètres de hauteur. On y trouve les noms de tous les dieux, et leurs sphères d'action sont gravées en runes magiques.

Le voleur s'imagina en possession de ces Tablettes,

assez puissant pour anéantir les armées du roi Azoun. *Je serais au moins capable de mener ma propre vie comme je l'entends.*

Plus tard, il apprit à Minuit une technique ancestrale pour ramer en économisant ses forces.

Et la jeune magicienne, à son tour, expliqua au malheureux Adon le secret du déhanchement traditionnel.

Ils pagayèrent toute la journée à tour de rôle, et finirent par se sentir un peu plus à l'aise.

Le soir, ils accostèrent ; Cyric alluma un petit feu, Minuit se baigna dans l'eau froide pour se détendre. Adon s'assit au creux d'un arbre et s'absorba dans la contemplation d'une branche tortueuse. Soudain, la jeune femme poussa un cri perçant ; Cyric se précipita : il y avait des lueurs bizarres sous l'eau. Ils regagnèrent rapidement la terre ferme. Les lucioles aquatiques se multiplièrent brusquement.

Cyric plongea la main dans l'eau et en retira une sorte de poisson phosphorescent, dont la dentition occupait la moitié d'un corps minuscule. L'eau pullulait de parasites gorgés de sang.

— Il doit y en avoir des milliers ! s'exclama Cyric. Ils grouillent ! (Il se tourna vers Minuit, un sourire sardonique aux lèvres.) Ils me rappellent les hommes de la Vallée après ton procès...

— Je ne vois rien d'autre que des lueurs, répondit Minuit, se détournant du voleur.

— J'ai de très bons yeux, même la nuit.

— Comme Kelemvor, remarqua la jeune femme, d'un air absent.

— Tu penses encore à lui ? s'étonna Cyric d'une voix aussi glacée que les eaux du fleuve.

— Cyric, je te suis reconnaissante de ce que tu as fait pour moi, soupira-t-elle. Sans toi, je serais morte à l'heure qu'il est. Je le sais bien. Mais je ressentais pour Kelemvor quelque chose que je ne peux pas expliquer.

La magicienne secoua la tête.

Cyric parut s'absorber dans le spectacle des parasites, occupés à s'entre-déchirer à belles dents. La tache de sang s'étendait.

— Même au Val des Ombres, avant la bataille, Kel a refusé de m'aider. Au procès, j'étais certaine que j'allais mourir..., poursuivit la jeune femme.

— Tu sais ce que je voudrais ? grommela Cyric, en s'agenouillant sur la berge. Arriver vivant à Tantras. Ces Tablettes sont importantes : ensemble, nous pouvons les trouver.

Adon vint s'asseoir près d'eux, et dévisagea le voleur comme il aurait regardé quelque horrible créature surgie de la forêt.

— Même avec l'aide d'Elminster, nous avons tout juste pu vaincre Baine. A nous trois, nous aurons bien du mal à poursuivre cette quête, observa Minuit.

— Durant notre voyage, tu as accompli quelques prodiges impressionnants, sourit Cyric. Tu connaissais sur le bout des doigts des sorts que tu n'avais jamais appris. Des incantations dépassant de loin tes compétences se bousculaient sur tes lèvres. (Le voleur se redressa, et s'étira.) Tu as tout le pouvoir dont nous avons besoin...

— C'est l'amulette qui en était la cause, marmonna-t-elle. Elle a été détruite dans le temple de Lathandre. Le pouvoir dont tu parles n'existe plus.

As-tu essayé de lancer d'autres sorts depuis lors ? Qui pourrait dire quels pouvoirs t'a conféré cette amulette ?

— Je n'ai nulle envie de jouer avec le feu, répliqua la magicienne. La magie reste une force instable. Je ne m'y risquerai pas, tant que je n'y serai pas obligée.

— Est-ce ta seule raison ? Ou as-tu peur ?

— Mon procès est terminé, Cyric !

Il la prit par le bras :

— Réponds à une question, une seule : comment as-tu survécu à la destruction du temple ? J'ai vu les ruines, j'ai examiné l'endroit où on vous a retrouvés, Adon et toi.

— La protection de Tymora, marmonna la jeune femme en se dégageant.

Adon se redressa et rejoignit Cyric.

— Tous les dieux sont morts. Tymora aussi.

Le voleur et la magicienne sursautèrent à ces paroles inattendues.

— Seule la magie peut expliquer ce qui est arrivé au temple, reprit Cyric. *Ta* magie, Minuit. J'ignore comment, mais tu as acquis un pouvoir, et nous en avons besoin pour retrouver les Tablettes.

— Pourquoi es-tu si désireux de mettre la main sur elles ? demanda la jeune femme, en lançant le sac de vivres dans la yole.

— Parce que d'autres les voudront. Beaucoup d'autres. C'est ce qui les rend précieuses.

— Et l'avertissement de Mystra ? lui rappela Minuit. Elle a dit que les Tablettes devaient être ramenées dans les Plans et rendues au Seigneur Ao, pour que les dieux réintègrent les cieux, et que les Royaumes retrouvent l'ordre et la paix.

— Si le Seigneur Ao a un prix correct à proposer, je me ferai une joie de les lui remettre.

— Tu es complètement fou !

— Non... Ce n'est même pas ça. Nous avons combattu des dieux, Minuit. Nous les avons vu mourir. Ils ne me font plus peur... Ils ne sont pas vraiment différents de nous.

Les deux jours suivants furent calmes, et Adon se remit à réagir aux stimuli ; sans cesser de ramer, il aida la jeune femme à rechercher des sorts spécifiques dans son grimoire.

Cyric décida de pêcher pour améliorer l'ordinaire.

Adon finit par passer l'essentiel de son temps à contempler des algues aussi douces que des cheveux de femme. La jeune magicienne était aux avirons quand elle eut la surprise de voir peu à peu s'épanouir, sur les lèvres du prêtre, un sourire extasié. La lumière chatoyait sur les vaguelettes soulevées par le mouvement des rames ; sous la surface des eaux s'épanouissaient mille guirlandes végétales, à demi enfouies dans la pénombre. Adon n'y put tenir ; il mit la main dans l'eau et caressa les algues. Il avait tout à fait oublié Cyric et même le grimoire.

Soudain ses doigts rencontrèrent quelque chose de ferme. Il voulut se dégager ; sa main était prisonnière. Il se pencha : une autre main plus petite le retenait. Un peu plus loin, deux yeux brillaient, deux lèvres souriaient. Dans une gerbe d'écume jaillit une belle jeune femme humide au corps translucide.

Quand elle se redressa, secouant sa chevelure ruisselante, Minuit faillit lâcher ses avirons. Cyric se ramassa sur lui-même, dague au poing ; mais sa peur se dissipa sous l'effet de cette vision. La dague retomba de ses doigts inertes.

Vêtue d'une tunique blanche et or qui épousait sa beauté diaphane, la jeune sirène flottait au même rythme que la yole. Avec sa peau d'albâtre, elle avait quelque chose d'immatériel.

— Qui êtes-vous ? demanda d'une voix chaude la transparente créature.

Minuit répondit d'une voix claire et posée :

— Je suis Minuit du Val Profond. Mes compagnons sont Cyric, derrière moi, et Adon, près de vous.

— Aimeriez-vous... jouer ? sourit la créature

— Nous n'avons pas le temps, déclara Minuit. Nous sommes en mission.

La femme aux cheveux d'or rit, le bout des doigts sur les lèvres.

— Oh, comme c'est excitant ! Mais vraiment, vous devriez rester avec moi.

L'air vibra de minuscules étincelles ambrées. Les deux compagnons de Minuit se dressèrent sur la yole, transfigurés.

Minuit se rendit compte qu'ils avaient affaire à une

néréide, une créature du Plan Elémentaire des Eaux connue pour ensorceler les hommes qui posaient les yeux sur elle.

Un tourbillon surgit à la proue. Minuit se tourna vivement vers la scintillante apparition.

— Si tu nous tues, tu ne pourras pas jouer avec nous ! s'écria-t-elle.

— Je peux jouer avec vous, morts ou vifs, répondit-elle, caressant le visage d'Adon. Ça ne fait aucune différence.

De désespoir, Minuit se saisit d'un des sacs donnés par Lhaeo.

— Nous pouvons te donner un puissant objet magique. Mais nous seuls savons nous en servir.

Le tourbillon disparut. La yole manqua chavirer sous l'effet de ses ultimes remous.

— Montre-moi, murmura la créature en glissant sur l'eau.

Minuit chercha le meilleur moyen de se défaire d'elle ; selon les vieilles légendes, son âme était emprisonnée dans son châle blanc - il suffisait de le lui arracher.

Le fleuve se figea : une douzaine de reflets de la néréide s'animèrent, se solidifièrent et immobilisèrent la yole.

Minuit remarqua que la jeune femme n'était pas faite de chair, mais d'eau translucide, striée d'éclairs de lumière et de l'azur du ciel. Le rayonnement du soleil vu à travers un grand bloc de glace.

— Ne lance pas de sort, Minuit, cria faiblement Adon. Comme elle est belle ! Comme tu es belle, néréide ! Oui, souris-moi encore. Mais qu'est-ce que tu fais ? Tu te transformes en vieille sorcière, tu veux m'éprouver, mais ça ne change rien. Ah, tu redeviens toi-même. Je le savais, j'en étais sûr. Souris encore. Nage pour moi. Nage.

— Tu es amoureux, constata froidement la néréide. Tu ferais n'importe quoi pour moi.

Contemplant la fascinante beauté qui se tenait devant lui, Adon se souvint de l'épreuve que Baine lui avait fait subir, au château Kilgrave, et dont ses amis l'avaient sauvé. Il se mit à trembler.

— Non... Non, je ne pense pas.

Tout à coup, il bondit à la vitesse de l'éclair, et arracha le châle des épaules liquides.

La créature hurla ; ses doubles soulevèrent la yole. Adon et Minuit tombèrent au fond de l'embarcation, dans un enchevêtrement de bras et de jambes. Minuit arracha sa dague à Cyric.

— Repose-nous sur la rivière ! ordonna-t-elle, enroulant le châle autour de la lame.

Les créatures-miroirs lâchèrent brutalement prise ; Cyric fut assommé dans la chute.

— Rends-moi mon châle, supplia la néréide.

— Je croyais que tu voulais jouer, répliqua Minuit, glaciale.

L'un des doubles se hissa à bord et bondit sur Adon avec une terrible grimace de haine.

— Disperse tes servantes ! cria la magicienne. Laisse-nous aller en paix !

Les créatures retournèrent à l'élément liquide avec des gargouillis étranglés. La yole se remit à glisser sur le fleuve.

— Adon, aux avirons ! cria Minuit, dans la barque agitée par de nouveaux remous.

Cyric reprit connaissance en grognant. La créature des eaux fondit sur lui. Elle voulait l'attirer dans le fleuve pour le noyer. Adon réagit en un clin d'œil : il attrapa une cheville du jeune homme à deux mains et s'y cramponna. Minuit passa la lame au-travers du châle.

La nymphe aquatique se figea, parcourue par des spasmes douloureux, et se liquéfia dans une ultime plainte.

Adon tira le voleur encore groggy et désorienté au fond de la barque et lui sourit. Le châle noircit d'un coup et s'effrita entre les doigts de la jeune femme. Elle le regarda disparaître à son tour dans les eaux sombres de l'Ashaba.

*
* *

Fzoul Chembryl luttait contre la mort, allongé sur un lit de paille, dans la lumière ambrée du crépuscule. Il gisait dans une ferme du Val des Dagues, occupée par les forces zhentilles. Les vainqueurs n'avaient pas cherché à repousser plus loin l'ennemi en déroute.

Quel endroit ignoble pour une tombe ! songea le blessé. *Moi, puissant prêtre du Dieu des Conflits, chef du Zhentarim, je meurs dans ce taudis puant...* Personne, du reste, n'allait se lancer à sa recherche. Le Zhentarim, une puissante et secrète organisation, serait trop heureuse de le voir mort.

Notre morgue présomptueuse nous a trop coûté ! s'emporta-t-il. *Et ta cupidité, Baine... Ta folie et ta cupidité...*

Il tenta en vain de bouger. Sa plaie béante à la poitrine le transperçait de souffrance ; il avait l'impression qu'un molosse enragé le déchiquetait à belles dents.

Le serviteur de Baine sombra à nouveau dans un délire fébrile, comme pendant les jours qu'il venait de vivre. La mort de Blackthorne, due à l'instabilité de la magie, lui avait permis d'assumer en partie les responsabilités du défunt auprès de leur seigneur et maître. Sememmon de Darkhold partageait avec lui ses nouvelles fonctions de hiérophante du Seigneur Noir.

Fzoul avait vite déchanté, en découvrant les secrets de ce dieu de chair et de sang. Dégoûté, il avait dû pourvoir aux besoins triviaux de sa divinité en nourriture, eau et soins médicaux, et garder jalousement le secret. A présent, abandonné de Baine le Fléau, à la merci de ses subordonnés, il tâchait de ne pas penser à l'inéluctable.

La lumière du ciel, tombant du toit de chaume en décombres, éclata en traînées sanglantes : alors qu'il se redressait en hurlant, une main squelettique le força à se rallonger. Le gisant se retrouva face à une apparition d'outre-tombe, sans doute échappée de quelque charnier.

— Zhentils ! A moi !

Sa poitrine se souleva sous l'intense douleur d'avoir crié pour tenter d'écarter de lui le corps putrescent.

L'horreur décharnée grimaça :

— Hélas, Fzoul Chembryl, hiérophante de Baine le Fléau, les Zhentils qui campaient près de cette hutte sont tous... partis. Tu sais qui je suis, naturellement ?

— Tu es venu pour moi, enfin ?

— N'exagérons rien ! Tous les hommes, tôt ou tard, me trouvent sur leur chemin. Mais ton heure n'est peut-être pas encore venue.

Fzoul essaya de cacher sa peur :

— Que proposes-tu ?

Myrkul tapota son menton émacié de ses doigts en putréfaction.

— Ce n'est pas *moi* qui propose, soupira-t-il. Je suis ici en tant que - hum - envoyé de ton seigneur et maître, le Dieu immortel des Conflits.

— Regarde-moi ! ricana Fzoul. Que pourrait bien me vouloir le Seigneur Baine ? J'ai du mal à respirer encore !

— L'avatar du Seigneur Baine a été détruit, au temple de Lathandre. Tu as l'insigne honneur d'être élu pour abriter l'essence de ton maître.

Le dieu sourit en contemplant le taudis.

— Mais mes blessures..., objecta Fzoul, désorienté.

— Ne sont rien pour un dieu. Tu peux guérir, et connaître la gloire dont tu as tant rêvé, soupira Myrkul. (Une inquiétude se lut sur les traits de l'agonisant.). Epargne-moi tes dénégations. Tes machinations pour augmenter tes pouvoirs sont bien connues.

— Pourquoi Baine ne s'empare-t-il pas de moi, tout simplement ? Je ne pourrais rien faire pour l'arrêter.

— Si le *Seigneur* Baine te possédait, ton identité et ta mémoire seraient compromises. Or le Seigneur Noir souhaite assimiler ton essence et, pour cela, il lui faut ta coopération.

La souffrance qui tenaillait Chembryl était devenue intolérable.

— Pourquoi ? Pourquoi n'est-il pas venu en personne ? haleta-t-il.

— Il est là, ricana Myrkul. Regarde autour de toi.

Le voile rouge sang qu'il avait pris pour le ciel descendit par l'ouverture du toit jusqu'à son lit de souffrance.

— La mort ou la vie ? demanda le squelette ambulant. Le choix t'appartient.

La masse sanguine se mit à rayonner, puis à battre au rythme de son pouls, hantée par une flamme noire palpitante.

— Je veux vivre ! s'écria Fzoul.

L'énergie ténébreuse s'abattit sur sa plaie béante.

— Hélas, je le savais, soupira Myrkul, en contemplant le corps qui se tordait de douleur.

Des coulées de lumière sombre jaillirent des yeux, de la bouche et du nez du grand prêtre.

Fzoul sentit sa chair anesthésiée par la sombre essence de Baine. Sa circulation sanguine manqua s'arrêter tout à fait, submergée par la présence du dieu maléfique. Ses organes humains furent violés par l'étincelle divine qui se fondait dans la chair. Il accueillit la vague maléfique qui enflait en lui.

La sensation grisante fut de courte durée. Une douleur aiguë le transperça quand ses souvenirs et ses désirs furent exposés au dieu.

N'aie aucun doute sur celui qui commande, gronda le Dieu des Conflits. *Tes tâches seront simples ; mon-*

tre-toi déloyal ou rebelle une seule fois, et je te détruirai.

Les sensations revinrent tout doucement ; Fzoul perçut la fraîcheur de la brise. Sa plaie s'était refermée d'elle-même, et il put s'asseoir.

— Myrkul, commença le Seigneur Noir avec la voix du hiérophante, j'ai besoin de tes services.

— Plus rien ne le nécessite, Seigneur Baine, répondit calmement le Dieu des Enfers. Une fois arrivé au Château-Zhentil, il te faudra veiller en personne à tes besoins. Autant commencer tout de suite.

Le Seigneur Noir gronda :

— Tu vas trop loin. Je ne supporterai pas d'insubordination ! Rappelle-toi qui je suis, conclut-il, après avoir songé une seconde à utiliser sa puissance.

— Mes excuses, Seigneur Baine, murmura le Dieu des Morts. Ces temps derniers ont été éprouvants. Es-tu prêt à retourner au Château-Zhentil ?

Baine parcourut des mains son nouveau corps d'emprunt. La chair pâle et vulnérable le mettait mal à l'aise. Les humains seraient plus enclins à le suivre et à le servir, si son apparence était moins inhumaine. Sa précédente stratégie - terroriser ses fidèles pour s'assurer de leur totale obéissance -, lui avait valu un cuisant échec. Après la défaite du Val des Ombres, il allait devoir redorer son blason.

Le Dieu des Dissensions frémit en songeant que la somme totale de son pouvoir, dans les Royaumes, dépendait du nombre de ses fidèles. Une pensée écœurante !

Myrkul suscita un portail mystique. L'instant suivant, Fzoul, nouvel avatar de Baine, se tenait dans une rue crasseuse, déserte, de la ville maléfique.

Il se retourna pour constater que le portail avait disparu. Peu importait.

Il courut dans les rues où sévissaient dans l'ombre malfaiteurs de tout poil, assassins et marchands d'esclaves.

63

Il parvint à se faire reconnaître d'un garde et pénétra dans son temple, partiellement reconstruit. C'était
tout son royaume qu'il devrait restaurer.

— Qui commande, à présent que Baine a disparu ?
demanda-t-il à son guide, un dénommé Ashlin. Je
présume que Sememmon a pris en mains les rênes du
royaume.

Ashlin haussa les épaules :

— Sememmon a été blessé sur le champ de bataille. On a vu des gens le traîner à l'écart ; depuis, plus
de nouvelles.

— Alors cette cité est à nouveau entre les mains
d'incompétents ! Le seigneur Chess ?

— Oui, marmonna Ashlin. Après le départ de
Baine, une fois Sememmon et vous portés disparus et
Manshoom caché quelque part, le seigneur Chess n'a
plus vu l'intérêt de continuer à reconstruire ce temple... Selon la rumeur, ce porc voudrait en faire un
bordel !

L'avatar sentit ses muscles dorsaux se raidir.

— Je veux lui parler, lâcha-t-il sèchement. Cette
nuit.

Le Dieu du Désordre s'arrêta brusquement face à
une large fenêtre qui offrait une vue plongeante sur
une rue jonchée de détritus.

— Oui, seigneur Chembryl.

— Attends. Il y en a d'autres que j'aimerais également convoquer...

*
* *

Baine, pendant plusieurs heures, s'installa dans ses
appartements privés, situés à l'arrière de la salle du
trône. Il se prépara aux entretiens.

A travers un judas, il épia les conversations. Les

membres du réseau Zhentarim - ou Réseau Noir - gardaient le silence. Les hommes du seigneur Chess, officiers de haut rang, et chefs de la milice, étaient moins discrets.

— Le Seigneur Baine nous a abandonnés ! criaient-ils. C'est le seigneur Chess qui devrait gouverner cette cité !

— Baine nous a trahis ! renchérit un autre. Nos forces armées ont été menées dans des pièges mortels ! Il a abandonné les survivants du massacre aux mains des bourreaux du Val des Ombres !

Des clameurs d'approbation s'élevèrent d'un groupe de miliciens.

Il est temps d'entrer en scène, se dit-il. *Je n'aurai aucune peine à manipuler ces bavards sans cervelle.*

Il émergea des lourdes draperies encadrant le trône et leva les mains :

— Je suis ici pour unifier Zhent !

Il défia la foule, devenue silencieuse, un sourire mauvais aux lèvres ; il s'assit sur le trône. La salle explosa de cris outragés.

— C'est une insulte ! s'écria un prêtre aux cheveux noirs. Nous a-t-on convoqués au milieu de la nuit pour assister à ce sacrilège ? Comment expliques-tu ceci, Fzoul ?

— Par le sang ! répliqua le prêtre aux cheveux roux. Je réponds à ton appel par le sang. Je ne suis pas Fzoul Chembryl, même si c'est maintenant sa chair qui abrite mon essence. Je suis ton seigneur et maître : à genoux !

Le prêtre hurla et s'écroula, en proie à de terribles visions... Un monde livré au génie pervers du Dieu des Conflits, des fleuves charriant le sang et les cadavres déchiquetés, des terres couvertes de cendres et de ruines noircies, ébranlées par le lourd pas cadencé des guerriers vêtus de cuir et de métal... Et au milieu des braises, des membres déchiquetés, des viscères mal cuits et les visages convulsés de ceux qui étaient morts sous la torture, une silhouette énorme emplissant l'horizon en feu : lui, Baine le Fléau, couvert des dépouilles sanglantes des vaincus.

Le prêtre aux cheveux noirs se releva, les yeux injectés de sang. Une écume compacte coula de ses lèvres. Il éructa :

— Notre dieu est de retour ! Il est revenu nous libérer !

— Tous mes enfants connaîtront la jouissance et la gloire, promit Baine.

La salle était pleine de fidèles aux yeux fixes, entrevoyant l'avenir qui leur promettait des massacres, et encore des massacres, et ainsi de suite jusqu'à la consommation des siècles. Un feulement rauque résonnait dans leurs gorges. C'était comme une mélopée de mort, qui peu à peu s'enfla et se répercuta sous les voûtes avant de s'échapper par les fenêtres et de porter au monde, en un murmure confus, la nouvelle de l'avènement du Dieu de la Discorde et de l'entrée dans un nouvel âge où nul être vivant n'aurait plus d'autre issue que les supplices. Les yeux des sectateurs de Baine étaient devenus phosphorescents et noyés de sang. Des cris de guerre s'élevèrent : le vacarme inhumain des conquérants. Les loyaux serviteurs se tinrent aux ordres de leur dieu.

— Il faut d'abord découvrir les ressources de notre ennemi, s'écria Baine. Rappelez nos espions du Val des Ombres : je désire savoir quel sort a échu à ceux qui se sont opposés à moi au temple de Lathandre. Si Elminster ou le laquais de Mystra vivent encore, je veux qu'on les traîne devant moi !

Le ministre de la Défense s'inclina, puis s'éloigna vivement du trône.

— A présent, nous devons nous adresser au peuple de Zhent, gronda le Dieu de la Discorde, se tournant de nouveau vers la foule. Le mécontentement, la peur et la confusion doivent être chassés des cœurs, si nous voulons atteindre à la grandeur qui nous est promise.

Nous irons cette nuit même dans les rues proclamer la nouvelle de mon retour. Les flammes de l'espoir deviendront fournaise. Ensemble, nous balayerons les doutes et inaugurerons une ère nouvelle !

Des cris de gratitude éclatèrent de tous côtés. Le Seigneur Noir se permit un discret sourire. Il les tenait !

Au paroxysme de la frénésie collective, il leva un poing :

— Ensemble, nous triompherons là où les dieux échoueraient seuls !

Le Seigneur des Conflits se leva et quitta majestueusement son trône, conduisant la multitude exaltée hors des murs du temple.

CHAPITRE IV

POURSUITE

L'orée de la forêt était à une heure de marche ; Kelemvor et ses hommes avaient hâte de laisser derrière eux les sous-bois, qui ralentissaient leur avance. Cela faisait des jours qu'ils cheminaient à la poursuite des assassins, s'éclairant à l'aide des cristaux magiques que Lhaeo leur avait donnés.

L'aventurier soupesa sa bourse et se demanda si ses anciens alliés avaient reçu autant d'or que lui pour trahir les Vallées.

Les dix guerriers expérimentés qui formaient sa troupe lui inspiraient une confiance raisonnable. Il avait juste été un peu surpris de découvrir parmi eux un jeune garde, Yarbro, qu'il avait détesté dès le premier regard. Mais le seigneur Trystemyne, passant outre à ses objections, lui avait assigné le garçon comme adjoint.

« — Il te faut un homme de sang-froid pour assistant, lui avait expliqué le seigneur. Ta rage risque de te faire perdre toute mesure ; or, je veux ces criminels vivants. »

On voulait de toute évidence que quelqu'un garde l'œil sur lui.

Le guide, Terrol Uthor, était un vétéran et un spécialiste des légendes concernant les onze tribus elfiques ayant vécu autrefois dans les forêts entourant le Val des Ombres. C'était un homme petit et carré, proche de la quarantaine, les yeux bleu-gris, les cheveux noirs et drus.

Une haine commune des évadés liait ces dix hommes. Tous avaient perdu des amis ou des parents dans la bataille de Valombre.

Kelemvor ne mettait pas leur bravoure en doute. Ils avaient assez prouvé leur valeur, ces temps derniers. Il se demandait quand même comment ils réagiraient l'heure venue.

Que leur haine les rende trop efficaces, une fois Minuit, Adon et Cyric rattrapés, voilà ce qui alarmait le guerrier.

Ils furent bientôt à ciel découvert, dans les champs du Val des Brumes. Toujours aucune trace des fuyards...

Kelemvor ordonna une halte pour décider de la marche à suivre. Au terme du conseil de guerre, il fut décidé de se diriger vers l'est.

Les chasseurs d'hommes eurent tôt fait de rejoindre la route qui menait de Montéloy au nord à Tilverton, Arabel, et finalement à la mégalopole de Suzail, au sud. Le soleil ardent doucha leur enthousiasme ; chemin faisant, ils défoulèrent leur mauvaise humeur en rêvant aux différentes façons de « s'occuper » des criminels en cavale au moyen de tortures raffinées. Yarbro ne manquait pas d'imagination.

La colère de Kelemvor augmentait avec les heures. Quel ramassis de piétaille assoiffée de sang, aussi déboussolée que les fanatiques de Tilverton !

Il rumina dans son coin, ce que l'on prit pour un consentement muet. Les commentaires se firent d'autant plus cruels.

Pour la première fois, se souvenant des remarques sarcastiques de Cyric à propos de la « justice » des hommes de la Vallée, Kelemvor se demanda s'il avait choisi le bon camp.

Le soir venu, ils campèrent et mangèrent du daim. Une fois repus, sinon reposés, ils reprirent la route éclairée par la lune en direction de la Pierre Debout. Il s'agissait d'une immense dalle d'un gris lustré, d'environ sept mètres de hauteur. Elle portait à sa base, aux quatre coins, des runes elfiques. Par-delà la pierre venait une étendue de terre désolée, où rien jamais ne poussait. Plus loin se dressaient des arbres comme ils n'en avaient jamais vu. Les troncs émergeaient de la terre en complexes racines noueuses ; les branchages formaient dans les airs de bizarres enchevêtrements horizontaux au lieu de s'élancer droits et fiers vers les nuées. Ces arbres étaient de couleur orange sombre, leurs frondaisons, d'un jaune fielleux.

Les hommes ne se sentirent guère rassurés ; la Pierre Debout était renommée pour ses propriétés surnaturelles. Certains n'aimaient pas se trouver si proches des ruines de Myth Drannor, au nord. Mais quelles que soient leurs craintes, ils étaient épuisés et devaient se reposer.

Kelemvor s'absorba dans ses doutes. *Vengeance* ? Etait-ce sa seule motivation ? On n'avait donné à Minuit, lors du procès, aucune chance de se défendre... Et ces hommes des Vallées n'allaient pas davantage veiller à ce que Cyric, Adon et elle soient traités correctement.

Il décida de faire son possible pour freiner leurs pulsions meurtrières. Intervenir directement contre ses compagnons serait un moyen sûr de mettre la malédiction en branle. Mais il pourrait les obliger à respecter les instructions de leur seigneur, qui voulait des prisonniers vivants. Après tout, c'était pour cela qu'on le payait.

Des grognements porcins se firent soudain entendre dans la nuit. Terrorisé, un des chevaux se cabra avec un hennissement affolé...

— Les Orcs, cria Kelemvor. Ils attaquent !

*
* *

Aussitôt les guerriers dégainèrent. Mais déjà les dards sifflaient dans la nuit. Deux hommes - les deux prêtres de l'expédition - tombèrent, mortellement blessés.

— Tous à la Pierre Debout ! cria Kelemvor.

Ils coururent vers cet obstacle naturel où ils pourraient s'adosser. Mais déjà les Orcs étaient sur eux. L'assaut des hommes-chiens au museau de porc fut sauvage et sanglant. Ils capturèrent et entraînèrent un des guerriers, Carella. Les cris du malheureux alertèrent Terrol Uthor, son ami d'enfance, qui retourna dans la clairière et fut tout de suite abattu.

Puis le silence revint. Les survivants se regroupèrent autour de Kelemvor, sur la grand-route. Les Orcs, ils le savaient, allaient torturer Carella tout à leur aise.

Yarbro prit la parole :

— Parfois, les Orcs laissent vivre leurs victimes... pour un temps. (Il fit une pause ; Mikkel dégaina également, Cabal remonta en selle.) Nous retournons le chercher.

Kelemvor ferma les yeux : même s'il l'avait voulu, il ne pouvait pas revenir en arrière avec eux. Ce n'était pas dans son *intérêt*.

— Fais ce que tu veux, Yarbro. Je ne t'aiderai pas.

Yarbro, Cabal et Mikkel s'élancèrent avec des cris de guerre. Kelemvor entendit des braillements en orquien, puis, plus rien.

C'est la fin, se dit-il, regardant Jorah s'occuper d'un compagnon blessé à la jambe. *Jamais je pourrai empêcher ces hommes de tuer Minuit, Adon et Cyric... Comme tout serait simple sans cette malédiction ! Je pourrais abandonner cette mission et faire ce que le bon droit exige.*

C'était impossible. S'il agissait selon son désir, il se transformerait en panthère et recommencerait à tuer.

Des bruits de sabots... C'étaient Yarbro et deux archers, tenant un cheval en laisse.

Kelemvor vit la haine briller dans leurs yeux ; pour eux, il n'était ni meilleur ni pire que Minuit et ses acolytes.

— Les Orcs ont fui, les lâches ! rugit Yarbro, brandissant une longue dague où vibrait encore un lambeau de cœur d'homme-chien. Comme toi ! Je devrais te tuer, mais tu nous serviras de bouclier à la prochaine attaque. Dorénavant, tu chevaucheras seul en tête.

La route jusqu'au pont Plume-Noire fut longue et morose. Le guerrier aux yeux émeraude savait qu'il ne lèverait pas le petit doigt si ses compagnons de route étaient attaqués à revers. Seul l'or de Trystemyne le retenait encore... Il le fallait bien.

Le sort atroce de leurs frères d'armes n'avait tempéré en rien la cruauté de ces hommes. Ils continuaient à passer leur temps à concocter des supplices de choix pour les fuyards. De temps à autre, Yarbro rattrapait Kelemvor et lui exposait par le menu ses trouvailles les plus barbares, pour le railler et le provoquer.

Au pont Plume-Noire, Kelemvor rompit son silence :

— Yarbro est votre chef maintenant, et à juste titre. J'ai toutefois quelque chose à dire. (Des marmonnements parcoururent les rangs. Yarbro lui jeta un coup d'œil suspicieux, puis adressa un signe de tête à ses hommes pour leur signifier qu'il leur accordait le droit d'écouter.) C'est la dernière fois que je vous rappelle les ordres précis du seigneur Trystemyne : *capturer* Minuit, Adon et Cyric, et les ramener à Valombre, où ils paieront pour leurs crimes. On doit les prendre vivants, si possible.

Le Dieu des Conflits convoqua sa nécromancienne, Tarana Lyr, une belle jeune femme drapée d'ébène, aux couleurs de son seigneur et maître. Elle entra dans la pièce, ses longs cheveux blonds relevés en un altier chignon, ses jambes au galbe parfait mises en valeur par sa robe fendue sur les côtés.

— Mon Seigneur, salua-t-elle d'une voix chaude et vibrante. Je suis à tes ordres.

— Je t'ai convoquée pour ouvrir un portail magique sur le Val Balafre, déclara Baine le Fléau. Je désire contacter notre garnison.

— Bien sûr, murmura Tarana.

Elle commença immédiatement l'incantation idoine. L'instabilité des forces magiques ne la troublait pas. Flirter avec des puissances destructrices lui procurait de délicieux frissons. La situation lui permettait d'utiliser au mieux ses multiples talents... et sa folie.

Le Seigneur Noir recula avec prudence ; un cadre flamboyant se matérialisa, où l'on voyait trois soldats plongés dans une partie de dés.

— Debout ! tonitrua Baine.

Les hommes pris de court se mirent instantanément au garde-à-vous. La nouvelle du changement d'avatar s'était répandue comme une traînée de poudre.

— Seigneur Baine ! dit un colosse du nom de Knopf en se levant précipitamment.

— Je vois que vous avez été « occupés », persifla le dieu.

Il foudroya du regard la table chargée de dés et de piles de pièces méthodiquement rangées.

Knopf pâlit.

— Vous avez mieux à faire ! explosa Baine. Où est Jhembryn Durrock ? Trouvez-le immédiatement !

Les hommes s'empressèrent d'obtempérer. Un grand

gaillard à la peau mate se présenta peu après. Son visage barbu était aux trois quarts brûlé et défiguré. Un heaume à visière noire, retiré par déférence envers le dieu, servait à dissimuler les difformités de l'assassin.

— Je ne vis que pour te servir, mon dieu, salua Durrock d'une voix cassée.

— Je sais, et cela me plaît. Ecoute ceci : mes espions m'ont rapporté qu'une magicienne adoratrice de Mystra se dirige vers le Val Balafre, par le fleuve Ashaba. Capture-la... Vivante. Je m'y rends pour l'interroger en personne... Une escouade d'hommes des Vallées s'est postée au pont Plume-Noire pour l'intercepter. Ah, au fait... La sorcière est en fuite avec deux compagnons de route. Fais-en ce que bon te semblera.

Le portail disparut... Durrock se rendit aussitôt à la ville portuaire.

La Balafre - le ravin pentu qui avait donné son nom à la ville - se trouvait au nord ; le port prospère d'Ashaba, au sud. Entre ces deux points extrêmes, parmi un complexe de bâtisses passant par toute la gamme de la décrépitude, s'étendaient de gigantesques entrepôts navals.

Dans l'un d'eux, l'assassin grimpa un escalier de bois pourri et délabré, jusqu'à une trappe restée ouverte. Trois armures, baignées par un rayon de soleil, gisaient dans la petite pièce, nimbées d'une macabre brillance. Plus noires que la nuit, couvertes de rangées de pointes coupantes comme du rasoir, elles avaient de quoi faire peur.

Au sommet d'une poutre sombre trônaient trois selles de cuir magnifiquement ouvragées. Leur immense taille ne les destinait pas à des chevaux ordinaires.

Durrock n'attendit pas longtemps ; l'escalier se mit à grincer ; deux hommes se présentèrent.

— C'est vous ? Faites-vous reconnaître.

74

En silence, ils sortirent des pendentifs représentant des sortes de chevaux aux yeux rouges. Durrock exhiba une troisième amulette semblable aux deux autres et échangea un regard avec les nouveaux venus. Puis les trois assassins, sans perdre de temps, revêtirent les armures hérissées de pointes et braquèrent les pendentifs vers un coin de la pièce. Des créatures se matérialisèrent.

C'étaient bien des chevaux, si un cheval peut avoir des sabots crépitants, des naseaux crachant le feu et une gueule débordant de crocs acérés. Des bêtes d'un autre monde, qui venaient de voir les trois hommes et s'apprêtaient à bondir.

— Vous êtes à nos ordres ! cria Durrock en brandissant précipitamment son amulette magique. Le Seigneur Baine vous envoie pour nous obéir en tous points.

Les montures de cauchemar piaffèrent avec rage, mais elles ne pouvaient que se soumettre au pendentif. Elles s'agenouillèrent pour laisser monter les assassins, bondirent par la fenêtre et emportèrent leurs passagers dans les airs à un train d'enfer.

*
* *

Au grand soulagement de Minuit, Cyric avait décidé de contourner les rapides. Les arbres sur la rive ressemblaient à des mains grises aux mille doigts squelettiques. Ils accostèrent dans une petite clairière, pour suivre la sente qui longeait le fleuve et les bois, portant sur le dos leur embarcation légère.

Minuit posa le front sur l'épaule du voleur.

— Cyric, je suis ton amie. Tu peux tout me dire.

Il la repoussa avec une répugnance manifeste :

— Je n'ai besoin de parler à personne. De plus, tu n'aimerais guère ce que j'ai à dire.

Instinctivement, la jeune femme s'interposa entre Cyric et Adon, qui s'était mis à trembler.

— Cyric, tu peux *tout* me dire, plaida-t-elle. Ne le sais-tu pas depuis le temps ? Quand tu étais blessé, sur la route de Tilverton, tu m'as confié tant de choses...

— N'insiste pas ! cria-t-il, d'une voix coupante.

Il leva la main sur elle sans pouvoir s'en empêcher. Une lueur menaçante, au fond de ses yeux étranges, la fit frissonner. On aurait dit qu'il voyait plus loin qu'elle-même. Elle recula lentement.

— Moi aussi je connais tes secrets. Ne l'oublie pas, *Ariel* !

Ainsi le voleur connaissait son véritable nom. Il pouvait donc la soumettre à sa volonté - à condition d'obtenir l'aide d'un mage assez puissant.

— Tu ne sais *rien* de moi ! gronda Minuit, alias Ariel, plus furieuse qu'effrayée.

Le voleur se détourna ; ils se remirent en route en silence.

Ils quittèrent les bois et arrivèrent en vue des coteaux du Val des Batailles. Au fil des heures, ils parcoururent des régions vallonnées et verdoyantes.

La marche était la bienvenue après les heures passées à lutter contre les courants de l'Ashaba. Au zénith, ils approchaient de l'étang de Yeven. Mais Minuit, à bout de force, dut s'arrêter pour souffler. Cyric, exaspéré, posa la yole contre un arbre et ne put se retenir de taper du pied.

— De quel droit nous traites-tu comme des chiens ! s'emporta-t-elle. Si tu veux poursuivre la route seul, ne te gêne pas. J'ai essayé d'être amicale, mais il faut croire que cela ne te suffisait pas.

Le jeune homme resta les bras ballants. Il n'y avait rien qu'il pût ou voulût dire pour calmer la peine qu'il avait infligée à la magicienne. Consumé par un besoin de gloire et de pouvoir, il voulait les Tablettes du Destin. Toute autre considération disparaissait devant ce désir dévorant de prendre son avenir en main.

Il avait commencé sa vie comme esclave, et ne s'était jamais senti libre jusqu'au jour où il avait poignardé dans le dos son ancien maître et mentor de la Guilde des Voleurs, peu avant la bataille du Val des Ombres. Depuis sa naissance, il portait des chaînes invisibles autour du cou. Mais s'il parvenait à son but, il ne serait plus jamais l'esclave d'un autre. Ses chaînes tomberaient pour toujours.

Entre-temps, il avait besoin de Minuit, sinon d'Adon, pour atteindre Tantras, et s'emparer d'une des Tablettes disparues.

— Désolé, mentit-il. Tu as raison. Je t'ai mal traitée. Je suis un peu nerveux... En fait j'ai peur moi aussi.

Minuit lui fit un bon sourire. Etait-ce le retour de leur vieille complicité ?

Cyric tourna le dos pour hisser son paquetage à bord et esquissa un rictus torve.

Adon comprit le premier que le courant avait changé... L'étang de Yeven, en aval, s'était mué en un gigantesque tourbillon ! Jamais leur fragile esquif ne résisterait à la force qui les aspirait, et ils étaient trop engagés pour faire machine arrière. Leur seule chance était de se laisser emporter par les rapides en guidant l'embarcation au mieux. Cyric hurla des ordres à ses compagnons, mais le rugissement des eaux couvrait sa voix. Adon fixait le maelström comme une horreur venue des profondeurs de l'inconscient ; Minuit était pétrifiée. Le voleur parvint à guider seul la yole jusqu'à l'étang, sans trop de casse.

L'étang naguère placide... Ils se retrouvèrent face au tourbillon béant, ballottés comme des fétus de paille, attirés inexorablement par l'abîme dans un tonnerre inouï. Au fond du vortex brillait une aveuglante lumière bleu-blanc. Minuit hurla et réprima une violente nausée. Cyric se battait comme un lion au moyen des rames. Adon chantonnait une berceuse.

Un choc plus violent le fit basculer par-dessus bord. Minuit le rattrapa de justesse et l'entendit gémir, d'une voix à peine audible : ·

— Elminster est prisonnier de ce gouffre. Je voudrais l'atteindre, mais c'est impossible !

Durant la bataille homérique entre Baine et Mystra, au temple de Lathandre, le sage Elminster avait disparu, happé par le vortex qu'il avait lui-même invoqué.

— J'ai... j'ai essayé de le sauver ! s'écria lugubrement le prêtre. J'ai essayé de lancer un sort, mais Sunie a refusé d'entendre ma prière. Elle a laissé périr Elminster !

— Ce n'était pas ta faute ! hurla Minuit par-dessus le vacarme.

Il tourna vers elle des yeux rougis de larmes ; une lueur de compréhension y apparut.

— *C'est ma faute*, insista-t-il en martelant chaque syllabe. J'étais indigne. Je méritais d'être rejeté par ma déesse. Je méritais ma cicatrice !

L'embarcation faillit se retourner. Cyric luttait toujours, utilisant un aviron en guise de gouvernail. Leur course folle parut se stabiliser, à mi-chemin du fond du maelström.

— Nous devons sortir de cette cuvette ! hurla Cyric à la magicienne. C'est une question de vie ou de mort !

Elle s'empara de l'autre aviron et, avec l'aide d'Adon, joignit ses efforts à ceux du voleur. Peu à peu, ils remontèrent les cercles concentriques d'eau et reprirent leur course, tirés d'affaire, vers le Val Balafre.

Cyric était furieux d'avoir reçu une aide aussi tardive. Epuisé, maussade, il continua à ramer, jusqu'à ce qu'ils parviennent en vue du pont Plume-Noire.

Un léger mouvement à la périphérie de sa vision alerta Minuit. Elle hésita à consulter son grimoire ; fallait-il transpercer d'un éclair de feu des gens qui pouvaient être de paisibles pêcheurs ? Ce scrupule fut lourd de conséquences.

Les cinq inconnus, arcs bandés, étaient prêts à tirer.

pouvaient être de parfaits pêcheurs. A ce scénario bu-
lleux de cauchemar...

Le vent mugit, et nos bandes cousues très à plat,

CHAPITRE V

LE PONT PLUME-NOIRE

Les survivants de l'expédition étaient alignés sur le pont, prêts à décocher leurs flèches : il y avait là Yarbro, Jorah, Bursus, Cabal et Mikkel, flanqués de Kelemvor. Un frêle esquif arrivait sur eux à toute allure, portant trois personnes qui s'agitaient frénétiquement.

— Regardez-les ! Ils essaient de nous éviter, mais ils n'y arriveront jamais : le courant est trop rapide !

Yarbro avait les yeux injectés de sang et tremblait d'excitation, comme ses compagnons.

L'heure de la curée avait sonné.

Les trois fuyards tentèrent désespérément de faire demi-tour.

— Personne ne tire avant mon signal ! cria Kelemvor, en sueur. Nos ordres sont de les capturer vivants, pas de les tuer !

— Nous n'avons plus d'ordres à recevoir de toi, répliqua durement Yarbro. Je te conseille d'attraper un arc, ou de vider les lieux !

Les rapides ballottaient la petite barque avec violence.

Kelemvor regarda Minuit et sentit peser sur ses

épaules un poids terrible. Il jura en lui-même : *Je ne peux pas ! Je ne peux pas laisser ces fous meurtriers s'en prendre à mes amis..., à mon amour.*

A quelques pas du guerrier aux yeux verts, Jorah éclata de rire :

— Qu'ils accostent ! S'ils peuvent... Je ne voudrais pas que le fleuve les engloutisse avant qu'on leur mette la main dessus ! On pourra les farcir et les pendre par le cou comme des épouvantails le long de la route menant au Château-Zhentil !

Bursus et Cabal éclatèrent de rire à leur tour.

— Toute la lie qui écume le Château-Zhentil aura sous les yeux un exemple du sort que nous réservons aux traîtres, renchérit Bursus, en tapant amicalement sur l'épaule du jeune Jorah.

L'esquif était à portée de tir. Adon épouvanté attrapa Cyric par l'épaule. Le voleur surpris se dégagea vivement. L'embarcation chavira.

Les quatre archers firent pleuvoir une volée de flèches là où les aventuriers avaient disparu, engloutis par les eaux furieuses. Cyric agrippa au passage un tronc d'arbre emporté par le courant, mais une flèche se ficha entre ses doigts et il dut lâcher prise.

Sous l'eau, Minuit distingua la forme sombre du prêtre affolé qui nageait vers elle. Pour éviter de refaire surface, elle se cramponnait à une algue pourpre ; un sort lui revint soudain à l'esprit. Alors Adon, dans sa panique, se cramponna à elle. Elle sentit que les mouvements désordonnés du prêtre allaient l'attirer vers le fond. Enfin elle retrouva l'algue pourpre, arracha une racine et psalmodia mentalement la brève incantation. Une immense bulle d'air vint aussitôt les entourer : ils étaient sauvés de la noyade !

— Merci, Minuit, grommela Adon. Je te dois la vie... Une fois de plus !

La bulle remonta à la surface, saluée par les jurons des archers. La sphère magique dévia leurs traits.

Minuit, entraînée au fil du courant avec Adon,

aperçut son amant adossé au parapet du pont, et son cœur fit un bond dans sa poitrine. Un des archers la surprit en lançant une pierre contre la bulle d'air ; sa concentration brisée, la bulle éclata sous l'impact.

Kelemvor lança un hurlement perçant, qui fit sursauter les archers et leur fit manquer leur cible. Et la métamorphose se déclencha... Jorah, Cabal et Bursus fixèrent, pétrifiés, l'homme qui poussait un rugissement féroce en lacérant sa face de ses ongles. La chair semblait onduler sous la peau... Comme si quelque chose en lui luttait pour se libérer de sa coquille humaine. Rejetant la tête en arrière, Kelemvor tomba à genoux et poussa un autre hurlement au moment où sa poitrine éclatait et où en émergeaient les pattes d'une bête noire au corps souple et puissant.

La tête du guerrier parut exploser, la chair tendue craqua : des yeux verts phosphorescents, une gueule béante aux crocs aiguisés comme le fil du rasoir surgirent tandis que la tête de la bête se libérait à grandes secousses de sa gaine de chair humaine. En quelques instants, tout ce qui restait de l'homme se réduisit à quelques lambeaux de chair ensanglantée. Kelemvor était intervenu sans espoir de récompense, et la malédiction l'avait aussitôt frappé.

Yarbro ne s'était pas retourné, trop concentré sur sa visée, trop heureux d'exécuter la magicienne sur place.

— Faites-le taire ou tuez-le ! s'exclama-t-il.

Au rugissement du félin, statufiant tous les archers, Yarbro fit volte-face et, en un éclair, comprit l'impossible : Kelemvor était maudit. Maudit et terriblement dangereux. Il plongea dans le fleuve à l'instant précis où la bête furieuse bondissait.

La panthère déchiqueta d'abord Cabal, qui se tenait près d'elle. Les cris du vieil archer résonnèrent d'un bout à l'autre du pont Plume-Noire et sur le fleuve Ashaba.

Comme si elle avait perçu leurs intentions meurtriè-

82

res, la bête releva la tête de son sanglant festin et bondit sur Bursus et Jorah, qui venaient de saisir leur arc et leurs flèches.

Jorah visa en tremblant. La flèche percuta le parapet du pont et alla se perdre dans les herbes. Le mince jeune homme saisit une autre flèche, mais il n'eut jamais le temps de viser.

Bursus lutta pour rester calme quand le grand félin se rua sur lui. Il le fixa posément, visa soigneusement entre les deux yeux et tira. La panthère fit un saut de côté, puis bondit sur Jorah. Elle le déséquilibra de tout son poids, puis lui déchira la gorge à belles dents.

Bursus, saisi d'horreur, recula, en tentant d'attraper une autre flèche. Quand le félin ouvrit grand la gueule pour lancer un nouveau feulement, il vit des lambeaux de chair humaine accrochés aux crocs ensanglantés. Paralysé de terreur, il vit la bête bondir sur lui. Le monde bascula dans le néant...

Les vagues de peur émanant du quatrième archer accrurent la rage du fauve. Mikkel déposa lentement ses armes à terre, et recula à l'extrémité du pont. Les yeux du félin suivaient l'homme chauve ; le prisme de sa boucle d'oreille, avec son kaléidoscope de lumière, attira l'attention de la bête.

— Attends, Kelemvor, dit Mikkel. J'ai toujours été de ton côté. Souviens-toi. Pense à moi. Pitié ! PITIÉ !

Le félin se prépara à bondir. D'un coup, Mikkel franchit le parapet et disparut dans une gerbe d'eau. La panthère poussa un long rugissement et se rua sur le rebord, cherchant sa proie dans les rapides. Ne voyant nulle trace de l'homme, elle retomba à quatre pattes, dépitée.

Nichés au creux d'un arbre mort, Minuit et Adon frissonnèrent aux feulements de leur ancien compagnon d'armes. Les rugissements de colère se muèrent en grondements de douleur ; la jeune magicienne fut envahie par les affres du remords...

L'homme qui m'a arrachée à la Tour Tordue vient sans doute de périr noyé et je suis là à m'inquiéter d'un mercenaire lycanthrope lancé à mes trousses pour me tuer !

— Cyric ! gémit-elle doucement en se couvrant le visage de ses mains. Je l'ai laissé mourir !

— Ne te tourmente pas ainsi, murmura Adon. Tu as fait ce que tu as pu.

Le prêtre lui passa un bras autour de l'épaule et l'empêcha de s'élancer à la suite de Kelemvor.

— On ne peut rien pour Kel tant qu'il est dans cet état, dit-il d'une voix rauque. On ne peut qu'attendre.

Et ils restèrent tapis, à grelotter dans leurs vêtements mouillés. Minuit savait qu'il avait raison. Il arrivait un moment où l'on ne pouvait plus rien.

Le prêtre était comme perdu dans ses rêves. A son expression accablée, il paraissait revivre la terrible fin d'Elminster.

— Adon, tu es dans le vrai, dit-elle. Je dois cesser de me tourmenter pour Kel. Et toi, tu dois cesser de te tourmenter au sujet d'Elminster. Deux divinités se sont battues au temple de Lathandre. C'est une affaire qui nous dépasse.

Le prêtre ramena ses genoux contre lui et les entoura de ses bras.

— Tu ne sais pas de quoi tu parles, marmonna-t-il.

Minuit soupira et se détendit à ses côtés.

— Nous ignorons si le vieux sage est vraiment mort. Il a très bien pu en réchapper. Lhaeo en semblait convaincu, et ça devrait suffire à nous donner un peu d'espoir. (Son compagnon ne réagit pas, mais elle lui prit le menton dans la main, et l'obligea à la regarder en face.) C'est l'espoir, Adon, l'espoir qui doit nous guider et nous sauver. C'est tout ce qui nous reste, n'est-ce pas ?

L'homme-panthère feula une fois encore ; une larme perla aux paupières de la magicienne.

— Si quelqu'un est mort, marmonna Adon, c'est moi. Mort à ma déesse. D'une certaine façon, je suis aussi maudit que Kelemvor. J'ai été abandonné à cause de mes méfaits, et cette horrible cicatrice est mon châtiment.

— Quels méfaits ? Tu es l'un des prêtres les plus dévoués que je connaisse. Qu'as-tu donc fait de mal pour mériter cette balafre ?

Adon se détourna avec un soupir.

— Je ne pourrais pas le dire, mais c'était affreux..., forcément affreux ! C'était le pire des châtiments que pouvait m'envoyer Sunie. Les gens reculent à mon approche, ou se moquent de moi quand je tourne le dos.

— Je ne me suis jamais détournée de toi, lui rappela Minuit doucement. Ni moquée de toi. Les cicatrices de ta chair peuvent guérir, et si Sunie ne veut plus de toi, c'est qu'elle ne vaut pas la peine qu'on l'adore. Ce qui m'inquiète, ce sont les cicatrices qui ne se voient pas.

Le prêtre leva la main :

— Restons silencieux. Inutile d'attirer Kelemvor par ici.

Minuit acquiesça. Adon n'était toujours pas prêt à parler. Ce ne fut qu'une heure plus tard, quand les feulements et les grognements se turent tout à fait, que les deux rescapés se risquèrent à nouveau près du pont.

Le cœur leur manqua à l'approche du carnage. Kelemvor gisait, faible et nu, près de quatre cadavres impossibles à identifier. Face aux lambeaux de chair épars, Adon se remémora le massacre des prêtres au temple de Tymora, et eut un instant de faiblesse. Il parvint à se ressaisir, et à traîner les dépouilles déchiquetées jusqu'à l'eau.

— Qu'à la mer retournent vos corps meurtris, que vos âmes prennent leur envol. Puissiez-vous trouver la paix qui vous a été refusée en ce monde.

Laissant Adon à sa funèbre mélopée, Minuit traîna la lourde armure près du corps de son amant, puis le drapa d'une couverture prise au campement de leur poursuivants.

— Ne le réveille pas avant que j'aie fini, conseilla le prêtre. Ce sera mieux... ainsi.

Avec une horreur religieuse, Adon vit la jeune femme délester les cadavres de leurs armes. Kelemvor revint à lui, désorienté.

— Minuit..., murmura-t-il, tremblant. Tu es vivante !

La magicienne plongea son regard dans celui de son amant et y lut la douleur et la confusion.

— J'ai fait une terrible erreur, dit-il, accablé. Sont-ils morts ? Sont-ils *tous* morts ? demanda-t-il sans tourner la tête.

— Il y a eu quatre morts, et nous avons vu deux hommes sauter à l'eau.

— Et Cyric ?

— Il a disparu quand notre embarcation a chaviré.

Kel releva brusquement le torse en faisant craquer les os de sa nuque :

— Je parierais que Yarbro s'en est tiré. Celui-là aura notre peau ! (Adon s'approcha.) Il va retourner chercher des renforts à Essembra, ou continuer vers le Val Balafre pour alerter la ville. Les hommes du Val voulaient vos têtes, même si Trystemyne avait ordonné qu'on vous ramène vivants pour subir votre « juste » châtiment. Ma tête est maintenant mise à prix aussi.

Quand il eut fini de se rhabiller, il prit le beau visage de la magicienne entre ses mains :

— Pourquoi m'as-tu abandonné à Valombre ?

La jeune femme se mit en colère :

— T'abandonner ! C'est toi qui as rejeté Cyric quand il t'a demandé de l'aider à nous secourir !

Kelemvor eut un rire amer.

— Que t'a-t-il dit au juste ?

Elle hésita, revivant la douleur qu'elle avait éprouvée en entendant les paroles de la bouche du voleur.

— Que tu ne pouvais t'opposer à la *justice*.

— Cyric a bien choisi ses mots. Il te connaissait ! gronda-t-il, écœuré. Il savait exactement quoi dire pour que tu le croies.

— Il mentait ? hoqueta-t-elle. Tu n'as jamais dit cela ?

— Je l'ai dit avant le procès, marmonna-t-il, tête basse. Je croyais que ton innocence ne ferait aucun doute. Si j'avais su, j'aurais cherché à te faire évader par n'importe quel moyen.

— Que veux-tu dire ? intervint Adon, perplexe. Tu n'étais pas au courant des plans de Cyric ?

Kelemvor fit volte-face, des éclairs de colère brillant dans ses yeux.

— Au nom de toutes les âmes perdues du royaume de Myrkul, que suis-je donc en train de vous dire ? Cyric ne m'a jamais parlé de vous faire évader. J'ai appris cette fuite le lendemain..., quand les cadavres ont commencé à fleurir !

Minuit et Adon se regardèrent, éberlués.

— Quels cadavres ? demanda la magicienne.

Une peur noire, insidieuse, coula en elle. Elle comprit que le voleur lui avait caché bien des choses, avant d'entendre ses craintes confirmées de la bouche de Kelemvor.

Celui-ci scruta ses réactions au fur et à mesure qu'il décrivait la piste sanglante laissée à la Tour Tordue ; il la vit pâlir, horrifiée. Adon était consterné et indigné.

Ils sont vraiment innocents, soupira le guerrier en son for intérieur, soulagé d'avoir bien agi pour la première fois depuis des années.

— Je vous crois, conclut-il. Mais la facilité avec laquelle vous avez fui ne vous a-t-elle pas étonnés au moins un instant ?

— Il nous a dit avoir utilisé l'Epine de Gaeus,

expliqua sèchement Adon. Une arme magique : quiconque est atteint par ce dard fera très exactement tout ce que vous lui direz de faire.

Kelemvor, frissonnant d'horreur, se souvint du jeune garde qui s'était égorgé lui-même.

— Nous avons cru qu'il avait subjugué la garde par ce moyen... Es-tu sûr qu'il s'agissait bien de Cyric ?

— Nous savons tous les deux que ça ne pouvait être que lui. Qui d'autre ?

— Je... je l'ignore. (Minuit soupira.) Mais un autre aurait pu s'introduire dans la Tour cette nuit-là, trouver les gardes vulnérables... Non ! Je ne peux pas croire qu'il ait commis un tel massacre ! J'ignore les faits, et tu n'en sais pas plus long que moi ! Je refuse de le condamner comme les hommes des Vallées nous ont condamnés, Adon et moi, pour le meurtre d'Elminster !

Adon posa les mains sur ses épaules :

— Minuit, tu sais très bien qu'il l'a fait. Il m'aurait tué, moi aussi, si tu ne l'en avais pas empêché. Une sorte de folie s'est emparée de lui. S'il est vraiment mort, peut-être est-ce mieux ainsi.

Minuit alla à pas lents jusqu'à la berge.

— Non, Adon. Il serait redevenu lui-même à Tantras, une fois en sécurité. Il n'a pas eu sa chance, voilà tout.

Kelemvor se souvint du mal qu'il avait fait lui-même dans le passé, sous l'emprise de la malédiction ou en toute liberté. Il soupira :

— J'étais près de la Tour, expliqua-t-il à Minuit. J'attendais l'aube. J'attendais de te revoir. Je n'avais pas la moindre idée de ce que j'allais faire. Je savais que lorsqu'on te traînerait au-dehors, plus rien ni personne ne m'empêcherait de voler à ton secours, dussé-je y perdre la vie. Et j'attendais là.

« Alors, on a trouvé les cadavres. J'ai laissé Trystemyne me convaincre que tu étais coupable, qu'Adon et toi aviez tué Elminster, puis tous ces gardes...

(Adon gémit.) Il était plus facile de le croire que d'agir en toute justice. Quand j'ai vu ce que valaient les hommes lancés à vos trousses, j'ai su que j'aurais un choix à faire. Et ce qui devait arriver est arrivé. »

— Alors tu crois en notre innocence ? questionna Minuit.

— Oui, acquiesça-t-il, avant de lui donner un baiser passionné.

Il remarqua Adon, penché sur la pile d'armes récupérées sur les cadavres ; il paraissait fatigué, flétri même.

— Qu'est-ce qu'il a ?

Minuit lui rapporta ce qui s'était passé au temple de Lathandre.

— Avec sa cicatrice, et cet échec, Adon est persuadé que Sunie l'a abandonné. L'univers s'est écroulé autour de lui.

— Il aurait quand même dû parler au procès, grogna-t-il. Son silence a fait pencher la balance du mauvais côté.

— Ne lui en veux pas, Kel ! Je lui pardonne. Tout cela, c'est du passé, sourit-elle. Il souffre assez. Cyric était incapable de se montrer généreux envers lui. Si je lui ai pardonné, tu devrais pouvoir en faire autant.

Kelemvor rejoignit le prêtre, encore penché sur les armes.

— Notre survie va dépendre de notre entente, Adon. Nous sommes des fugitifs.

— Je sais cela.

— Nous allons à Tantras. Les hommes des Vallées chercheront à nous capturer, à nous tuer. Fais-tu serment sur ta vie de nous aider ?

— Sur ma vie... (Sa voix se fêla.) Pour ce qu'elle vaut, oui, j'engage ma vie pour vous deux. Cela compensera peut-être mes fautes passées. Je trouverai un moyen de me racheter, conclut-il, le regard rivé sur une hachette.

— Merci, Adon. Nous aurons besoin de ton aide,

dit la jeune magicienne.

Devant la mine inquiète de sa compagne, Kel expliqua :

— Je suis désormais un criminel recherché pour vous avoir aidés et avoir tué ces hommes. La malédiction n'exige paiement que si j'agis contre mon intérêt. Vous mener à Tantras, où nous devrions être à l'abri des poursuites, et où nous sommes susceptibles de retrouver l'une des Tablettes du Destin - ce qui nous laverait de tous les chefs d'inculpation - est *décidément* dans mon intérêt. Je ne veux pas être pourchassé jusqu'à la fin de mes jours. Ce n'est pas une vie.

— Je vois.

— Ça ne change rien aux sentiments que j'ai pour toi, murmura-t-il. Je dois voir les choses ainsi. De plus, ça me simplifie l'existence.

— Eh bien, soupira Minuit, restons simples.

Kelemvor reconnut sur ses jolies lèvres l'esquisse du sourire taquin qu'il lui avait si souvent vu quand ils faisaient route pour le Val des Ombres. Il rit et l'étreignit un bref instant.

— Adon, cria Minuit. On s'en va.

Kelemvor ajouta à son épée à deux mains une hache, un arc et des flèches supplémentaires. Minuit trouva une paire de dagues qui lui convenaient. Adon était entraîné au maniement du marteau de guerre et du fléau, mais son ordre religieux désapprouvait les armes tranchantes.

— Prends quelque chose et porte-le pour nous, s'impatienta Kelemvor.

Les trois aventuriers s'enfoncèrent dans les bois.

Les chevaux cachés non loin de là par les mercenaires avaient disparu. Kelemvor martela du poing l'écorce d'un arbre.

— C'est signé Yarbro ! Il a l'or de Trystemyne avec lui. Il ne nous reste plus qu'à marcher jusqu'au Val Balafre.

Adon s'épuisait à transporter deux lourdes épées.

— Où as-tu laissé mon grimoire et les objets que m'a donnés Lhaeo ? lui demanda la magicienne, soudain inquiète.

Le prêtre, épouvanté, laissa choir épées et bouclier.

— Je... je les ai oubliés sur le pont, bégaya-t-il.

Kelemvor ouvrit la bouche pour l'agonir d'injures, mais se retint en voyant l'expression de peur enfantine sur ses traits. Il refoula sa colère.

— Va les chercher, dit-il doucement, contenant sa rage.

De retour sur le pont, Adon commença à fouiller les sacoches, mais se redressa soudain, scrutant le ciel à l'horizon, vers l'est. Trois silhouettes infernales se détachaient sur les nuées. Elles arrivaient au galop, dans une traînée de flammes. L'homme de tête, imposant, était armé d'une lourde épée à deux mains, noire et couverte de runes rouge sang.

Kelemvor tenta d'entraîner sa compagne à l'abri dans les bois. Minuit s'y refusa :

— Ils ont vu Adon ; on ne peut pas l'abandonner !

— C'est stupide : ne risquons pas nos vies sur ce pont, qu'il coure plutôt nous rejoindre.

Ils avaient affaire à très forte partie : la vision surdéveloppée de Kelemvor (seul effet bénéfique de la malédiction) lui révéla l'emblème de Baine le Fléau tatoué sur le cœur des cavaliers infernaux.

— Tu n'as pas changé d'un iota ! hurla Minuit, en s'élançant sur le pont. Tu ne te soucies que de toi !

Les cavaliers n'étaient plus qu'à quelques mètres du prêtre, figé sur le pont, tenant à la main le sac contenant le globe magique de Lhaeo. Adon était comme coulé dans le bronze, parfaitement immobile.

Le cavalier apocalyptique fondit sur le jeune homme, épée pointée. Au dernier instant, la monture se cabra et bondit par-dessus Adon. Le sac de toile glissa des doigts du prêtre ; il attrapa à pleines mains la patte arrière de la monstrueuse monture. Il fut arraché du sol et emporté dans les airs.

Le cheval-cauchemar eut un hurlement strident ; les étincelles crépitantes soulevées par ses sabots roussirent la chair du jeune homme, sans parvenir à lui faire lâcher prise.

Kelemvor, frappé de stupeur à ce spectacle, vit Adon raffermir sa prise et tenter de se hisser en selle.

Durrock traita par le mépris les commentaires sarcastiques de ses compagnons sur « le balafré qu'il avait pris en croupe » ; son passager clandestin était à son entière merci.

Trouver la magicienne et ses acolytes avait été un jeu d'enfant. C'était aussi simple que de viser un prisonnier au pilori.

Kelemvor courut rejoindre Minuit, pendant que Durrock faisait demi-tour. Le guerrier jura : ils auraient eu une petite chance contre les assassins s'ils étaient restés à couvert. Adon et Minuit avaient tout gâché.

La magicienne se concentra pour lancer une boule de feu sur le dernier cavalier de la formation.

Rien ne se produisit.

Elle en appela alors à la Calamité de Shaeroon. Le cavalier, Sejanus, sentit une douleur fulgurante lui scier les nerfs ; ses convulsions déroutèrent sa monture.

Kelemvor vit arriver l'attaque de Varro, le second assassin ; il feinta et parvint à couper sa faux en deux. Furieux, le fidèle de Baine tira sur les rênes de son cheval et dégaina son épée. Mais Durrock lui cria de ne plus bouger. Il se découpait, immobile, contre l'orbe solaire - magnifique tableau en rouge et noir -, le prêtre étant suspendu entre la vie et la mort.

— Rendez-vous, cria-t-il, ou c'en est fait de votre ami ! Décidez-vous !

— Que nous voulez-vous ? hurla Kelemvor.

— Je ne suis pas là pour répondre aux questions, s'écria l'assassin. Le Seigneur Baine, Dieu des Conflits, nous a chargés de vous convoquer : nous devons vous escorter jusqu'au Val Balafre.

— Ah oui ? Grand merci, mais nous déclinons l'invitation. Transmettez tous mes regrets à Baine.

Durrock desserra sa prise ; le prêtre commença à glisser.

— Ne tentez pas le sort, pauvres gens. Vous n'avez pas le choix.

— Nous vous accompagnons, cria Minuit, les mains bien en vue au-dessus de sa tête pour montrer qu'elle ne lancerait plus de sort. Vous avez gagné !

— C'est pure folie ! siffla Kelemvor entre ses dents, baissant sa garde. Ils nous tueront dès qu'ils en auront fini avec nous.

— Je sais, soupira Minuit. Mais nous ne pouvons pas les laisser tuer Adon. Nous aurons peut-être une chance de leur échapper par la suite.

— Ah, bien sûr ! persifla le guerrier. Ce sera telle-ment mieux ! Ils auront le plaisir de nous pourchasser à nouveau avant de nous massacrer tous les trois !

Il ramassa le sac de toile contenant le grimoire.

93

CHAPITRE VI

SCORPIONS

Sur la berge nord de l'Ashaba, Cyric se dégagea d'un enchevêtrement d'algues. A demi dissimulé, grelottant dans les broussailles, il vit le trio d'assassins emmener Minuit, Kelemvor et Adon.

Il s'estima heureux d'être en vie, et libre.

Un puissant courant l'avait emporté loin des archers et sauvé. Il avait assisté aux événements, caché sous une saillie rocheuse de la berge, furieux de voir une fois de plus le pusillanime Adon échapper à la mort. Il ne comprendrait jamais pourquoi Minuit s'obstinait à le protéger. En voyant Kelemvor se rendre aux spadassins de Baine, il ajouta son nom sur la liste des gens trop sentimentaux pour être fiables.

Minuit devait être déçue qu'il n'ait pas pu la tirer de leurs griffes, se dit le jeune homme. Et puis, après tout, elle devait le croire mort !

Sans doute était-ce mieux ainsi. Il y avait eu un grand courant d'amitié entre les deux jeunes gens - au moins jusqu'à la descente du fleuve Ashaba. Exactement le type de sentiment capable de contrecarrer ses plans. Il n'aurait pas aimé voir Minuit blessée. Il savait qu'elle ne trahirait pas ses secrets, qu'il pouvait lui faire confiance. Lui, à la place de la jeune femme, n'aurait pas été si loyal, et il s'en rendait compte.

Il se dégagea des broussailles avec précaution, s'étonnant de la présence du sous-bois dans une région signalée comme aride sur toutes les cartes.

Il se retrouva nez à nez avec le blond Yarbro, qui lui mit un couteau sous la gorge.

Mikkel, le chauve, surgit à son tour, prêt à décocher au voleur une flèche en plein cœur.

— Vous commettez une terrible erreur ! hoqueta Cyric. (Il passa en revue tous les demi-mensonges du répertoire de sa Guilde.) Je suis une victime autant que vous ! déclara-t-il, la voix chargée d'émotion.

Yarbro hésita, puis grimaça :

— Ah oui ? Et pourquoi ça ?

— Tue-le ! coupa Mikkel. Et courons au Val Balafre attraper les autres bouchers !

— Non, dit Yarbro. Laissons-le débiter quelques-uns de ses contes à dormir debout.

— Ce que j'ai enduré n'a rien d'un conte, gémit Cyric. Cette diablesse m'a ensorcelé. Je n'avais plus de volonté. J'étais un pion... jusqu'à cet instant précis. Réfléchissez ! J'ai aidé à sauver le Val des Ombres des troupes de Baine ! Mes hommes ont eu raison de deux cents des siens. J'ai moi-même décoché une flèche à Fzoul Chembryl, hiérophante et chef du clergé de Baine. Pourquoi l'aurais-je attaqué si j'espionnais pour le compte du Seigneur Noir ?

— Peut-être voulais-tu prendre la place de Fzoul ! railla Mikkel. Je crois savoir que le meurtre est le meilleur moyen de promotion, au Château-Zhentil.

Cyric tremblait de rage.

— La Tour Tordue serait aux mains des troupes de Baine à l'heure actuelle, si je ne l'avais pas empêché !

— C'est de l'histoire ancienne, bâilla Yarbro, rajustant la pointe de sa lame sous la gorge du voleur. Plus récemment, tu as tué une demi-douzaine de gardes pour aider la magicienne et le prêtre à s'échapper de la Tour Ashaba. Le nierais-tu ?

— Non, marmonna Cyric.

— Alors tu dois mourir ! Au nom de Trystemyne, seigneur de la Vallée, je te déclare coupable !

Cyric sut que s'il ne réagissait pas très vite, il était un homme mort.

— C'était cette sorcière ! hurla-t-il. Vous avez vu ce qu'elle a fait à Kelemvor ! Elle l'a changé en bête fauve !

Yarbro leva la main ; Mikkel abaissa son arc.

— Comment sais-tu cela ? Tu étais dans l'eau...

— Exact. La sorcière s'est vantée de ce qu'elle allait faire quand on est arrivés en vue du pont. J'ai voulu l'empêcher de nuire, et l'embarcation a chaviré. Toujours est-il qu'elle a lancé son sort, et que vos hommes sont morts.

Mikkel se rapprocha de Yarbro :

— Est-il possible qu'il dise la vérité ?

Cyric sentit une étincelle d'espoir embraser son cœur. Il soupira intérieurement, soulagé. Ces crétins mordaient à l'hameçon. Il les tenait.

— Oui ! Vous devez l'arrêter ! s'écria-t-il, se redressant sur un genou. Minuit m'a ensorcelé avant que vous la capturiez au temple de Lathandre.

— Mais tu ne l'as plus revue entre sa capture et le début du procès, objecta Yarbro. Comment aurait-elle pu maintenir le charme ?

— Elle n'avait pas besoin de me voir pour parvenir à ses fins, murmura-t-il en grimaçant. (Il plaça les mains sur la blessure qu'il avait reçue lors de la bataille, au nord de Cormyr.) J'ai été blessé avant d'atteindre le Val des Ombres, et cette sorcière a gardé l'arme maculée de mon sang.

Même si Cyric ne connaissait pas grand-chose aux arcanes de la sorcellerie, blanche ou noire, il en savait assez sur la nature humaine, et les croyances populaires, pour peindre un tableau capable d'effrayer les hommes de la Vallée.

— Elle a badigeonné son arme de mon sang, et m'a forcé à accomplir des actes contre ma volonté... Vous devez me croire... Je demande vengeance autant que vous ! Elle se délectait de la façon dont elle avait occis le vieux mage en l'attirant hors du temple !

Yarbro pâlit de colère. Une dernière touche au tableau, et la balance, décida le voleur, pencherait définitivement en sa faveur.

— Adon s'est vanté d'avoir conduit les espions de Baine au temple de Tymora. Il a plongé ses mains dans le sang des prêtres assassinés, et a dessiné le symbole maudit sur les murs ! Nous devons les retrouver et leur faire payer leurs crimes, déclara-t-il, les mains tendues en un geste théâtral. Et si vous devez me tuer ensuite, sachez que je ne ferai rien pour vous en empêcher. Je ne désire qu'une chose : entendre ces monstres crier avant de mourir !

Mikkel lança discrètement un clin d'œil complice à son compagnon. Cyric sourit.

— Viens avec nous, dit Yarbro. Nous trouverons la magicienne ensemble. Elle paiera !

Le voleur pouvait à peine croire à sa chance. Ces crétins marchaient vraiment !

— Elle est partie pour le Val Balafre, expliqua Cyric. Les laquais de Baine ont dû lui fournir une escorte. Nous devrions les suivre.

Ils prirent la route et cheminèrent dans les bois une centaine de mètres environ en suivant le tracé du fleuve. Ils trouvèrent l'esquif empalé sur une grosse branche. De toute évidence, l'embarcation ne naviguerait plus jamais. Mikkel la dégagea d'un coup de pied et la regarda s'abîmer dans le fleuve.

— Continuons par le chemin, conclut Yarbro.

Cyric et Mikkel lui emboîtèrent le pas. Ils retrouvèrent leurs montures sans mal. Cyric se rendit vite compte que les deux hommes étaient à bout de forces, et devaient dormir. Il résolut de tout faire pour les en empêcher.

— Il n'y a pas une minute à perdre ! lança-t-il, bondissant en selle. Si nous ne les rattrapons pas tout de suite, la piste refroidira.

Les deux autres acquiescèrent. Ils faisaient beaucoup d'efforts pour garder les yeux ouverts.

— Tu chevauches devant pour l'instant, soupira Yarbro. Tu n'auras pas d'arme tant que nous n'en déciderons pas autrement. Et n'oublie jamais que nous sommes dans ton dos..., nous et nos épées.

Cyric éperonna sa monture.

— Bien entendu. J'agirais de même à votre place. Tout ce que je vous demande, c'est de me laisser une chance de me venger quand l'heure sera venue.

— Oui, répondit Mikkel, étouffant un bâillement. C'est promis.

Cyric sentait que Yarbro n'avait pas aussi bien accepté son histoire qu'il l'avait d'abord cru. Aucune importance. Ces deux-là avaient commis l'erreur de le laisser vivre. Il aurait beau jeu, malgré leur méfiance, de les tuer dans leur sommeil à la première halte.

Après une heure de cheval à travers bois, les steppes du Val des Plumes s'étalèrent devant eux. Cyric distingua une troupe de cavaliers qui venaient à leur rencontre.

— Qu'allez-vous faire ? demanda le voleur, se retournant sur sa selle.

— Nous n'avons nulle querelle avec ces cavaliers, trancha Yarbro, d'une voix teintée de nervosité.

Cyric tira sur ses rênes.

— Nous pourrions les éviter, mais ils risquent d'en conclure que nous sommes des lâches ou des criminels, et se lancer à nos trousses.

Une barre soucieuse plissa le front du jeune soldat.

— Une minute ! J'essaie de penser ! grogna Yarbro, hargneux.

— Le temps nous est compté, bien sûr, poursuivit Cyric. Si nous partons au galop, nous avons peut-être une chance de leur échapper.

— Il y a juste un instant, tu semblais plutôt d'avis de les affronter, dit Mikkel, dérouté.

Le voleur au nez crochu sourit :

— Eh bien, l'une ou l'autre décision pourrait s'avérer fatale. Il y a beaucoup de choses à prendre en considér...

Yarbro secoua violemment la tête :

— Silence ! Je ne m'entends plus penser !

Le voleur sourit. *Merveilleux*, songea-t-il. *Ce genre de dilemme prolonge ma vie.*

— Oui, convint-il, condescendant. C'est le problème avec ces situations. Il faut une tête froide, des nerfs solides et du bon sens pour les évaluer, les soupeser comme il faut. Si je peux me permettre...

— C'est déjà fait ! aboya Yarbro. Tais-toi ! Tu me donnes le tournis !

— Vraiment ? répondit doucement Cyric, l'air presque contrit. Ce n'est pas mon intention, je t'assure.

Un instant plus tard, Yarbro dégaina et posa son épée en travers de ses cuisses.

— Nous ne faisons rien, déclara-t-il, satisfait de sa propre décision. Nous allons attendre de voir ce qu'ils veulent.

Les inconnus arrivaient très vite. Leur tenue noire et leur cotte de mailles devinrent visibles ; Cyric les identifia sans peine.

Il s'agissait de Zhentils.

— Probablement une troupe errante, précisa le voleur. Je doute qu'ils soient en mission. Tout ce qui devrait leur importer, c'est de rester en vie.

Les hommes du Val étaient tendus et nerveux : s'ils ne faisaient pas de faux pas, ils pourraient éviter un conflit avec les Zhentils. Mais leurs mines apeurées et leur débit mal assuré n'allaient pas abuser les nouveaux venus bien longtemps.

Le chef, un costaud aux cheveux noirs, se détacha

du groupe :

— Je suis Tyzack, chef de la Compagnie des Scorpions. Voici mes hommes : Ren, Croxton, Eccles, Praxis et Slater.

Ils étaient tous burinés, avec des vêtements fripés et crasseux. Cyric ne put s'empêcher de noter que le dénommé Slater était en réalité une femme.

Tyzack se croisa les bras ; il y eut un silence désagréable.

Le voleur se pencha à l'oreille de Yarbro :

— Tu es censé te présenter à ton tour. Et je ne devrais pas être devant vous. Cela donne l'impression que je suis responsable du groupe.

Yarbro passa devant lui. Cyric n'osa pas lui arracher son épée au passage... Mikkel était encore derrière lui.

— Je suis Yarbro, chasseur des Vallées, commença-t-il en se raclant la gorge. Avec moi, Mikkel et Cyric.

Nerveux, il fit une pause bien trop longue.

Tyzack jeta un œil à la ronde, aux étendues sauvages et désolées qui les entouraient ; il émit un léger rire.

— Tu es un peu loin de ton élément, chasseur. Te serais-tu perdu ? Incapable de retrouver ton chemin ?

Les Zhentils ricanèrent.

— Ils se moquent de nous ! s'indigna Mikkel entre ses dents.

— Mieux vaut ça que de nous attaquer, répliqua Cyric sur le même ton.

Le chef des Zhentils les scruta quelques instants, puis se tourna vers sa compagnie. Ren, un blond nerveux, acquiesça ; Tyzack sourit.

— Vous allez au Val Balafre, c'est bien ça ?

— C'est bien ça, fit Yarbro, et on est un peu pressés si vous n'y voyez pas d'inconvénient.

— Pas si vite, hommes des Vallées, intervint Ren. Dites-moi, quelle sorte de gibier chassez-vous ? Vous avez fait un long chemin pour traquer votre proie.

Mikkel avança devant Cyric :

— Nous voulons poursuivre notre chemin, rien d'autre, gronda le pêcheur. Allez-vous nous laisser passer ?

Tyzack étendit les bras avec panache :

— Y avait-il le moindre doute ? (Il fit signe à sa compagnie d'avancer.) Je ne savais pas qu'il vous fallait notre permission.

Cyric jura à voix basse. Il était clair qu'ils n'avaient pas l'intention de leur céder le passage. Le voleur songea à tirer de la situation le meilleur profit possible. Mais il n'avait pas d'arme.

Yarbro et Mikkel, flanquant Cyric, avancèrent bravement.

Eccles, un roux flamboyant, cracha à terre au moment où Mikkel arrivait devant lui.

— Je te cracherais à la face, homme de la Vallée, si ce n'était gaspiller ma salive, aboya-t-il.

— Chien de Zhentil !

— Qu'est-ce à dire ? s'insurgea Tyzack, tonitruant.

Il leva la main. Toute la compagnie s'immobilisa.

— Il a traité ton valet de « chien de Zhentil », dit Yarbro, empoignant son épée.

Tous les Zhentils tirèrent le fer à leur tour.

Cyric évalua la situation. Il était entre Mikkel et Yarbro. Les Zhentils étaient par deux. L'affrontement semblait inévitable.

— Tuez-les tous, déclara Tyzack, placide.

Cyric bondit à terre en un éclair. Croxton, un colosse à la barbe rousse et à la mâchoire fuyante, fondit sur Yarbro qu'il frappa en plein visage, le désarçonnant.

Slater visa Mikkel de son arc ; elle était aussi jeune que Cyric, mais avait un visage de guerrière, battu par les vents et les pluies, les sourcils rasés, les cheveux en brosse et les lèvres gercées.

L'échauffourée fut très brève.

— Attendez ! hurla Ren. Où est le plaisir si on les

massacre stupidement ? Laissons-leur une chance de se défendre... *Ensuite*, nous creuserons leur tombe !

— Je n'ai pas d'objections, approuva le chef aux cheveux de jais, un sourire carnassier aux lèvres. Que suggères-tu ?

Ren désigna Mikkel de son épée :

— Descends de cheval, homme des Vallées.

Le pêcheur ne broncha pas. Ren se pencha sur sa selle, désigna Slater dont l'arc était toujours tendu, menaçant. Ren sourit, découvrant une dentition gâtée :

— Si je lui dis de te *blesser*, tu agoniseras pendant des jours. Je t'offre une chance de survivre.

— Descends de cheval, Mikkel, lui dit Yarbro. Ecoutons ce qu'ils ont à dire.

Tous les yeux convergèrent vers le pêcheur, qui descendait de sa monture pour s'asseoir à terre.

Profitant de cette diversion, Cyric se mit à reculer pas à pas. Un sifflement haut perché le fit s'arrêter net. Slater lui pointait une flèche en plein cœur. Elle fit un signe en direction de Yarbro ; le voleur retourna près du jeune garde.

— Ce lâche abandonnerait bien ses amis à leur sort, gronda Ren. J'imagine qu'il n'y a rien de plus précieux au monde pour toi que ta propre peau.

— Bien entendu, confirma l'apostrophé.

— Par le cœur noir de Baine le Fléau ! s'exclama un autre. Un homme des Vallées qui dit la vérité ! On va peut-être avoir un peu de divertissement !

— Ça n'a rien d'un divertissement ! gronda Eccles, Seule l'arène est valable, quand on a affaire à ces mauviettes ! (L'homme au regard fou se tourna vers Cyric :) Sais-tu ce qu'on fait aux « honnêtes » gens des Vallées de ta sorte dans l'arène ?

Plongeant les yeux dans ce regard fou, le voleur eut une brusque inspiration :

— J'en connais un morceau sur le Château-Zhentil et Zhent. J'y suis né.

— Quoi ? s'exclamèrent les hommes du Val et les

Zhentils à l'unisson.

Cyric eut un sourire en coin, l'air entendu.

— Je suis un agent du Réseau Noir. Ces hommes m'avaient fait prisonnier, et auraient été ravis de vous voir m'exécuter.

— Prouve-le ! grogna Ren.

— Cela dépend de ce que vous êtes habilités à savoir en matière de secrets d'Etat. Pas du ton que vous prenez ou des menaces que vous proférez.

Mikkel jura ; le blond Yarbro bondit en hurlant de rage sur le « sale espion ». Croxton le rejeta brutalement à terre. Cyric était enchanté de la tournure des événements. Mieux valait s'allier à la lie de Zhent que de se retrouver dans la poussière, la gorge tranchée.

Yarbro, furieux, cracha :

— Ce salaud a massacré six gardes royaux à la Tour Tordue de Valombre ; puis il a aidé deux condamnés à mort à s'évader, la magicienne et le prêtre qui ont assassiné Elminster le Sage !

Cyric étouffa un cri d'exultation. Sa situation s'améliorait à chaque mot que prononçait cet imbécile !

De nouveau questionné, il poursuivit :

— Mon maître était Marek, membre éminent de la Guilde des Voleurs de Zhent. Il m'a entraîné et a fait de moi un espion.

Il jeta un coup d'œil à la ronde et les vit tous attentifs à ses paroles, guettant le moindre faux pas.

Tyzack leva un sourcil noir broussailleux :

— Marek, hein ? J'ai déjà entendu ce nom-là. Un homme assez âgé ?

— C'est exact.

— Qu'est-ce qu'il a percé à jour, voleur ? dit Eccles, en remuant sur sa selle. Que t'a-t-il dit ?

Cyric ricana :

— Ce n'est certainement pas à des gens comme toi que je le révélerai !

Le soldat zhentil rugit de colère ; Tyzack se rapprocha du prisonnier. Cyric calcula le temps qu'il lui faudrait pour lui arracher son épée. Un éclat de lumière joua sur l'arc tendu de la fille. Trop longtemps, conclut-il en se détendant.

— Nous le révéler maintenant serait la chose la plus judicieuse, intervint Tyzack. Surtout si ton objectif est de survivre.

— Non, répliqua-t-il froidement. Ce que j'ai à dire concerne Baine, et personne d'autre. J'ai reçu mes ordres de sa bouche, et lui seul entendra les réponses attendues.

Les Zhentils s'agitèrent, mal à l'aise, décontenancés. *J'ai abattu mes cartes au bon moment*, se dit le voleur. *Ils ont peur de me tuer, maintenant.*

Tyzack rengaina son épée.

— Eh bien, le Seigneur Noir nous attend au Val Balafre. Son nouvel avatar est Fzoul Chembryl.

Cyric fut envahi à la fois par le soulagement et la crainte. Il avait grièvement blessé Chembryl lors de la bataille du Val des Ombres !

Tyzack s'adressa à son adjoint :

— As-tu une suggestion, Croxton ? Pour nos « invités », je veux dire ?

— Qu'ils se battent entre eux jusqu'à ce que mort s'ensuive, déclara le guerrier. Le survivant, quel qu'il soit, aura la vie sauve. Mais il devra tuer son ami.

— Splendide ! tonitrua Tyzack. On va inclure notre nouvel ami dans ce jeu. Après tout, un Zhentil correctement entraîné ne devrait avoir aucune peine à expédier ces deux chiens miteux de Valombre aux enfers. Qu'en dis-tu, Cyric ?

Le voleur se tourna vers ses compagnons, puis hocha la tête. *S'ils doivent mourir pour que je survive, même un peu, qu'ils meurent.*

— Donnez-moi une arme, et qu'on en finisse, siffla-t-il. Mais souvenez-vous : le Seigneur Baine entendra parler de tout ceci.

— Mmmh, fit Tyzack, songeur, se grattant le menton. Je ne voudrais pas que tu sois vilainement blessé, mais...

— S'il meurt, c'est qu'il a menti ! tonna Eccles. Le Seigneur Noir le protégera uniquement s'il est un véritable espion zhentil !

Les autres hochèrent la tête en signe d'accord.

— L'affaire est réglée, maugréa Tyzack. (Il se pencha à l'oreille de Cyric :) Il semble bien qu'il n'y ait pas d'autres attractions dans ce parc, l'ami. Un conseil : fais de ton mieux... Je ne les laisserai pas te charcuter. Souviens-toi de ça dans ton rapport.

Cyric acquiesça :

— Ecarte ces chevaux, qu'on ait de la place.

Tyzack se tourna vers Croxton :

— Désarme les hommes des Vallées.

La compagnie se plaça en cercle autour des trois hommes délestés de leurs armes.

Mikkel tenta de plaider la raison :

— Je t'en prie, Yarbro ! Même si nous arrivons à tuer cet espion, nous devrons nous battre à mort. Et ensuite, ils tueront le survivant ! Alors battons-nous contre eux, pas entre nous !

Yarbro était décidé :

— Même si vous me tuez, je ne lèverai pas la main contre mon compagnon. En revanche, avant de rejoindre le royaume de Myrkul, je verrai avec plaisir mourir ce coquin.

Cyric n'eut aucune peine à esquiver les premières prises de son adversaire. Croxton, pour « mettre un peu d'animation », balança un arc qui avait été confisqué aux combattants. Mikkel l'attrapa au vol. Mais le voleur, plus rapide, brisa le bois en deux du tranchant de la main, et utilisa le moignon de l'arc pour blesser son adversaire au menton.

Yarbro, ivre de rage, vit Mikkel s'effondrer, inerte et ensanglanté, dans la poussière.

— Allez, viens, homme de la Vallée ! l'aiguillonna Cyric, brandissant le fragment d'arc rouge de sang. Je pourrais t'enfoncer ce pieu dans la gorge avant que tu comprennes ce qui t'arrive ! Rends-toi et je serai magnanime !

— *Tu l'as tué* ! gémit Yarbro.

— C'est pour ça qu'on est là ! Et tu fais un piètre adversaire.

Yarbro avança :

— Si tu cessais de fuir et de glisser à tout bout de champ, et si tu te battais en homme, je te montrerais de quel bois je me chauffe !

Les Zhentils éclatèrent de rire :

— Oui, Cyric ! lança Slater. Tiens-toi tranquille que l'autre puisse te raccourcir !

A la droite du voleur, le chef de la Compagnie des Scorpions, bras croisés, renchérit :

— Oui, voleur, donne-nous un peu de sang en spectacle ! hurla-t-il. Pique-le avant de l'achever.

Le voleur se força à sourire.

— Ce serait trop facile ! gronda-t-il, résolu à en finir au plus vite, avant que les Zhentils, assommés par l'ennui, jettent une épée au survivant.

Yarbro balança un direct à son adversaire, l'adrénaline courant dans ses veines.

— Je vais te tuer ! hurla-t-il.

Le voleur n'eut aucun mal à esquiver le coup de poing gauchement lancé. En représailles, il frappa l'autre à l'estomac.

— Cela devient assommant !

Cyric pivota autour de sa proie, et lui frappa la nuque avec son morceau d'arc. Il sourit au spectacle du reître, tordu en deux par la douleur, et jeta l'arc brisé au loin.

— Je te propose une avance de cinquante mètres sur moi, dit-il.

Yarbro releva la tête, incrédule.

— Cent mètres, Cyric ! s'écria Ren.

L'interpellé fit une courbette au soldat blond, acquiesçant avec panache.

— Allez, cours jusqu'au fleuve, dit-il à sa victime.

Je ne serai peut-être pas assez rapide pour toi. Tu pourras alors t'échapper et alerter les Royaumes de la menace que je représente !

La sueur dégoulinait du front de Yarbro. Sa nuque enflait et la douleur explosait dans son crâne.

— Damné sois-tu ! Je vous tuerais tous, toi et jusqu'au dernier des Zhentils, si je le pouvais !

Yarbro tourna les talons et se mit à courir.

Les Zhentils s'impatientaient ; Cyric grinça des dents. Il devrait faire assaut de cruauté avec eux, s'il voulait rester en vie. Les Scorpions jurèrent de ne pas intervenir dans ce qui allait suivre.

A une vingtaine de pas de l'arène improvisée, Cyric saisit une dague et la lança dans le dos de Yarbro, foudroyé en pleine course par la douleur.

— Venez, dit l'assassin aux autres, stupéfaits. Il vit encore.

Il s'élança, les Scorpions à sa suite, vers l'agonisant. Chaque pas qu'il faisait sans recevoir de flèche dans le dos était une victoire. Il sut qu'il avait gagné la partie. Son assurance s'accrut.

Il se pencha sur sa victime.

— Tu avais promis..., grinça Yarbro, tétanisé par les souffrances... Tu avais promis !

Un frisson parcourut Cyric :

— Mais je ne t'ai pas poursuivi, Yarbro : c'est ma dague qui t'a eu.

Croxton refusa qu'on le laisse mourir en paix. Cyric prit une autre dague, et sentit une partie de son âme se déchirer en plongeant les yeux dans ceux, écarquillés de terreur, de Yarbro. Il repoussa l'homme sur le dos, et lui trancha net les tendons d'Achille.

— Voilà, gronda-t-il. Il n'ira plus nulle part maintenant.

Slater alla contempler le cadavre de Mikkel, éclata de rire, et s'empara de la boucle d'oreille en forme de prisme, sans prêter la moindre attention aux hurlements de Yarbro.

Les rires de la Compagnie des Scorpions, s'ébranlant en direction du Val Balafre, étouffèrent les cris d'agonie de l'homme de la Vallée.

CHAPITRE VII

VAL BALAFRE

Le vol des chevaux magiques dura une partie de la nuit. Ligotée sur la créature de Durrock, la jeune magicienne s'adressa en chuchotant à ses liens et ceux-ci, envoûtés, se défirent d'eux-mêmes et libérèrent ses poignets.

A l'aube, elle parvint à attirer l'attention d'Adon. S'il comprit la signification de ses signaux, il n'en laissa rien paraître.

En voyant la ville livrée par endroits aux flammes, ils comprirent que le port était assiégé ; des galères zhentilles croisaient au large.

Enthousiasmés de voir Val Balafre attaqué, les assassins éperonnèrent leur monture. Les rues étaient jonchées de cadavres ; les combats faisaient rage. Des escadrons aux armes de Baine arpentaient les grandes artères sans rencontrer de résistance. Les assassins obliquèrent en direction de la garnison zhentille, aux abords de la ville, où ils furent accueillis en héros. Kelemvor fut impressionné par la grâce et la précision des chevaux géants. Les prisonniers furent escortés jusqu'aux entrepôts de bois désaffectés.

Minuit ne bougea pas quand Durrock s'approcha

pour défaire ses liens ; remarquant qu'Adon avait usé les siens, elle sentit son cœur bondir dans sa poitrine. C'était le moment ou jamais !

Elle plia les doigts pour finir de se libérer des cordes et frappa la bête du poing. Surprise, la créature rua et percuta Durrock de plein fouet. La magicienne fit claquer les dernières fibres de ses liens et arracha son bâillon. Elle était libre ! Adon imita sa tactique avec la monture de Sejanus. Ce dernier fut plus rapide que Durrock. Il évita d'un bond la colère du monstre.

Kelemvor n'eut pas de chance : Varro le désarçonna. Minuit lui lança un sort de torpeur au moment où il s'apprêtait à poignarder son prisonnier. Une force fluorescente se matérialisa ; elle frappa l'assassin avec une telle violence qu'il alla s'empaler contre un mur avec les pointes de son armure.

— Courez ! hurla Kelemvor, toujours prisonnier de ses liens.

Adon entraîna la jeune femme désespérée hors de l'entrepôt. Ils se jetèrent à terre pour éviter une lance, puis reprirent leur course vers la liberté. Les assassins les suivaient de près. Adon et Minuit se ruèrent sur la droite, et s'enfoncèrent dans la ville. De partout montaient les clameurs des combattants. Les fuyards hésitèrent à un carrefour, cherchant des yeux une cachette. Un des « cadavres » empilés se redressa devant les jeunes gens à bout de souffle ; il épousseta ses vêtements sales.

L'étrange personnage, à la tunique violette souillée de taches de sang brunies et aux fins cheveux blonds emmêlés, les entraîna loin des Zhentils lancés à leurs trousses.

Adon et Minuit, n'ayant plus rien à perdre, suivirent l'inconnu vers un salut incertain.

Quand ils s'engouffrèrent dans une voie sans issue, l'homme se présenta. Il se nommait Varden. Ils étaient poursuivis par les Zhentils : c'était assez pour lui donner envie de les aider, expliqua-t-il à Minuit, méfiante.

Ils se plaquèrent dans l'ombre, retenant leur souffle. Une fois les Zhentils passés, ils s'enfoncèrent plus loin ; une porte dérobée, sur la droite, se révéla verrouillée.

A cet instant, la silhouette de Sejanus se découpa à l'entrée de l'allée.

— Je déteste travailler dans le trouble, marmonna Varden sans relever les yeux.

Il sortit une panoplie de petits outils.

— Tu es un voleur ? s'exclama Minuit.

— Je suis dûment crédité et patenté par la Guilde, je vous assure. Je parie que ce balourd arrive sur nous, continua-t-il, en crochetant la serrure récalcitrante.

Sejanus arrivait en effet, arme au poing :

— Viens, petit mage ! Je ne voudrais pas ramener à Baine de la marchandise endommagée. Rends-moi la tâche aisée, et je te le revaudrai ensuite.

— Et voilà ! s'exclama Varden.

Il s'engouffra dans la pièce plongée dans la pénombre à la suite des deux jeunes gens. Les cris de frustration de l'assassin résonnèrent dehors.

Varden verrouilla la serrure de la porte de chêne massif. Une lumière tamisée révéla une grande salle dotée d'une loggia de bois ; une immense table à la surface gauchie et pourrie par endroits, faisait presque toute sa longueur. Une vingtaine d'armures, à demi cachées par les ténèbres, s'alignaient contre les murs, surmontées d'armes rouillées ou cabossées.

— Ne dirait-on pas que nous sommes tombés dans quelque réunion ! remarqua Varden. Cette salle appartenait sans doute à un ordre de chevalerie disparu, des paladins, qui sait.

La magicienne chercha des yeux une cachette. En vain. Varden se mit à rire, expliquant que se cacher dans un réduit où les Zhentils allaient faire irruption d'un instant à l'autre équivalait à un suicide.

— Tu ne peux pas m'échapper, magicienne ! s'époumonait l'assassin de l'autre côté de la porte.

Varden s'esclaffa :

— Ces pauvres Zhentils n'ont décidément aucune imagination !

— Cesse ton bavardage ! s'énerva Adon. Et toi, as-tu assez d'imagination pour nous tirer de là !

Le jeune homme s'adossa contre un mur, l'air fort peu concerné. Il ne connaissait pas d'autre issue.

— Comment ça, tu n'en connais pas ? s'écria Minuit, exaspérée. En ce cas, pourquoi nous avoir traînés ici ?

— Pour échapper à votre ami, dehors, répliqua Varden. Croyez-moi, je suis « dans le noir » autant que vous. Essayons de dénicher quelque chose en commençant par les coins et les recoins.

La porte de chêne vibra sous les coups répétés. Minuit s'approcha d'une armure rouillée pour lui arracher une lourde épée lorsqu'un chuchotement la fit sursauter.

— *Conflit*, murmura la vieille armure. *Nous avons vécu et péri dans un conflit.*

A la droite d'Adon, une antique cotte en plaqué, avec un énorme trou au milieu, se redressa :

— *Au nom de la loi et du bien, nous avons sacrifié nos vies, avons combattu la rouille et l'usure pour sauver nos maîtres. Le mien fut tué à Anauroch. Ils m'ont ramenée ici, en souvenir de sa grandeur.*

Un bouclier suranné surenchérit :

— *Au pied du glacier de l'Asticot Blanc, je chus, incapable d'arrêter un coup de massue sur le crâne de mon maître. Nous servons les forces du bien ; qui sers-tu ?*

Dans toute la salle s'ébranla une farandole de cottes de mailles grinçantes, qui se détachaient de leur piédestal pour s'emparer de hallebardes et d'épées fatiguées. Des hauberts vinrent défiler au centre de la pièce, comme portés par d'invisibles chevaliers.

— *Oui, qui sers-tu* ? grincèrent en chœur une douzaine de voix spectrales.

— Nous... nous luttons pour le bien des Royaumes, s'étrangla Minuit.

Varden courut la rejoindre. Adon, interdit, secoua la tête.

— Le monde est devenu fou, soupira-t-il.

A cet instant, la porte de chêne craqua et Sejanus jaillit dans la pièce.

— Au nom de Baine, que se passe-t-il ici ? s'écriat-il, saisi de stupeur à l'incroyable spectacle des armures vides, prêtes à frapper.

— *Ton armure te trahit, serviteur du mal* ! chevrota le poitrail percé d'un trou béant en levant son épée tordue.

Sejanus eut un rire nerveux :

— Joli travail, petite magicienne !

Minuit et ses deux compagnons se coulèrent sans mot dire derrière les armures fantômes.

— *Né dans les flammes*, murmura l'une d'elles, en pointant une hache sur l'intrus.

Sejanus en vit une autre approcher sur sa droite.

— C'est pure folie ! s'exclama-t-il, tirant son épée. Tu es lassante, magicienne. Arrête ou subis les conséquences de ton impudence !

Adon désigna une petite porte de bois clouée, cachée dans un angle. Ils pourraient s'enfuir par là pendant que les armures ensorcelées retarderaient leurs poursuivants.

Dans un épouvantable fracas, et sous une pluie de morceaux de bois pourri dégringolant du plafond, Durrock surgit sur sa monture infernale. Minuit, Adon et Varden bondirent pour s'abriter sous la table. Les armures s'immobilisèrent.

— En avant ! hurla Varden, agrippant la main de Minuit. Protégez vos têtes !

Tirant profit de la confusion créée par l'arrivée de Durrock, les trois fuyards s'élancèrent vers la porte fracassée. Sejanus, encerclé par les cottes de mailles, hurla de rage.

— Durrock, la magicienne s'échappe ! cria-t-il en parant un coup d'épée.

L'assassin disparut du toit béant avec son cheval au moment où les héros arrivaient dans l'allée. Les cris de colère de Sejanus résonnèrent dans la salle.

Ils coururent, talonnés par les hennissements du cheval volant. Dans les rues, ils allaient être à la merci du monstre.

— On ne va pas camper ici ! s'exclama Varden.

— C'est moi qu'ils veulent, déclara Minuit. Conduis Adon en sécurité. Aussi longtemps que je serai traquée, Durrock ne te suivra pas.

— Ne sois pas absurde ! s'écria Varden en l'agrippant par le bras. Dans un instant, tu vas nous parler de tours de magie ! Il n'y a rien de plus agaçant...

Minuit le repoussa violemment.

— Ne remets *jamais* la main sur moi comme ça ! gronda-t-elle. Je sais ce qu'il faut faire. Va !

Adon alla vers la jeune femme.

— Non, dit-il. Nous devons faire confiance à Varden. Et rester ensemble.

Minuit n'avait plus d'arguments. Elle suivit les deux hommes sans rien ajouter.

— Je sais où aller à partir d'ici, murmura le voleur. C'est à cinq maisons à l'est. Courez ! cria-t-il soudain, voyant fondre sur eux la bête de cauchemar et son cavalier.

— Nous tenons ton amant, Minuit ! hurla Durrock. Rends-toi ou il en paiera le prix !

Il était armé d'un filet noir lesté de poids aux quatre coins et assez grand pour piéger un homme.

Entre deux masures délabrées se dressait une haute maison aux couleurs de cendre. Varden s'y engouffra par une fenêtre ouverte. Minuit et Adon se précipitèrent à sa suite au moment où l'assassin lançait son filet.

Les trois jeunes gens se retrouvèrent dans une pièce jonchée de vieux parchemins. Assis en tailleur dans un coin, un inconnu d'une soixantaine d'années, au crâne chauve encadré de cheveux blancs, décryptait une pile de papiers sur ses genoux.

— Gratus ! s'exclama Varden, heureux et souriant. Mon vieil ami et associé, Gratus !

Le vieillard arborait les mêmes vêtements que son acolyte - une tunique et un pantalon violets et des bottes jaunes -, et une expression chagrinée se lisait sur son visage. Il écarta les mains :

— Varden ! Vivant ! (Il se mit soudain en colère.) Va-t'en ! Tu ne m'apportes que des problèmes !

Le voleur sourit :

— Je ne peux guère le nier, là encore... Mais j'apprécierais que tu cesses tes jérémiades pour nous donner un coup de main.

— Je ne vois aucun signe de Durrock, nota Adon, penché à la fenêtre.

— Il est sans doute occupé à bloquer toutes les issues, à grand renfort de gardes, lâcha Varden.

— Excuse-moi, mais viens-tu de prononcer le nom de Durrock, le « serviteur maudit de Baine » ? Une armure noire hérissée de pointes ? Chevauchant un abominable destrier aux sabots lanceurs de flammes ?

— Oui, dit Minuit avec un soupir. C'est celui qui est à nos trousses.

— Bien ! dit le vieil homme. Tu en as vaincu un. Durrock fait sans doute des cercles au-dessus de nos têtes. Ça nous en fait deux. Alors où est le troisième assassin ?

Minuit, glaciale, se détourna de la fenêtre :

— Sans doute épinglé au mur de l'entrepôt, près de la garnison zhentille, à cause du sort que je lui ai lancé.

— Une magicienne ! s'exclama le vieil homme en se redressant vivement. Voilà ce que tu m'amènes, Varden ! Une de plus !

— Comment cela, « une de plus » ? s'enquit Adon.

— Rien, rien, répondit en hâte le voleur blond. Gratus radote parfois, voilà tout.

— Allez, Varden, dis-leur ! ordonna le vieil homme en se redressant de toute sa taille, mains sur les hanches. Je ne lèverai pas le petit doigt tant que tu ne leur diras pas !

Varden soupira, tête basse.

— Un... ancien ami à moi était magicien.

— Admirez l'imparfait, souligna Gratus.

Le voleur fit volte-face :

— Je n'y suis pour rien. Dowie a tenté d'allumer une torche en usant de magie. Quelle stupidité !

Gratus s'esclaffa :

— Auriez-vous remarqué une colonne de flammes qui s'est élevée jusqu'aux cieux il y a une semaine ? demanda le vieil homme.

— Nous sommes nouveaux en ville, dit Adon.

Gratus hocha la tête et poursuivit :

— Vous auriez dû voir la tête qu'a fait Dowie quand...

— Vous pourrez papoter tranquillement *plus tard*, gronda Minuit. (Elle tremblait de colère réprimée.) Pour l'heure, nous avons un urgent besoin d'aide. Durrock sera ici d'un instant à l'autre, avec tous les Zhentils qui viennent de passer en trombe.

Varden leva la main pour tenter de la calmer :

— Gratus, je pense que nous devrions nous rendre à la garnison. (Il se tourna vers Minuit et Adon :) Nous sommes des marchands ici, au Val Balafre. Ces derniers jours, nous avons trouvé plus politique de rechercher la protection de la garnison sembienne. Notre accoutrement est le costume imposé par notre illustre employeur.

Le vieil homme hocha la tête, et donna un coup de pied dans une pile de papiers :

— Cela me convient. A moins que la belle magicienne veuille user de ses grandissimes pouvoirs contre les assassins et réduire le Val Balafre à l'état de cratère fumant. J'ai eu vent d'un sorcier qui aurait dévasté une région à proximité d'Arabel...

— Comment se rend-on au cantonnement de la garnison sembienne ? explosa Adon. Parlez avant que les Zhentils se décident à faire une descente !

— Quel bouillant jeune homme, remarqua Gratus sur le ton de la conversation. Voudrais-tu qu'on aille danser dans les rues, pour que les Zhentils nous repèrent plus facilement ? (Varden s'impatienta à son tour.) Je me suis enterré ici, sous ces piles de papiers, à la recherche des souterrains secrets qui sont censés courir sous cette ville.

Minuit ne put retenir ses sarcasmes :

— Et tu t'attendais à ce que les plans traînent ici, à la merci du premier coupe-jarret venu ?

Gratus souriait toujours.

— Et si j'avais raison ? triompha le vieil homme en exhibant un épais rouleau de parchemin.

Minuit arracha les plans des égouts au vieil homme et sourit à son tour. Une bouche donnait juste sous leur maison.

— Si le gouvernement a installé des tunnels secrets, poursuivit Gratus, il était logique qu'il y ait des connexions entre tous les bâtiments publics. Celui-ci était une sorte de bibliothèque.

— Tu me parais verni, bonhomme, s'émerveilla Varden.

— Verni ! s'exclama Gratus, les poings serrés. Tout d'un coup, je ne me sens plus coupable de t'avoir abandonné dans la rue après que cette bande de Zhentils nous a dégringolé sur le râble !

— Je ne parlais pas de cela, dit le voleur. Tu n'avais aucun moyen de savoir si j'étais encore en vie. Après tout, je suis resté longtemps inconscient. Mais j'étais hors de danger tant que les Zhentils me croyaient mort.

Le vieil homme se raidit. Il se prépara à quitter la

pièce.

— Tu ne savais donc pas ? marmonna-t-il dans sa barbe. Pressons, vous tous ! Fichons le camp d'ici !

Les cris de Durrock leur parvinrent par la fenêtre ouverte.

Les fuyards descendirent quatre à quatre les marches menant aux fondations. Ils déplacèrent une grande bibliothèque de bois et le vieil homme ouvrit une petite porte verrouillée.

Alors qu'ils s'enfonçaient dans les sous-sols sinistres de la ville, Varden se pencha vers Gratus.

— Je ne savais pas quoi ? s'enquit-il.

Le vieux voleur fronça les sourcils. Il répondit sans se retourner :

— Normalement, les Zhentils décapitent les cadavres, juste pour être sûrs qu'ils sont bien morts. Quand tu es tombé, j'en ai déduit que tu avais rendu l'âme... ou que tu ne tarderais pas à la rendre.

Varden devint blanc comme un linge ; Minuit ne put réprimer un frisson.

Derrière eux, des étages supérieurs, leur parvinrent les cris des Zhentils lancés à leurs trousses.

— Je peux me tromper, vous comprenez, poursuivit Gratus. Mais si j'ai raison, nous devrions atteindre la garnison sembienne avant la nuit.

Minuit et Adon échangèrent un regard inquiet, puis emboîtèrent le pas aux deux Sembiens.

*
* *

Kelemvor examinait sa cellule : un cube de trois mètres de côté, avec des barreaux juste en face de lui. Deux gardes dans un corridor faiblement éclairé. Ses mains et ses pieds étaient enchaînés.

De lourds bruits de pas... Un homme roux, portant

une armure d'ébène frappée aux ordres du dieu Baine (au château Kilgrave, se souvint Kelemvor), entra dans le corridor et s'arrêta devant les barreaux de sa cellule. Une élégante blonde en robe noire l'accompagnait.

— Kelemvor Lyonsbane, murmura le Seigneur Noir. J'imagine que tu me reconnais.

— Tes chiens t'appellent « Seigneur Baine », répondit calmement le guerrier. Si c'est bien toi, tu as changé. Tu n'es plus aussi laid qu'à Cormyr.

— N'essaie pas de me provoquer à t'offrir une mort rapide ! tonna le dieu.

Kelemvor se dit qu'il était inutile de provoquer le personnage, quel qu'il fût.

— Que me veux-tu ?

— J'ai une proposition à te faire. Tu as intérêt, si tu veux vivre, à me donner la bonne réponse, susurra Baine.

— Tout à fait le genre de proposition qu'on peut adresser à un prisonnier enchaîné.

L'homme roux plissa les yeux.

— Je sais tout de toi, Kelemvor Lyonsbane. Ne joue pas au plus fin avec moi. Tu oublies peut-être que j'ai lu tes pensées au château Kilgrave. (Le prisonnier frémit : c'était bien Baine.) Tu te souviens de l'offre que t'a faite feu ton oncle ? Tu as la possibilité d'être libéré de la malédiction qui accable ta famille depuis des générations. D'être enfin le héros que tu as toujours rêvé devenir.

Le guerrier enchaîné détourna le regard.

— Que me veux-tu ? répéta-t-il.

— Passons aux choses sérieuses. Comme tu t'en doutes, ce n'est pas toi qui m'importes. En ce qui me concerne, tu pourrais aussi bien te balancer à un crochet de boucherie.

Kelemvor se souvint du garde assassiné qu'ils avaient retrouvé dans les cuisines, barbouillé de chocolat, suspendu à une cheville d'acier : le chef-d'œuvre de Cyric... *Ces deux-là iraient si bien ensemble*, se dit-il.

Baine et la femme pénétrèrent dans la cellule exiguë. Le dieu sourit avec un charme pervers :

— C'est Minuit que je veux, la magicienne. Tu la connais mieux que personne. Et moi je te connais par cœur. Toute ta vie a défilé sous mon œil mental, au château Kilgrave. (Kel écuma de rage.) Je veux des informations, mercenaire. Je veux un rapport sur toutes les fois où Minuit a utilisé l'amulette de Mystra.

Kelemvor soupira, soulagé.

— Elle ne l'a plus. L'amulette a été détruite dans la bataille du Val des Ombres. Mystra ne lui avait rien donné d'autre. Elle ne te fera plus d'ennuis.

Baine réfléchit. La magicienne était encore capable de lancer des sorts trop puissants pour sa tranquillité d'esprit ; la déesse avait dû lui octroyer un pouvoir indépendant du bijou.

— Je veux avoir un compte rendu complet de ses faits et gestes depuis l'*Avènement*, dit-il, crispé par la colère. Et connaître sa destination.

Elle s'est donc échappée ! se dit Kelemvor.

— Je ne connais pas ses plans. Pourquoi vous aiderais-je ?

La main de Baine vola à la vitesse de l'éclair et lui assena une gifle magistrale.

— Tes mensonges seront lourds de conséquence. Je saurai la vérité... tôt ou tard, sourit l'homme roux. Alors ne perdons pas de temps, ne m'oblige pas à t'écorcher vif... Si tu t'obstines, poursuivit-il en bâillant, je laisserai Tarana s'occuper de toi. Elle ne demande pas mieux que de conduire des expériences, sur ton corps et ton esprit. Elle aussi est magicienne.

Le guerrier enchaîné essaya de se dérober aux caresses de la fille sur son visage meurtri.

— La magie est instable, fit remarquer Kelemvor. Ses tours pourraient s'avérer fatals pour elle comme pour moi.

— C'est exact, gloussa Tarana. Quelle fin romantique, n'est-il pas ?

Les yeux d'un bleu profond semblaient deux lacs jumeaux de folie furieuse.

Kelemvor se tourna vers le dieu :

— Quelle récompense aurai-je ? Tu sais que la malédiction ancestrale m'empêche de prêter assistance à quelqu'un sans profit à la clef.

— Avant cela, mon ami, sourit Baine, réponds à mes questions. Je présume que Minuit a l'intention de s'aventurer à Tantras pour y retrouver une des Tablettes du Destin. Elle n'y parviendra jamais. Sa cachette est un petit chef-d'œuvre d'astuce, je dois l'avouer.

— Cesse tes gamineries, Baine. Si tu dois me tuer, autant me dire où tu l'as cachée.

— Te tuer ? pouffa Baine, amusé.

— N'est-ce pas là ma récompense ? Avoir une mort rapide ?

— Je n'ai pas cette intention, Lyonsbane, répondit le dieu, redevenu impavide. Je veux t'*utiliser* pour obliger Minuit à s'exposer. Puis tu iras récupérer la Tablette de Tantras.

Kelemvor fut visiblement choqué.

— Pourquoi moi ? Tous tes fidèles ne demanderaient pas mieux ! Pourquoi as-tu besoin de moi, quand tu pourrais accomplir cela tout seul ?

— Minuit s'est réfugiée auprès de la garnison sembienne. Il faudrait une offensive en règle pour l'en déloger. Elle profiterait de la confusion et du carnage pour s'esquiver une fois de plus. Toi, tu serais capable de la piéger facilement. En bref, tu es l'homme de la situation. (Quand le guerrier voulut se détourner, Tarana lui agrippa la mâchoire de ses doigts plus glacés que la mort.) La vie de Minuit m'appartient, et tu n'y peux rien, Lyonsbane. Elle ne m'échappera pas, quoi que tu fasses. Je suis un dieu, ne l'oublie jamais.

Les chaînes qui lui mordaient cruellement la chair lui rappelèrent la gravité de sa situation.

De toute manière, Minuit était perdue.

Mais il l'aimait.

— Je ne t'ai toujours pas dit ce que je t'offrais pour ta coopération, reprit Baine. (Les yeux de sang du dieu réincarné plongèrent dans les siens.) Je t'offre la fin de toutes tes souffrances : la fin de la malédiction des Lyonsbane !

Ces paroles frappèrent le guerrier de plein fouet. Il finit par se ressaisir :

— Comment savoir si tu dis vrai ? murmura-t-il. Une bourse d'or, je peux la palper. Quand j'aurai fait ton sale boulot, tu oublieras ta parole.

Le dieu refoula sa colère.

— Je ne propose rien que je ne sois en mesure d'offrir... Tu as passé ta vie à te demander si un homme pouvait tenir parole. (Il prit le prisonnier à la gorge.) Voilà pourquoi je peux compter sur toi une fois que je t'aurai délivré de tes *véritables* chaînes.

— Mais... comment peux-tu réussir là où tant d'autres ont échoué ?

— Tu oublies encore... Je suis un dieu ! (Il resserra sa prise sur sa gorge.) Tout m'est possible.

— Ma famille s'est adressée aux dieux de nombreuses fois, hoqueta le guerrier.

— Pas un seul de ses membres maudits n'avait vraiment *la foi*, remarqua Baine en lâchant sa victime. C'est la *clef* de tout. Un dieu n'accordera aucune pitié, aucune faveur, à ceux qui ne croient pas en lui. Tu ne m'adores pas, pas encore, mais tu sais qui je suis. Tu *crois* que je suis le Seigneur Noir, le Dieu des Conflits. (Kelemvor hocha lentement la tête.) Cela suffit. Et ta réponse, Kelemvor Lyonsbane ? Une ultime mission, contre la réalisation de tous tes rêves. Décide.

CHAPITRE VIII

DÉCISIONS FATALES

Minuit et Adon suivirent leurs guides dans les souterrains de la ville jusqu'à un cul-de-sac. La jeune femme eut un instant de panique : ce n'était qu'une question de temps avant que Durrock se lance à leurs trousses dans ce dédale. Ils n'avaient trouvé aucun moyen de bloquer la trappe d'accès. Elle ne tenait pas du tout à se retrouver prisonnière de ce labyrinthe souterrain en compagnie d'une bande d'assassins.

Ils parvinrent à une échelle encastrée conduisant à une trappe que Varden souleva après s'y être cogné le front. Un rayon de lumière filtra d'un tapis crasseux : Varden sortit sa dague. Il eut la surprise de découvrir, en sortant la tête, une auberge abandonnée.

Des chaises retournées gisaient çà et là. Le soleil filtrait à travers des lucarnes sales et des fissures du plafond.

— Ça paraît dégagé, murmura le voleur. Pressez-vous. Je ne reconnais pas l'endroit.

Gratus poussa des jurons à voix basse, et, après une poussée efficace d'Adon contre son séant, entreprit de gravir les échelons de métal. En sortant du tunnel, ils virent Varden, qui surveillait la rue d'une fenêtre intacte. Ils se trouvaient, dit le jeune homme, à proximité de la garnison cormyrienne, refuge préféré des opposants aux Zhentils.

Les quatre compagnons se coulèrent à l'extérieur par une porte défoncée. Au détour de la rue suivante, ils se figèrent devant une troupe armée de Cormyriens. Les résistants reconnurent Gratus et Varden, et les laissèrent passer sans problème. Ils firent halte devant l'échoppe en ruine d'un boucher. Les poutres calcinées rappelaient des arbres morts. Gratus alla toquer à une porte au milieu des gravats et des décombres, et murmura le mot de passe : « Amis de Sembie ».

Un garde les fit prestement entrer et remit en place plusieurs systèmes de verrouillage. Il les conduisit dans un autre tunnel de pierre, éclairé de torches, où s'abritaient des soldats venus de plusieurs armées.

— Attendez ici, ordonna Varden. Je vais parler à leur chef, Barth.

Minuit et Adon durent patienter deux heures avant de se voir accorder une audience.

Adon examina les réfugiés, sales, épuisés. Ils s'étaient installés par petits groupes : les Cormyriens ensemble, les hommes de Montéloy de même, et ainsi de suite.

Les envahisseurs zhentils n'ont rien changé à l'affaire, songea-t-il en soupirant. *C'était autrefois une ville heureuse et prospère..., avant le règne de Lashan.*

Le Val Balafre avait été bien près de forger son propre empire, sous la conduite de Lashan Aumersair, un jeune noble agressif. Une alliance de ses puissants voisins avait eu raison des visées impérialistes de Lashan ; son empire s'était écroulé aussi vite qu'il était apparu. Les troupes coalisées n'avaient pas tardé à occuper le Val Balafre, même si Lashan s'était évadé et échappait encore à toutes les recherches. Chaque vainqueur avait installé son propre contingent sur place, pour maintenir une paix armée et décourager les rêves expansionnistes.

Les garnisons ne cessaient de se quereller pour des broutilles, leur lamentable conduite invitant les autorités locales au laisser-aller le plus total. A présent que la balance penchait en faveur de Zhent, se dit Adon, désabusé, les soldats voyaient la situation comme une autre bagarre d'ivrognes, un mauvais quart d'heure de plus à passer en attendant que le calme revienne. Ils ne faisaient pas cause commune contre l'ennemi, pour sauver leur ville. Au contraire, ils allaient vraisemblablement se sauter à la gorge sans crier gare. Le jeune prêtre sombra dans la mélancolie.

Les craintes d'Adon sur les luttes mesquines des garnisons furent corroborées par l'entrée en matière de Barth quand il daigna les recevoir.

— Que voulez-vous ? Pourquoi vous adressez-vous à nous ? s'exclama Barth.

— Je ne veux rien des Cormyriens ! s'emporta Minuit. Je vous offre une occasion de riposter aux troupes de Baine le Fléau. Vous êtes prisonniers dans ces tunnels comme si les Zhentils vous avaient jetés dans leurs oubliettes !

Barth, adossé à l'unique chaise des lieux, afficha son mépris pour le plan de la magicienne visant à sauver un guerrier du nom de Kelemvor.

Gratus eut un sourire mielleux, et s'adressa au chef de la résistance :

— La magicienne n'a pas tort. (Levant la main, le vieux marchand laissa un minuscule intervalle entre son pouce et son index.) On ne peut pas s'écarter de ça de vos tunnels, même pour chercher sa pitance, de peur de tomber sur une patrouille zhentille. Je ne peux pas...

— Essaie de ne pas penser seulement à ta vieille carcasse, bonhomme ! s'impatienta Varden. Au moment où nous parlons, le compagnon de Minuit endure peut-être mille tourments ! S'il n'est pas déjà mort ! Baine va piétiner cette ville sous ses bottes noires. Le moins que nous puissions faire, c'est essayer de porter un coup au tyran.

— Assez ! aboya Barth. Vos passions et vos croyances ne sont pas le problème. Nous avons envoyé des messagers prévenir les autres de l'agression subie par les Sembiens. Des renforts ne sauraient tarder. *Alors* nous attaquerons les Zhentils. Pas avant. Donner l'assaut maintenant serait une perte de temps et d'hommes.

Minuit abhorrait le mensonge, mais ce genre de personnage ne lui laissait pas le choix :

— Il y a une autre raison : Baine est en possession d'un objet magique de grande valeur qui était destiné à Elminster le Sage. Il s'agit d'une sphère ambrée de grande puissance. Si Baine apprend à s'en servir, il aura le moyen de te repérer où que tu sois.

Le chef sembien sursauta :

— Peut-être pourrais-je dépêcher quelques hommes, après tout. Dis-moi, ce globe te permettrait-il de détruire la garnison zhentille ?

— Non, répondit-elle avec une déception feinte. Seul un dieu, ou un être divin, pourrait accomplir un tel exploit.

Barth pâlit.

— Si c'est un danger pour mes... soldats, je vais vous assigner deux hommes. (Le Sembien se racla la gorge et essuya la sueur de son front.) Vous devriez peut-être ne pas traîner, pensez à votre ami...

Minuit hocha la tête en maudissant intérieurement ce crétin. Deux soldats, Wulstan et Tymon, se présentèrent après une heure d'une pénible attente. Ils ne s'étaient pas portés volontaires. Varden en fut scandalisé.

— N'y a-t-il donc personne ici qui tienne à combattre les Zhentils pour libérer sa ville ? s'écria le voleur, écœuré.

— Pas vraiment, répondit Tymon, un guerrier aux

allures de hyène. Mais les ordres sont les ordres, et nous ne rechignerons pas, soyez sans crainte.

Varden retourna à ses cartes.

— Je suppose qu'on ne peut vous en demander plus, soupira Adon, posant une main sur l'épaule du jeune Wulstan. Du moins, dans ces circonstances.

Le vétéran Tymon leva les yeux au ciel, et s'adressa à Minuit :

— Qu'on nous épargne les sermons. Dites-nous seulement ce qu'il faut faire.

Gratus étouffa la réplique indignée d'Adon.

— Eh bien, il y a un certain nombre d'obstacles à surmonter, fit-il. La garnison zhentille sera nombreuse ; les vaincus auront donc leur quota de Zhentils à héberger.

Wulstan marmonna dans sa barbe et gronda :

— Une fois sortis d'ici, il n'y aura pas de refuge pour nous, c'est bien ce que tu essayes de dire, vieil homme ?

Gratus ignora la mauvaise humeur du soldat et poursuivit :

— Il nous sera peut-être possible de trouver asile chez des particuliers. (Il se passa une main sur le visage.) Les habitants du Val Balafre se sont déclarés neutres. Protéger des fugitifs n'est certainement pas dans leurs intentions. J'ai cependant des amis qui y seraient disposés.

— Les Zhentils vont patrouiller dans les rues, ajouta Minuit. Je ne serais pas surprise qu'un des assassins les passe toutes au peigne fin.

— Notre premier objectif est d'atteindre la garnison zhentille entiers, conclut Varden froidement. Ensuite ?

— L'évidence, dit Gratus. Y pénétrer, récupérer les affaires de Minuit, et sauver son ami. Puis un dernier détail : en ressortir vivants.

— Un jeu d'enfant, maugréa Wulstan.

— Les Zhentils doivent nous attendre au tournant, dit Adon. Ils nous ont sûrement tendu un piège. Il est plus que probable qu'ils vont nous opposer une médiocre résistance et nous laisser entrer pour mieux nous capturer à l'intérieur.

Gratus fronça les sourcils et s'assit :

— Alors, que proposes-tu ? Si c'est une tâche impossible, que faisons-nous là ?

— Nous sommes ici parce que c'est notre devoir ! coupa Minuit, les yeux lançant des éclairs. Il y a un élément que vous avez omis, et qui pourrait faire pencher la balance en notre faveur. Un élément auquel les Zhentils ne s'attendent pas.

Adon releva la tête :

— La magie ! Mais Baine a ton grimoire.

— Un sortilège s'est imprimé dans ma mémoire, sourit Minuit à l'attention du prêtre balafré. Je l'étudiais peu avant notre capture.

Varden s'apprêtait à protester. Les deux soldats jetèrent un coup d'œil vers la sortie du tunnel.

— Si tu as l'intention de nous transporter hors de la ville, coupa le vieil homme, tu peux me considérer hors course, dit Gratus.

— Non, répondit la jeune femme. Ce serait pure folie. On pourrait se rematérialiser dans un rocher, ou se retrouver enterrés vifs dans le limon de l'Ashaba.

— Tout sortilège est dangereux, renchérit Varden. Il n'existe pas de garanties...

— La vie n'offre aucune garantie, souffla Adon en passant un doigt pensif sur sa cicatrice. Laissons-la finir...

Tymon hocha la tête. Varden plissa le front.

— Très bien. Continue, dit-il, vaincu.

Le sortilège avait un rayon d'action de trois mètres, expliqua-t-elle, et devrait leur permettre de traverser la ville sans encombre, sauf s'ils voulaient attaquer quelqu'un en chemin.

Wulstan abattit une main ferme sur l'épaule de la magicienne, mettant un terme aux réticences de Varden :

— Il n'est plus temps de tergiverser ! Je ne suis pas plus pressé que vous d'en finir avec la vie, mais si son truc peut nous aider à suivre les ordres sans prendre de risques insensés, alors donnons-lui sa chance.

Minuit eut un grand sourire ; Tymon, Gratus et Adon hochèrent la tête en signe d'assentiment. Seul Varden se détourna, les traits creusés par l'anxiété.

Le chef sembien fut choqué par le plan.

— Laissez-moi mettre les hommes à l'abri avant de lancer votre sort, marmonna Barth. Encore heureux que nous ayons des sorties de secours !

La magicienne se mit à dessiner dans l'air les signes cabalistiques. Tout le monde comptait sur elle ; elle essaya de ne pas montrer à quel point elle avait peur de se tromper. Tracer des signes invisibles, c'était prendre un gros risque d'imprécision, donc d'erreur. Des gouttes de sueur se formèrent sur ses tempes. Il fallait qu'elle soit vigilante...

Gratus et Varden échangèrent des regards nerveux. Les soldats de Montéloy se contraignirent à fixer le mur d'en face, et à penser à tout, sauf à ce qu'il allait advenir d'eux. Adon affichait un sourire serein. Lui accueillerait la mort avec sérénité.

Minuit maîtrisa ses nerfs et acheva son sort. Incapable de se souvenir d'un seul tour qui ait marché correctement depuis son évasion du Val des Ombres, elle pria pour que celui-ci fonctionne - pour eux et pour Kelemvor.

Une lueur bleu blanc les enveloppa. Puis, plus rien. Tous furent soulagés d'être encore en vie.

Le sort *avait* marché, découvrirent-ils, stupéfaits ! Barth, horrifié, les entendait mais ne les voyait plus.

Les héros, devenus invisibles, quittèrent la place.

— Je suis curieuse, dit Minuit, tandis que le vieil homme leur signalait au passage les citadins susceptibles de les cacher et de les aider. Que fais-tu au juste dans la vie, Gratus ? Tu n'es ni un mage, ni un guerrier, ni un voleur. De quoi vis-tu ?

Varden éclata de rire :

— C'est lui qui prétend n'être pas un voleur !

— J'étais le ministre de la Propagande de Lathandre, murmura le vieil homme. La ville me paye une pension et on m'a prié de me taire. Maintenant je vends des bottes.

Adon s'adressa à son amie :

— Si l'un de nous attaquait qui ou quoi que ce soit, cela annulerait-il le sort d'invisibilité pour tout le groupe ? s'enquit-il, placide.

— Les temps sont durs pour la magie et je ne serais pas étonné que nous ne redevenions jamais visibles, sourit Varden.

Minuit se sentit blêmir. Elle n'avait pas considéré la possibilité que son tour de magie fonctionne *trop bien*.

— Imaginez la fortune que pourrait amasser un voleur dans cette ville, continua le jeune homme, avec un entrain retrouvé.

La bibliothèque où ils avaient rencontré Gratus se trouvait sur leur gauche. Un unique soldat montait la garde devant le bâtiment. Il entendit le bruit de leurs pas et ne comprit jamais ce qui lui était arrivé.

— J'avais peur qu'ils aient réduit la bâtisse en cendres, murmura le vieil homme un peu plus tard. Elle contient quelques archives fort intéressantes que j'aimerais récupérer plus tard.

Ils parvinrent en vue de l'entrepôt et de la garnison zhentille stationnée à proximité. Une fête y battait son plein ; tout était vivement éclairé.

— Baine doit autoriser ses recrues à célébrer sa victoire, commenta Minuit à voix basse en empruntant une allée qui jouxtait l'entrepôt.

— Quelle différence avec la bataille du Val des Ombres, observa Adon. Je me demande si la défaite ne l'a pas rendu plus humble...

— J'en doute, répondit la jeune femme. Il a simplement appris à reconnaître la valeur de ses troupes. Cette générosité inattendue pourrait bien jouer en notre faveur.

— Est-ce à dire que cela résout le premier problème : comment rentrer ? s'enquit Varden.

— Nous devons explorer l'entrepôt avant de nous soucier de la garnison, répondit-elle. Faisons le tour du bâtiment, et voyons s'il n'y a pas d'autres portes.

Les compagnons, prudents, partirent chercher des portes. Ils croisèrent une patrouille zhentille, dont le serre-file bouscula Adon par mégarde. Il maugréa, convaincu d'avoir été heurté par son voisin. La petite troupe s'éloigna en échangeant quelques fortes paroles.

Varden eut tôt fait de crocheter la petite porte : l'entrepôt était vide.

Minuit enjoignit au voleur de la refermer en glissant un morceau de caoutchouc dans la serrure pour faciliter une fuite précipitée. Repensant à Cyric, qui lui avait appris ce truc, la jeune femme eut un instant de peine. Elle la chassa pour se concentrer sur les vivants : Kelemvor avait besoin de son aide.

Gratus désigna du doigt, dans la pénombre, une lueur ambrée. C'était la sphère de détection magique, et les grimoires !

Tout à coup, Durrock émergea des ténèbres ! Son visage défiguré n'était pas masqué d'un haubert. La magicienne comprit que seul le sac de toile était visible entre ses mains. Les compagnons de Minuit se dispersèrent à l'intérieur du cercle d'invisibilité, tandis que l'assassin approchait, épée au clair.

Il feinta et saisit la magicienne invisible par les cheveux. A ce moment, une grande planche de bois s'abattit sur le crâne de Durrock. Le sort s'estompa avec l'offensive des héros : ils redevinrent visibles.

Enragé, le séide de Baine riposta avec sa sombre épée ; il toucha Gratus à la poitrine. Adon força Minuit à prendre la fuite avec son trésor retrouvé, tandis que les deux soldats, sacrifiant leurs vies, s'interposaient pour en découdre avec le Zhentil. Varden et Adon s'enfuirent dans la nuit, soutenant le vieil homme blessé.

*
* *

Les gardes tirèrent Kelemvor de son sommeil ; après lui avoir accordé répit pour réfléchir, Baine n'attendrait pas davantage sa réponse.

Le dieu était de nouveau là, au milieu de la nuit, visiblement contrarié et peu disposé à entendre d'autres tergiversations. Kelemvor n'avait plus le choix.

Le Dieu des Conflits avait le pouvoir de lui offrir la vie d'héroïsme et de noblesse qu'il avait crue à jamais inaccessible pour sa lignée. Mais il y avait Minuit, qui avait placé sa foi en lui. Et son amour. *Combien de fois m'a-t-elle trahie pourtant !* se dit le guerrier, amer. Ils ne se connaissaient que depuis quelques semaines. L'aimait-elle vraiment ?

Le dieu vengeur interrompit ses rêveries :

— Nous avons eu de la visite cette nuit.

— Qui ?

— Qui donc, imbécile ! gronda Baine. Minuit et ses acolytes. Elle est venue récupérer ses grimoires et autres effets personnels. (Il sourit.) Elle n'a pas tenté de te délivrer.

Le guerrier soupira de soulagement.

— Elle s'est encore échappée, sans quoi tu ne serais pas ici.

La colère fit briller les yeux constellés de lueurs rougeoyantes.

— Un de ses complices a été tué, deux autres blessés. Ne surestime pas ton importance, Kelemvor. Minuit mourra. Ta coopération est une simple commodité qui permettra d'éviter des pertes inutiles.

Baine ne joue pas intelligemment. Au lieu d'agir en

dieu, il fonctionne comme un petit chef de guerre.

— Très bien, Baine. J'accepte tes conditions.

— Te voilà devenu raisonnable, sourit le dieu. Rien n'est plus précieux que la vie. Il est temps que tu l'admettes.

— Je retrouverai Minuit et gagnerai sa confiance. Je la convaincrai que j'ai réussi à m'échapper seul, et ferai mine de la conduire sur le chemin de la liberté. A la première occasion, je la capturerai. Ensuite, j'irai à Tantras chercher la Tablette du Destin. En échange, tu me délivreras de la malédiction des Lyonsbane.

— Marché conclu, acquiesça Baine.

— A présent, où est cette Tablette ?

— Tu dois faire preuve d'un peu plus de confiance, répondit le seigneur sombre. Tu connaîtras la cachette quand Minuit sera entre nos mains. Pour l'heure, il y a un autre détail à régler.

Kelemvor sentit son cœur s'emballer. Les gardes avaient entrouvert sa cage.

Baine réclama l'épée d'un garde et la leva au-dessus de sa tête, les yeux soudain luminescents. Tout son être s'embrasa. Il psalmodia une incantation : l'épée s'enflamma. La voix du dieu enfla ; tout son corps se mit à onduler comme un serpent. La lame perça d'un coup l'abdomen de Kelemvor, de bas en haut. Le guerrier lutta pour ne pas tomber à genoux devant Baine. Il retint un cri de terreur quand la tête de la panthère émergea de son torse ouvert, lui fouaillant les entrailles dans ses efforts désespérés pour se libérer de la gangue charnelle. Kelemvor souffrit mille morts ; l'univers explosa. La bête s'extirpait de lui, le rongeant de l'intérieur.

La panthère bondit, libérée : le dieu lui brisa le cou avec une rapidité inhumaine.

Le guerrier regarda, saisi de stupeur, ses chairs martyrisées se refermer toutes seules, ses plaies se cicatriser à une vitesse incroyable.

— C'est fait, annonça le dieu avec une nonchalance

étudiée. Dites-lui où trouver la magicienne, nettoyez-le et envoyez-le en mission, ordonna-t-il aux gardes en quittant le corridor.

— Non, murmura le guerrier épuisé, près de la carcasse encore chaude. Il faut que j'aie l'air de m'être battu pour m'évader.

— Très bien, sourit le dieu. Mais sache une chose, Kelemvor : s'il te vient à l'esprit de renier ta parole, mes agents te retrouveront, où que tu sois. Et je t'affligerai d'une nouvelle malédiction, pire que celle-ci. Pour moi, c'est facile.

— C'est ce que je ferais à ta place. Sois rassuré. Je me conformerai aux termes de notre pacte.

— C'est peut-être le début d'une longue et fertile association, approuva Baine. Amène-la-moi vivante, Kelemvor.

134

CHAPITRE IX

UN NOUVEAU CHEF

Les Scorpions étaient accoutumés aux difficultés d'un voyage pénible à travers les vallées de l'est.

La compagnie s'était lancée à la recherche d'un objet mystique, avant la bataille du Val des Ombres. Leurs efforts étant voués à l'échec dès le début de cette quête stérile, les Scorpions avaient été ravis du changement d'ordres annoncé par la sorcière Tarana Lyr lors d'une communication magique.

Deux jours après l'arrivée de Cyric, ils eurent maille à partir avec une escouade sembienne. Dans la mêlée, Croxton périt. Le voleur eut la surprise d'être promu second du groupe par Tyczack, qui avait pris la tête de toutes les bandes de truands zhentils rencontrées en chemin, sans que personne y trouve à redire.

Chevauchant derrière Slater, Cyric contemplait les jeux de lumière sur le prisme arraché au cadavre de Mikkel, et qui ornait l'oreille de la pillarde. Il échafaudait mille plans successifs pour sortir sain et sauf du guêpier où il s'était fourré.

La terre sous leurs pas était un étrange amalgame de pierres vert-gris veinées d'argile. De petits vallonnements arides partaient en tous sens et les encerclaient.

Devant les voyageurs, une immense saillie rocheuse, fracturée par un gouffre en ligne brisée, s'étendait sur des kilomètres.

Le voleur au nez crochu continua d'étudier, fasciné, les reflets du prisme monté en boucle d'oreille. Les couleurs scintillaient brièvement, comme des vies humaines qui, à peine éteintes, s'oublient déjà. Lui attendait davantage de la vie. Il repensa aux dieux, qui avaient galvaudé leur immortalité pour de mesquines luttes de pouvoir. Cyric n'avait que mépris pour des créatures comme Baine ou Mystra, qui avaient laissé s'effilocher une puissance infinie.

La chaleur oppressante torturait la compagnie et ses nouvelles recrues, tandis qu'elle cheminait le long de l'Ashaba. Cyric étudia ses compagnons. Les Zhentils répondaient à l'appel de leur dieu, prêts à verser leur sang. Pourtant, la finesse politique de Tyzack n'avait pas manqué de le surprendre. Quel était le point faible de l'homme ? Il sourit en imaginant un moyen simple de le découvrir.

Une heure plus tard, pendant que la troupe installait le campement, il entraîna la guerrière à l'écart, prétendument pour aller remplacer une sentinelle.

— Je désire en savoir plus sur les Scorpions, déclara-t-il.

— Ça ne m'étonne guère, répondit Slater, ironique. C'est Tyzack qui t'intéresse, n'est-ce pas ?

Celle-là est plus fine que les autres.

— En effet, concéda-t-il de son air le plus innocent. Ses actions m'intriguent. Les tiennes aussi d'ailleurs. (La guerrière parut intéressée ; il s'expliqua :) Tu as soutenu ma nomination au poste de second. Pourquoi cela ?

Slater eut un sourire carnassier.

— Le désir de survivre. Les gens qui occupent cette position ne font jamais long feu chez les Scorpions.

Le jeune homme se renfrogna. En fait, il jubilait.

136

Slater n'avait pas besoin de beaucoup d'encouragements pour révéler la vérité. Très intéressant.

— Je vois..., reprit-il. La mort de Croxton milite en ce sens. Y avait-il quelqu'un avant lui ?

— Oui, répondit la guerrière d'un ton nonchalant, écrasant un minuscule insecte verdâtre et velu qui s'était accroché à sa nuque. Son nom était Erskine.

— Que lui est-il arrivé ?

— Mort assassiné, répondit-elle. Quoi d'autre ?

— Tyzack l'a tué ? s'étonna Cyric, un brin trop mélodramatique. Pourquoi ?

La guerrière secoua la tête, haussa les épaules :

— Qui saurait le dire ? Tyzack, Erskine, Ren et Croxton étaient partis dénicher de quoi manger. Tous sont revenus à l'exception d'Erskine. Un accident, à les entendre. Ren lui avait décoché une flèche dans le dos... par mégarde. Ils lui ont creusé une tombe, et nous sommes repartis.

Cette fois, ils avaient laissé Croxton aux corbeaux, se dit le jeune homme. *Pas de tombe.*

— Peut-être était-ce la pure vérité, suggéra le voleur.

Slater inspira profondément.

— Erskine était un trublion. Ça faisait des années que Tyzack et lui se connaissaient, bien avant la formation de la compagnie. L'homme était un braillard et un idiot. Il se débrouillait régulièrement pour arriver en fanfare, là où nous nous serions à peine risqués. Erskine a toujours joué avec le feu ; il a fini par avoir son compte. On a été heureux de ne plus l'avoir dans les pattes.

— Pourquoi m'expliques-tu tout cela ?

Le voleur connaissait la réponse, mais il voulait qu'elle admette la vérité.

— Tyzack est faible, déclara-t-elle sans la moindre passion. Ce n'est pas un guerrier ; sa seule ambition, c'est une place douillette dans le Réseau Noir. Sa réticence à combattre nous a valu des jours entiers d'errance. Le temps pour nous d'atteindre le Val Balafre, cette guerre sera peut-être de l'histoire ancienne. Les autres Zhentils se verront récompensés pour leur vaillance contre les ennemis du Seigneur Baine le Fléau. Si l'opportunité se présente à moi, je ne laisserai pas passer ma chance. Je sais qui tu es, Cyric... Un voleur, un meurtrier. Et un ambitieux. Tu peux tromper les autres avec tes mensonges, pas moi. Si je t'aide, c'est moi que j'aiderai. Tout ce que nous aurons peut-être à faire, c'est de regarder ailleurs au cours de la prochaine bataille, le temps qu'une épée ennemie décapite Tyzack !

— Bon, dit Cyric, sans se donner la peine d'arborer plus longtemps son air innocent. Et si notre chance se présente avant ?

— Nous la saisirons au vol. Après, tu me donneras mon propre commandement. Une trentaine de soldats, ça devrait faire l'affaire. Ainsi, nous n'entrerons pas en conflit, toi et moi. C'est entendu ?

— Entendu.

Willingale était presque à portée d'oreille. Les deux complices se turent. Il leur fit signe de venir.

— Heureux que vous vous soyez déplacés jusqu'ici, lança-t-il à Cyric. Vous m'évitez de revenir faire mon rapport : il y a quelque chose là-bas.

Le voleur suivit du regard le doigt pointé : une brillante lumière illuminait l'horizon. Et il n'y avait nulle protection pour les Zhentils à des kilomètres à la ronde. Autour d'eux, tout n'était que morne prairie d'herbe rare.

— Ce pourrait être un piège, dit Willingale en se grattant le menton. Notre ennemi est peut-être embusqué au loin dans les contreforts de ces montagnes.

— Peut-être, convint Cyric. Mais pourquoi nous alerter en ce cas ? Pourquoi ne pas patienter et nous prendre par surprise ? Il doit y avoir une explication.

— Un phénomène de réflexion naturelle, peut-être... Ou quelque manifestation du chaos ambiant, observa

Slater.

— Nous allons en informer Tyzack, précisa Cyric à la sentinelle. Ne quitte pas ton poste et préviens-nous si tu vois autre chose. Mais ne t'éloigne pas. Quand la compagnie te rattrapera, tu auras d'autres ordres.

Willingale acquiesça ; les deux cavaliers retournèrent au campement. Slater reprit la parole après quelques instants de silence :

— Une embuscade serait peut-être l'occasion que nous attendons, Cyric.

— Au prix de combien de vies ? objecta le voleur d'une voix contenue. Il y aura de meilleures opportunités. Nous avons un autre sujet de préoccupation : Ren. Il se fond si bien dans le décor qu'on le remarque à peine. Il est pourtant le véritable bras droit de Tyzack, quel que soit le titulaire officiel de ce rôle. Notre stratégie devra en tenir compte.

Quand ils revinrent au campement, le chef des Scorpions tremblait de rage.

— Qu'est-ce que vous avez à dire pour votre défense, vous deux ? hurla Tyzack, poing levé. On m'a rapporté que vous aviez quitté le camp. Le châtiment pour désertion est...

Cyric devint plus glacial qu'une tombe :

— Suis-je ton second ?

— Quel rapport avec ce que je dis ? Tu seras traité comme tout Zhentil.

— Faux. En tant que second, il est de mon devoir de veiller que tes ordres soient exécutés à la lettre, quand tu n'es pas là. Aussi sommes-nous allés informer la sentinelle qu'elle était trop proche du campement pour être efficace. A ce propos, nous avons vu une étrange lumière sur le flanc de la montagne.

Le chef zhentil passa une main dans ses cheveux noirs emmêlés en écoutant le rapport du voleur.

— Très bien, Cyric. Tu sembles avoir des ressources illimitées. La tâche d'enquêter sur cette lueur te revient... Tu iras avec Ren ! Slater restera avec moi.

Explore cette saillie avec tes talents d'alpiniste, et reviens nous dire ce que tu auras découvert.

Cyric sentit son cœur bondir dans sa poitrine. Ren le fixait de son regard froid, calculateur, comme s'il avait sous les yeux un cadavre en sursis n'ayant même pas assez de bon sens pour s'allonger par terre et se laisser enterrer. Les ordres de Tyzack équivalaient à une condamnation à mort, Cyric et Ren le savaient tous les deux.

Les deux hommes ne s'étaient pas éloignés d'une trentaine de mètres de la colonne zhentille, qu'un hurlement leur fit tourner la tête.... Une flèche d'acier, venue de l'est, siffla dans les airs, vers Slater et Tyzack. Ce fut Ren qui parvint à dévier de sa dague la course mortelle du trait tombé du ciel.

Cyric fut soulagé de cette péripétie qui leur permettait de revenir sur leurs pas, et lui épargnait une mort quasi certaine.

Ren jura : en voulant examiner l'éclat d'acier, il s'était brûlé. Cyric eut une idée :

— S'il s'agit de l'œuvre d'un mage, cela expliquerait la lumière à l'horizon.

A ce moment, les soldats zhentils poussèrent des cris de surprise et de peur. Une masse lumineuse éclatante arrivait sur eux en tourbillonnant.

Tyzack fut incapable de réagir face à ce phénomène inexplicable. Une pluie de métal incandescent s'abattit sur les hommes paniqués, qui n'avaient aucun abri en vue.

Praxis fut touché à l'épaule par un éclat qui transperça sa chair et la brûla.

Cyric agrippa Tyzack par le col, le secoua rudement, mais rien n'y faisait : l'homme était paralysé de terreur. La masse de fer hérissée de lames d'argent commença à descendre sur les soldats sans défense.

Ils éperonnèrent leurs montures en direction du sud. La pluie de météores s'accentua, prenant l'allure d'un lancer de fléchettes. Les Zhentils s'écroulèrent par poignées, tués sur le coup, ou gravement mutilés.

— Fuyons à bride abattue ! hurla Tyzack sortant de sa torpeur.

Poursuivie par l'énorme masse volante, la horde s'élança au sud. Ils furent bientôt en vue d'une des failles béantes, rappelant une bouche affamée. Une centaine d'hommes s'y engouffrèrent ; les chevaux erraient, affolés, et les fragments de métal fumant continuaient à faire des ravages parmi les hommes et les bêtes.

Le cheval de Cyric fut tué net. Le voleur se retrouva entraîné par Slater et les soldats pressés de s'abriter. La cohue régnait dans la faille où s'entassaient les survivants. Les éclats incandescents qui pleuvaient dru ricochaient sur la roche, et, ralentis, ne faisaient plus que brûler les chairs vulnérables.

— Utilisez vos boucliers ! cria Cyric. (Une douzaine d'hommes apeurés se tournèrent aussitôt vers lui, attendant des instructions.) Et si vous n'avez pas de bouclier, abritez-vous derrière des cadavres ! (Il hurla, le bras transpercé par une flèche de métal brûlant.) Entassez les protections les unes sur les autres !

Le jeune homme se dégagea ; une cinquantaine de soldats se massèrent autour de lui, au centre de la crevasse.

Il continua de crier des instructions, passant dans les groupes pour aider les blessés, ou encourager les survivants, Slater sur ses talons.

Ren vint l'informer que Tyzack avait péri comme un lâche. La pluie mortelle cessa peu à peu.

— Tu es notre chef maintenant, dit Ren en inclinant la tête. Je vis pour servir.

Cyric se sentit pris de vertige. Abandonner le commandement à quelqu'un d'autre signifierait sa mort. Une fois de plus, il n'avait pas le choix.

— Tu vis pour servir *qui*, Ren ? demanda le voleur.

— Comme je viens de le dire, je vis pour servir,

répondit l'autre en fronçant les sourcils. Tu as sauvé ces hommes, il est juste qu'ils t'obéissent. Tu n'as aucune raison de te méfier de moi... Pour l'instant, du moins.

Cyric demanda à voir le cadavre de l'ancien chef des Scorpions ; Ren l'y mena. Un dard métallique lui avait transpercé la poitrine. Mais on l'avait égorgé par-dessus le marché... Cyric examina le champ jonché de morts et de mourants ; il se trouvait maintenant à la tête de quelque deux cents Zhentils qui avaient survécu à la pluie d'acier.

— Dis-moi, interrogea Cyric, quel terrible secret Tyzack voulait-il conserver coûte que coûte ?

— Ces derniers temps, il était obsédé par une faute de jeunesse : il s'était révolté contre le Réseau Noir, quand on lui avait refusé sa prêtrise. Il avait dirigé un raid contre un temple et massacré les Zhentarims qui s'y trouvaient.

— Quel imbécile ! ricana Cyric. Cela lui aurait peut-être valu les bonnes grâces des instances de Zhent, si ça s'était ébruité ! (Il fit une pause.) Tu peux annoncer à tous que je suis le nouveau chef, conclut-il.

142

CHAPITRE X

L'ÉVASION

— Quelqu'un demande à te voir, annonça Varden.
Minuit releva la tête de son précieux grimoire.

— Kelemvor ! s'exclama-t-elle.

Comme elle s'élançait, Varden s'interposa ; trois des résistants chez lesquels ils logeaient temporairement allèrent aussitôt bloquer les sorties.

— Je me suis évadé d'une prison pour tomber dans une autre, on dirait, observa le guerrier en s'asseyant.

A la lumière vacillante de la lanterne, la jeune femme détailla les nombreuses meurtrissures qui marquaient le corps de son amant. Il était en haillons. Il se mit à trembler.

— Cela fait des jours que je n'ai plus mangé. Si je dois être mis à la question, pourrais-je avoir un morceau de pain ?

— Comment crois-tu qu'il nous a retrouvés ? demanda l'un des résistants à Varden.

Kelemvor foudroya le rustre du regard :

— Tu pourrais aussi bien me le demander ! J'ai entendu les gardes mentionner cet endroit ; ils ne pensaient pas que je survivrais et, comme toi, ils ont fait comme si je n'existais pas.

Minuit fut convaincue par cette explication. Elle était bien la seule, les autres ne cachaient pas leur méfiance. Mais Kelemvor était enchaîné et affamé. Elle exigea qu'on le traite en ami. Sinon elle se chargeait de le délivrer elle-même, par la magie s'il le fallait.

Adon s'interposa :

— Et si tu te trompais ? S'il était là pour te trahir ? Il fut notre ami... jadis. Mais ce ne serait pas la première fois qu'il mènerait une expédition contre nous.

La magicienne garda le silence un instant. Puis :

— Tu dois me faire confiance, Adon. Je sais qu'il ne nous fera pas de mal.

Varden libéra le guerrier de ses chaînes à contre-cœur. Minuit demanda quelques instants de tête-à-tête avec son amant retrouvé. Ensuite ils partiraient.

Elle se jeta à son cou sitôt les autres sortis, mais il ne lui rendit pas son baiser. Quelque chose n'allait pas. Elle lui raconta en quelques mots ce qui s'était passé, s'étonnant intérieurement de la froideur et de la distance qu'il lui témoignait.

Elle plongea son regard dans les yeux fuyants de Kel. Adon et Varden étaient peut-être dans le vrai.

— Quelque chose t'est arrivé, dit-elle. Tu devrais savoir que tu peux tout me dire, et avoir foi en moi. Tu peux me le chuchoter si tu veux, les autres n'entendront pas.

— Il n'y a rien à dire, répondit Kelemvor avec l'ombre d'un sourire. J'ai juste besoin de manger, de panser mes blessures. Ne laisse pas ton imagination s'envoler.

— Tu as sans doute raison, dit-elle froidement. Varden connaît un moyen de sortir de la ville. Nous aideras-tu ?

— Evidemment, répondit-il un peu trop vite.

— Tout est clair, trancha-t-elle. Tu nous as trahis ! Rapide comme l'éclair, elle dégaina sa dague et la pointa sous la gorge du grand guerrier.

— Tu es lié par ta malédiction, Kelemvor ! gronda-t-elle. Tu ne peux rien accomplir sans la promesse d'une récompense ! Pourtant, quand je t'ai demandé de nous aider à sortir de la ville, tu n'as rien exigé en échange ! Autrement dit, quelqu'un t'a déjà payé pour que tu nous attires dans un piège !

Le guerrier ferma les yeux et prit sa respiration.

— Tout cela est faux. Il n'y a plus de malédiction.

— Comment ? s'écria-t-elle. Qui t'en a libéré ?

D'un revers de main, il agrippa la jeune femme. Adon et Varden surgirent, l'arme au poing.

— Restez où vous êtes ou je lui brise le cou, dit-il. Bien, je reprends le fil de mon histoire. Baine m'a envoyé pour gagner votre confiance ; je devais vous conduire hors de ce refuge, m'emparer de Minuit, et la lui ramener.

Adon hurla des imprécations et cracha.

— Combien t'a-t-il payé, Kel ? Combien valent nos vies ?

— Baine m'a libéré de la malédiction, siffla-t-il entre ses dents. Mais je lui ai menti. Je n'ai jamais eu l'intention de vous trahir. Je veux aller avec vous à Tantras et en finir avec cette quête maudite ! Parce que vous êtes mes amis. Pas pour une récompense.

Il lâcha sa prise ; Minuit tomba à genoux.

Adon abaissa sa hache de guerre :

— Tu aurais pu tuer Minuit sous nos yeux, Kel. J'ai fait l'expérience de la souffrance, même si ma souffrance n'est pas la tienne. Tous les malheureux donneraient n'importe quoi pour que prennent fin leurs tourments. Peut-être mentirais-je à un dieu, moi aussi, s'il le fallait.

Deux résistants leur apportèrent un repas frugal, puis les laissèrent seuls.

Les trois amis connurent leurs instants les plus heureux depuis bien longtemps, même si Cyric n'était plus là.

Ils se mirent en route, Varden en tête, et parvinrent au port, où mouillait *la Reine de la Nuit*, un grand négrier zhentil en bois d'ébène.

— Nous aurons besoin d'un bateau rapide si nous voulons échapper au blocus, remarqua Varden, étudiant le négrier.

A la proue, on avait enchaîné un borgne blond, livré aux coups de fouet du capitaine ; il hurlait des insultes à son bourreau :

— Détache-moi ! Je t'arracherai les bras et te romprai le dos avec ! Je t'arracherai la tête...

Fou furieux, le capitaine fit claquer son fouet de plus belle, jusqu'à ce que le prisonnier tombe à genoux, l'air hagard.

— Bjorn le Borgne aura sa revanche..., murmura l'esclave avant de s'évanouir.

— Mettez-le aux fers, aboya l'autre à ses aides. Nous reprendrons cette... discussion quand je reviendrai du Val Balafre. Je vais trouver une fille pour me détendre !

Les gardes éclatèrent de rire et entraînèrent le supplicié.

— Ma foi, s'il cherche une fille..., commença Kelemvor.

Et il se tourna vers Minuit. Mais celle-ci le foudroya du regard.

— Même si je m'attifais en traînée, ça ne servirait à rien. On a donné ma description à ces hommes. Ils perceraient mon déguisement à jour en un clin d'œil.

Pendant ce temps, le capitaine était descendu du bateau. C'était un petit homme, carré et moustachu.

— Il n'y a qu'un endroit près d'ici où il puisse aller, remarqua Varden. L'*Auberge du Veau Gras*. Le propriétaire est de mes amis.

— Ne perdons pas une minute, intervint Adon. Tendons-lui un piège.

Cette déclaration produisit, chez les amis du prêtre, un effet de surprise visible.

— L'idée me plaît assez, dit Kelemvor, mais il faudrait qu'une occasion se présente.

Mais la filature tourna court. Trop de monde dans les rues.

Alors Varden les conduisit dans une ruelle obscure où se trouvait l'arrière-cour de la taverne.

Le voleur se glissa à l'intérieur. Il réapparut cinq minutes plus tard, souriant de toutes ses dents, et leur fit signe d'entrer.

Kelemvor passa le premier ; la petite salle était décorée d'une multitude de drapés chamarrés au plafond et aux murs. La lumière tamisée des lanternes faisait jouer des reflets bleus et rouges sur les visages des nouveaux venus. Le mobilier se limitait à un lit, une table et quelques chaises.

— Le capitaine est un nommé Otto, annonça Varden. Ma fiancée va l'amener ici d'un instant à l'autre.

Minuit éclata de rire :

— Tu vas te marier ?

— Il fallait bien que je dise quelque chose à cette brave fille pour la gagner à ma cause quand je l'ai connue, expliqua-t-il en haussant les épaules ; de plus, la taverne appartient à son noble père. Il y a de l'argent dans cette famille.

Les compagnons se plaquèrent contre un mur en entendant des bruits de pas. Une odeur de mauvaise liqueur précédait le joyeux fêtard.

Le capitaine Otto entra au bras d'une belle femme, vêtue d'une robe dorée moulante. Ses cheveux de miel étaient assortis à sa toilette. Des bijoux scintillaient à son cou, ses mains et sa taille. L'inconnue irradiait une beauté frappante. Le capitaine semblait sous son influence.

Elle poussa un cri et fit mine de trébucher. Son chevalier servant se baissa d'instinct ; une chaise s'abattit sur son crâne. Varden verrouilla la porte sans perdre de temps.

— Je veux un anneau et une cérémonie, dit Casque-d'Or à Varden. Je refuse ces arrivées inopinées au beau milieu de la nuit ; tu m'as bien comprise, Varden ? (Le voleur ouvrit la bouche...) Enfin, cette histoire de voleur, tu peux faire une croix dessus. Tu ne m'as jamais convaincue que tu pouvais me faire vivre avec ça. Je croyais que tu t'associerais avec papa, mais...

— La ferme, et embrasse-moi, l'interrompit le jeune homme en la saisissant par la taille.

Leurs lèvres se rejoignirent en un si long baiser que Kelemvor eut le temps de hisser Otto sur le lit.

— Voici Liane, dit Varden à ses compagnons.

La jeune femme s'inclina.

Adon contemplait les amants en silence ; il y a peu, lui aussi jouait le rôle de l'amoureux transi. Liane frémit en remarquant la cicatrice qui le défigurait. Même s'il s'était accoutumé à cette réaction, il eut à nouveau un pincement au cœur. Il alla faire le guet.

Vingt minutes plus tard, Varden et Liane ramenaient Otto, encore sonné, à son bâtiment. Liane détourna l'attention du balourd de garde assez longtemps pour que Kelemvor et ses amis, tapis dans les ombres, courent jusqu'au bateau sans être vus.

Les compagnons traînèrent leur captif dans les cales, où étaient enchaînés les esclaves.

Kelemvor sourit en jetant le corps inerte aux pieds de Bjorn, occupé à marmonner des chapelets de jurons dans le noir.

— Tu ne devais pas t'attendre à celle-là ! souffla Kelemvor en exhibant le trousseau de clefs libérateur.

— C'était un implacable tyran, dit une voix dans les ténèbres. Il nous battait, nous fouettait pour un oui ou pour un non.

Une autre plainte s'éleva :

— Personne ne lui échappait !

Le flot d'accusations grandit, pour cesser d'un coup, calmé par le cliquetis de chaînes que l'on ôte. Bjorn, fier et indomptable, se redressa de toute sa taille. Il plaça un bracelet de fer au cou du capitaine en grommelant qu'il allait tenir ses promesses. Il se tourna vers Kelemvor :

— Tu es venu nous libérer ? Pourquoi ? Que veux-tu en échange ?

— Une traversée gratuite jusqu'à Tantras. Ensuite, le bateau sera vôtre.

Bjorn réfléchit, puis sourit en jetant les clefs au prisonnier suivant.

— C'est un marché honnête. Qu'en pensez-vous, vous autres ?

L'armée d'esclaves éclata en hourras et en déclarations d'allégeance au nouveau capitaine de la *Reine de la Nuit* : Bjorn le Borgne.

Une dernière poignée de marins zhentils fut jetée par-dessus bord, ce qui ne manqua pas de donner l'alerte. Adon allait achever un de ces suppôts de Baine quand Kelemvor retint son bras :

— On devrait en garder quelques-uns en otages. Ils auront peut-être des choses intéressantes à raconter.

— Il vaudrait mieux les mettre à fond de cale, en ce cas, dit le prêtre.

La garde accourait sur le quai.

La bataille fut vite gagnée. Le professionnalisme des gardes céda devant le nombre et la détermination des esclaves qui se battaient pour leur liberté.

Bjorn plaça la plupart de ses hommes aux rames. Les amarres dénouées, le négrier appareilla.

A peine sorti du port, le bâtiment fut pris en chasse par deux voiliers.

— Merveilleux ! s'écria Bjorn ; ces chiens ne nous laissent pas d'autre choix que les combattre !

Une activité fébrile régna vite à bord : on commença par charger les catapultes avec tout ce qui se présentait, cadavres zhentils compris.

A en juger à leurs cris de panique, les poursuivants n'étaient pas préparés à ce genre de combat. La majeure partie de l'équipage devait encore fêter la victoire à terre.

— Vitesse d'éperonnage ! cria Bjorn.

La *Reine de la Nuit* vira brusquement et embrocha le navire de tête, qui coula aussitôt alors que le bateau pirate se dégageait et fuyait dans l'estuaire de l'Allonge du Dragon. Le second vaisseau s'arrêta pour recueillir les survivants.

Alors se découpa dans les cieux une horrible silhouette ; Kelemvor sentit le cœur lui manquer... Baine avait pris conscience de sa trahison. Sejanus montait son infernale cavale, prêt à fondre sur le négrier.

Varden bondit pour écarter Minuit de la trajectoire de la lance qui fendit les airs plus vite que l'éclair ; le jeune homme bascula par-dessus bord, le cou rompu net. Liane poussa un long hurlement.

La fin de Cyric lui revenant en mémoire, Minuit réagit en lançant un sort à une vitesse inhabituelle. Une spirale aveuglante se matérialisa. Un nœud d'immenses tentacules noirs en jaillit. Ils s'enroulèrent autour des jambes de la bête et tirèrent.

Sejanus crut un instant à une illusion, sans prise sur lui.

Il comprit vite son erreur.

Les tentacules attirèrent inexorablement à eux cheval et cavalier et entreprirent de les dépecer avec méthode. Minuit s'évanouit. Les derniers morceaux de l'armure d'ébène sombrèrent dans les flots ensanglantés.

Les heures passèrent ; la jeune femme traumatisée refusait de prononcer un mot. Liane aussi restait à l'écart. Chacune s'installait dans sa solitude.

Le lendemain, la magicienne, encore choquée, rejoignit Kelemvor dans leurs quartiers.

— Comment ai-je pu faire une chose pareille ?

— Il méritait la mort, laissa tomber le grand guerrier. Un assassin ne fait pas de sentiment, ne connaît pas le remords, et se moque des souffrances de ceux qui restent après son sanglant passage. Tu as rendu un grand service aux Royaumes.

— Ce n'est pas ce que je voulais dire. Le sort que j'ai utilisé, le seul que j'aie eu le temps de mémoriser était une boule de feu. *Quelque chose d'autre* s'est produit.

— La magie est instable, lui rappela Kelemvor avec un haussement d'épaules.

Minuit secoua la tête :

— Est-ce là la seule explication ?

— Oui, bien sûr, la rassura Kelemvor. Que veux-tu de plus ?

— Assez parlé, acquiesça la magicienne aux cheveux de jais. Ça fait trop longtemps que nous sommes séparés pour perdre notre temps en babillages.

Kelemvor l'embrassa avec un sourire.

Les amants sortirent de leurs quartiers le jour suivant. Adon était en conversation avec Liane, sur le pont. Il la réconfortait. La jeune femme était figée à l'endroit où avait sombré le corps de Varden, à l'est, en direction du Val Balafre.

— Je te pardonne, murmura-t-elle, abandonnant la fleur qu'elle tenait aux flots où son fiancé habitait sa dernière demeure.

CHAPITRE XI

TANTRAS

Baine était furieux. La capture de la *Reine de la Nuit* et la fuite de Minuit l'avaient plongé dans un tel état de rage qu'il n'adressa plus la parole à personne de toute la journée. Cloîtré dans ses appartements du Val Balafre, le dieu déchu marmonnait des imprécations.

La blonde Tarana Lyr fit son entrée, tout excitée :

— Un homme souhaite te voir, seigneur Baine ; il patiente à côté.

— Un homme ? répéta Baine en colère. Pas un dieu ?

— Un dieu ? répéta la sorcière, déroutée.

Le Dieu des Conflits ferma les yeux, et s'appliqua à maîtriser sa fureur.

— J'aurais compris que tu viennes troubler mes méditations pour la visite d'un dieu. Pas pour les supplications d'un mortel !

— M'est avis que ce mortel te donnera toute satisfaction, susurra-t-elle.

Agrippant les accoudoirs de son trône, il grogna :

— Je n'ai pas confiance en toi, sorcière, mais fais-le entrer.

Tarana Lyr fonça ouvrir les portes.

Un homme mince apparut.

Baine bondit, se rappelant non sans frayeur que son avatar s'appelait Fzoul Chembryl.

— Toi ! s'écria son « hôte », enragé à la vue de l'homme qui l'avait mortellement blessé sur le pont de l'Ashaba, pendant la bataille du Val des Ombres.

La colère du prêtre ressuscité repoussa un instant l'essence du dieu dans les replis obscurs de son esprit. Fzoul se saisit de la dague de la sorcière.

Cyric ne fit aucun mouvement, une pellicule de sueur perlant au front :

— Seigneur Baine, tu dois écouter...

— Pas Baine, imbécile ! C'est Fzoul Chembryl qui va se soûler de ton sang aujourd'hui !

Le voleur au nez crochu recula ; il avait cru que Baine le Fléau dominait l'esprit du prêtre. Cyric esquiva l'attaque de son mieux ; le moindre faux pas, dans ces lieux exigus, et c'était la mort pour lui. Si par contre il tuait l'avatar du dieu, l'explosion secouerait la ville portuaire. Pis encore, la sorcière blonde s'apprêtait à user de sa sombre magie.

Le prêtre roux feinta et le surprit ; il fut envoyé au sol ; sa tête heurta durement les dalles. A l'instant où la dague allait lui crever l'œil gauche, le regard de son adversaire devint rouge. Baine sourit :

— La rage de Fzoul me prend parfois au dépourvu, expliqua calmement le dieu en se dégageant, et en rendant la dague à la sorcière. Sa puissance de haine surpasse celle de certains dieux. Moi excepté, naturellement. (Il retourna sur son trône.) Je ne m'attendais pas à te revoir, voleur. Mes assassins t'avaient déclaré mort. Il faut dire qu'ils ne sont plus très fiables, ces derniers temps.

— Je ne comprends pas : qu'est-il arrivé à Fzoul ? demanda Cyric, confus.

— Le prêtre se débat... là-dedans ! rit Baine en se tapotant le front de l'index. Nous avons conclu un pacte, vois-tu. Il se charge de certaines choses pour mon compte. Je le laisse pester contre son sort et maudire le monde entier. Parfois, il devient incontrôlable... Allons, il sera puni. Je vois que tu portes mes couleurs, Cyric. (Le voleur baissa la tête sur sa livrée de la Compagnie des Scorpions.) Pourquoi es-tu venu ? Tu aurais dû savoir qu'une mort lente, sous les tortures, était tout ce que tu pouvais attendre de moi. Après tout, tu es associé à des forces qui cherchent à me détruire, et à anéantir mon empire.

— Ce n'est plus le cas, Seigneur Baine, déclara le voleur sans trembler. J'ai pénétré dans Val Balafre à la tête d'une formation de Zhentils forte de deux cents hommes, tous loyaux et dévoués.

— Ah, je vois, ricana Baine. Tu veux usurper mon trône. Devrai-je abdiquer sur l'heure, *seigneur* Cyric ?

Le jeune homme se figea. La sorcière, les yeux plissés, l'examinait attentivement.

— Il n'est pas dans mes intentions de te défier. Je souhaite t'offrir mes services.

Le prêtre hurla mentalement des avertissements au dieu qui le contrôlait : *Tu ne dois pas lui faire confiance ! Il nous trahira, il nous détruira tous !*

Baine expédia une horde de monstres imaginaires chasser Fzoul de sa conscience. *Pour te punir de ton impudence, il se pourrait bien que je fasse de lui ton chef, Fzoul !*

— Dis-moi pourquoi je devrais te croire ? gronda le dieu. Ton ami Kelemvor a déjà joué ce jeu-là. Il a conclu un pacte avec moi, pour trahir sa parole à la première occasion. Quelle garantie m'offres-tu de ne pas imiter son exemple ?

Cette allusion à ses anciens amis fit sursauter Cyric. Peut-être étaient-ils toujours vivants ? Il les chassa de ses pensées.

— Aucune, répondit le voleur.

— Tu es honnête, c'est déjà ça, admit le dieu, un sourcil levé. Donne-moi une preuve que tu es gagné à ma cause. Parle-moi de la magicienne.

Cyric lui en dit plus long qu'il n'en avait eu l'intention. Il l'informa de tout ce qui s'était produit depuis leur rencontre dans la ville fortifiée d'Arabel, jusqu'à leur séparation forcée, sur le fleuve Ashaba.

— Je suis perplexe, déclara Baine en faisant les cent pas devant son trône. Je ne suis pas sûr de savoir pourquoi, mais je pense que tu dis la vérité.

— C'est exact. J'ai survécu à beaucoup d'épreuves pour venir me mettre à ton service.

— Ces dernières semaines, remarqua le dieu, tu as trahi tout ce qui t'était cher. Qu'ai-je donc à offrir que tu veux tant posséder ?

— Le pouvoir, dit Cyric, avec un peu trop d'enthousiasme. Le pouvoir de faire, un jour, trembler des empires.

— Tu parles en rival plus qu'en allié, voleur, observa Baine, amusé.

— Les Royaumes sont très étendus, Seigneur Noir. Une fois qu'ils seront à genoux, il y en aura bien un petit pour moi. Après tout, un dieu digne de ce nom, quand il devient maître de l'univers, n'a plus de temps à perdre à veiller au maintien de l'ordre quotidien en tout lieu. Donne-moi un empire à gouverner.

Le Seigneur Noir en resta abasourdi.

— Tu as une langue redoutable, Cyric. Je ne devrais peut-être pas gaspiller un tel talent en te tuant sur place, quoique ce serait amusant. (Il fit signe à la sorcière.) Qu'on libère Durrock et qu'on l'amène devant moi. Nous allons donner assez de corde au voleur pour qu'il se pende.

Tarana s'inclina et partit à vive allure.

Baine se tourna vers son nouvel allié :

— Maintenant que mon « assistante » fêlée est partie gambader ailleurs, y a-t-il quelque chose que tu ne m'aies pas encore dit à propos de la magicienne ?

Un nom lui vint à l'esprit : le *véritable nom* de Minuit. Il eut le mot sur le bout de la langue, mais se retint. Le dieu s'approprierait immédiatement l'âme de la jeune femme. Cyric n'y tenait pas - pas encore.

— Non, affirma-t-il d'une voix ferme, plongeant son regard dans les yeux sanglants. Il n'y a rien d'autre.

Les portes se rouvrirent sur Durrock enchaîné. Cyric frémit en découvrant le visage défiguré de l'assassin. Puis il se rendit compte que les brûlures étaient anciennes ; seules quelques marques semblaient récentes.

— Je suis d'humeur magnanime aujourd'hui, Durrock. Cela ne durera pas. J'ai une tâche pour toi. Tu vas te rendre à Tantras avec ce voleur, et espionner ses anciens alliés. Tu les connais très bien, puisque tu les as escortés au Val Balafre.

Durrock se crispa et inclina la tête. Cyric remarqua dans son regard une intense haine mal dissimulée. Baine poursuivit :

— Comme je l'ai déjà dit, je ne veux pas que la magicienne soit tuée. Le prêtre ne compte pas. Quant au guerrier, Kelemvor Lyonsbane, je veux que sa tête soit plantée au plus tôt sur une pique au sommet des remparts, et il en sortira une tête de panthère, je m'en porte garant, et elle rugira jusqu'à la consommation des siècles, et elle ne pourra ni tuer ni mourir. Elle sera là, c'est tout, et elle regrettera, oh oui ! elle regrettera pour toujours, et on viendra la voir de loin. Me suis-je bien fait comprendre ? demanda sèchement le dieu.

— Parfaitement, grogna Durrock.

Cyric parut hésiter.

— Tu as une question ? s'enquit Baine.

Le voleur fit signe que oui :

— Et s'ils découvraient la cachette de... l'*objet* dont nous parlions ? Et s'ils essayaient de l'emporter ?

Baine agrippa l'accoudoir de son trône :

— En ce cas, Cyric, ils devront *tous* mourir.

Deux jours s'étaient écoulés depuis leur fuite du port de Val Balafre. La nuit, une étrange lueur, sur la ligne d'horizon, avait illuminé leur destination. Elle se faisait de plus en plus vive, à mesure qu'ils progressaient.

A ceci près, le voyage fut paisible. Les esclaves appréciaient la caresse du soleil sur leur visage ; Adon restait à l'écart, comme de coutume, et Minuit, quand elle ne se plongeait pas dans son grimoire, partageait avec Kelemvor de tendres moments.

La jeune femme se demandait si son amant serait heureux de retourner à sa vie aventureuse, en sillonnant les mers en compagnie de Bjorn. Elle craignait qu'il préfère ce destin à un voyage risqué à Tantras. Le doute commençait à la tourmenter ; des circonstances similaires les avaient déjà séparés. Elle ne tenait pas à ce que l'histoire se répète. Elle finit par jouer cartes sur table.

— Je t'accompagne, lui répondit-il simplement. Je n'ai aucune autre destinée qu'être à ton côté. Mais tu sembles promise à un grand destin que les dieux eux-mêmes ont conçu pour toi.

— Traîner ainsi dans mon sillage, partager mon sort, n'est-ce pas une autre forme de malédiction, Kel ? s'inquiéta-t-elle. Tu maîtriseras encore moins le cours de ton existence.

Le guerrier la prit dans ses bras et l'embrassa.

— Je t'aime, dit la jeune femme presque malgré elle.

— Moi aussi, murmura-t-il. Nous allons bientôt accoster. Nous devrions alerter Adon.

Les amants s'éloignèrent du bastingage, bras dessus, bras dessous.

Une heure plus tard, la *Reine de la Nuit* mouillait dans le port de Tantras. Des catapultes massives étaient postées à des points stratégiques le long des remparts. La rade débordait de bâtiments à l'ancre ; des guetteurs firent signe au négrier de hisser ses couleurs.

Bjorn donna l'ordre de jeter l'ancre. Puis il se tourna vers les héros :

— Nous n'avons pas de couleurs à hisser, aussi devriez-vous mettre un canot à l'eau et ramer jusqu'à la côte. Ils ne s'occuperont pas de vous.

— C'est de bonne guerre, acquiesça Kelemvor.

Chacun des aventuriers reçut un sac de voyage bien garni, et une bourse d'or, le tout offert par Bjorn et ses marins.

Les compagnons descendirent l'échelle de coupée et prirent place à bord de la chaloupe. Minuit ne cessait de lancer des coups d'œil nerveux vers la terre. Kelemvor se souvint de ses pérégrinations presque fatales sur le fleuve Ashaba, et lui prit la main pour la rassurer.

Adon s'installa aux rames et manœuvra pour rejoindre le port.

— Si nous étions restés avec Bjorn, cela aurait pu être un nouveau départ pour nous, observa Minuit, regardant la galère s'éloigner.

— J'en doute, rétorqua le guerrier. Dans l'espace exigu des quartiers de la galère, nous nous serions chamaillés au bout d'une semaine, et entre-tués au bout d'un mois.

— Tu fais si peu cas de notre relation ? s'étonna Minuit.

— Pas du tout, expliqua-t-il en entourant du bras la taille de la jeune femme. Mais nous avons tous deux besoin d'un zeste de danger, et d'étendues sauvages à explorer, n'est-ce pas ? Ça donne un peu plus de couleurs à l'existence.

Elle eut un petit rire amer.

— J'ai parlé à des dieux, je les ai vus détruits, j'ai été jugée et condamnée à mort pour le meurtre du plus puissant mage des Vallées. J'ai failli périr noyée dans le fleuve Ashaba, et j'ai été traquée comme une bête sauvage par les sbires d'un dieu dément. L'ennui serait le bienvenu, aujourd'hui, quelle que soit ma destinée.

A une centaine de cordées du port, des guetteurs leur firent signe de s'orienter vers une petite baie, à l'extrémité nord. Une délégation comprenant deux soldats armés, aux couleurs de Torm - un gantelet de métal -, les accueillit.

— Quelles affaires vous amènent ici ? leur demanda-t-on d'un air ennuyé.

Minuit expliqua ce qu'ils avaient subi au Val Balafre, et laissa dans l'ombre le véritable but de leur équipée.

— Si vous êtes en mauvais termes avec le Seigneur Noir, alors vous êtes les bienvenus à Tantras. Mon nom est Faulkner, leur dit joyeusement l'homme.

— Qu'est-ce qui provoque cette étrange lueur la nuit ? Nous pouvions la voir depuis notre bâtiment au milieu de l'Allonge du Dragon !

— La nuit ? s'esclaffa Faulkner. Il n'y a plus de nuit à Tantras, depuis que Torm, Dieu de la Loyauté, s'est révélé à nous.

— Pas de nuit ? Voilà qui doit être confondant, marmonna Kelemvor.

— Tantras est la cité de la lumière éternelle, ajouta Faulkner, avec un haussement d'épaules. Notre dieu décide pour nous de l'heure du jour ; c'est lui qui place la loyauté dans nos cœurs, et la raison dans nos esprits. Rien de confondant à cela.

Minuit se rendit compte qu'Adon tremblait légèrement. Que ce soit de peur ou de rage, les paroles de Faulkner venaient de le bouleverser. Il se détourna et fit un pas en arrière.

— Vous devez excuser notre ami, dit Minuit, très embarrassée, d'une voix où perçait son angoisse.

L'un des délégués avança vers le petit groupe.

— Ne vous inquiétez pas, dit le soldat du nom de Sian. (C'était un jeune homme aux fins sourcils et aux cheveux noirs bouclés.) Il est évident que ce malheureux a été prêtre. Que lui est-il arrivé ?

Elle leur expliqua comment il avait été mutilé par des fanatiques de Tilverton, et comment il avait perdu foi en sa déesse et en lui-même.

Sian hocha la tête :

— Beaucoup ont réagi comme lui depuis que les dieux foulent les Royaumes. Peut-être va-t-il retrouver la paix de l'esprit dans notre belle ville.

Pendant les heures qui suivirent, ils étudièrent la ville sur des cartes : elle était fortifiée, port y compris. Une série de tours au nord flanquaient la citadelle. Le temple de Torm, cœur de la cité depuis l'arrivée du dieu, s'élevait dans le quartier nord, sur une hauteur escarpée. Un énorme clocher caractérisait le quartier sud, près d'un complexe militaire interdit aux civils. Plusieurs temples étaient à l'abandon dans le secteur, ainsi qu'un autel à Mystra, à l'extrême sud.

— En somme, Tantras n'a rien de bien remarquable, conclut Sian.

— Pas tout à fait, objecta Adon, d'une voix sans timbre. Vous semblez être sur le pied de guerre.

Sian plissa les yeux, et fixa le prêtre quelques instants :

— Tu arrives du Val Balafre, n'est-ce pas ? Plusieurs rapports confirment le récit que vous avez fait. Si Zhent et le Seigneur Baine le Fléau veulent annexer de nouveaux territoires et étendre leur empire maléfique, crois-tu qu'ils se contenteront de s'emparer de la moitié de l'Allonge du Dragon ?

— C'était une simple remarque, dit Adon froidement. J'avais cru que *Torm* vous protégerait.

— Cette cité n'a pas été construite avec l'idée qu'une divinité viendrait y résider, rétorqua Sian. L'arrivée de Torm est assez récente. La présence de notre dieu devrait suffire à décourager n'importe quel ennemi. Mais nous sommes prêts à nous battre, de toute manière.

— J'ai remarqué un certain nombre de camps de réfugiés, dit Minuit.

— Le chaos des Royaumes a contraint quelques-uns de nos voisins à venir se cacher entre nos murs. D'autres ont fui au sud, vers le Cap des Corbeaux, ou au nord, à Calaunt. Hintlar était abandonnée ; un vent surnaturel a balayé la ville déserte, et renversé les pierres tombales du cimetière. Les squelettes se sont animés. Les morts gouvernent à présent la cité.

Dix minutes plus tard, les héros arpentaient le quartier commercial de Tantras, au sud, à la recherche d'une auberge.

Les échoppes s'alignaient le long des rues, les commerçants vantaient leurs stocks à s'en rompre les cordes vocales. A en juger à la mine des marchands, le chaos avait affecté le négoce dans les pires proportions. Minuit acquit une nouvelle tresse pour orner ses cheveux, Kelemvor regarda sans rien acheter et Adon s'aventura dans une petite épicerie, où il goûta un pain farci de viande assaisonnée d'une sauce rouge relevée de poivre noir.

Ils trouvèrent la *Taverne de la Lune Paresseuse*, que leur avait indiqué l'épicier, après s'être trompés trois fois de direction.

— Combien de temps allez-vous rester ? leur demanda le tavernier d'un ton brusque.

— Nous ne le savons pas encore, mais voilà qui devrait couvrir les frais, répondit Kelemvor en lui tendant une poignée de pièces d'or. Nous prendrons deux chambres, au moins pour la semaine.

Ils portèrent leurs bagages à l'étage et se retrouvèrent dans la salle centrale. Le soir était encore loin, et il n'y avait pas foule.

— Nous y voilà, dit Kelemvor. Tantras ! (Il poussa un profond soupir.) Minuit, comment vas-tu reconnaître cette Tablette ? Et mieux, qu'en ferons-nous quand nous l'aurons trouvée ?

— Si nous la trouvons, remarqua Adon, l'air morose, pianotant des doigts sur la table graisseuse.

— Nous la *trouverons*, affirma Minuit. Le globe de détection que Lhaeo nous a donné se brisera en mille morceaux quand nous serons près d'un objet magique de grand pouvoir, comme les Tablettes du Destin. (Elle se tourna vers Kelemvor :) Quant à leur apparence, l'ultime message de Mystra à mon intention, au château Kilgrave, comprenait une image de ces Tablettes : elles sont en argile, et mesurent moins d'une soixantaine de centimètres. Des runes d'un bleu-blanc éblouissant y sont gravées ; elles irradient la magie.

— La magie n'est plus digne de confiance, grommela Kelemvor, faisant signe à la servante de leur apporter de la bière. Qui pourrait affirmer que ta sphère va fonctionner ? Et où chercher ? Nous ne pouvons pas passer chaque pouce de cette ville au peigne fin. Sans parler des agents que Baine ne manquera pas de lancer à nos trousses. Ils peuvent tout faire, y compris déplacer la Tablette.

Minuit se passa les mains sur le visage, le regard dirigé vers le seuil. Le soleil radieux ne montrait aucun signe d'affaiblissement.

— A en croire notre comité d'accueil, nous aurons toute la lumière souhaitable pour conduire nos recherches. Ça ne jouera pas en faveur des agents de Baine.

Sitôt que la jolie servante leur eut apporté leur commande et ne fut plus à portée de voix, Kelemvor frappa du poing sur la table :

— Il nous faudra bien dormir ! Veux-tu tomber entre les mains de tes ennemis pour la simple raison que tu seras trop fatiguée ? Le soleil ne nous donneras pas le repos !

— Que suggères-tu ? coupa-t-elle, laissant transparaître sa lassitude.

— D'abord, nous séparer, soupira le guerrier. Nous pourrons passer plus de terrain au peigne fin.

La magicienne secoua la tête :

— Nous ne possédons qu'un seul objet magique pour déceler la présence de la Tablette. Si je le garde sur moi, qu'espérez-vous accomplir, vous deux ?

Kelemvor négligea la nervosité de sa compagne :

— J'ai essayé d'amener Baine à me révéler la cachette. Il n'a rien voulu me confier, bien sûr, mais il a dit quelque chose à propos de la foi. Sa remarque ne m'a pas mis la puce à l'oreille sur le moment, mais ça pourrait être un début de piste.

Une pensée traversa l'esprit d'Adon en un éclair ; il sourit.

— Les temples, dit-il simplement. Baine a très bien pu faire un jeu de mot sur « foi ». Rien de surprenant pour un dieu, par les temps qui courent. Faulkner a parlé d'un certain nombre de temples abandonnés. La Tablette du Destin est peut-être cachée là.

— Eh bien, c'est un début, reprit Minuit. D'accord séparons-nous. Peut-être avons-nous assez d'indices pour tenter notre chance individuellement. Mais tu m'as aussi demandé, Kel, ce que nous ferons quand nous aurons la Tablette. Elminster a expliqué que des Escaliers Célestes - conduisant aux Plans - sont éparpillés dans tout Féerune. Seuls des dieux ou des mages de la classe d'Elminster ont la capacité de les voir. Ils sont immatériels pour les mortels, qui peuvent passer au travers sans se douter de leur présence. J'ai vu en tout deux Escaliers Célestes, et je crois que je devrais y apporter la Tablette du Destin, pour la remettre entre les mains de Heaume. Au préalable, il faudrait que l'un d'entre nous obtienne une audience de Torm. Il saura où se trouve l'Escalier le plus proche. Cette tâche devrait te revenir, Adon. En tant que prêtre...

Il bondit de la table, renversant sa chaise.

— Pas question ! cria-t-il, Il n'est pas question que je parle à un dieu !

Tous les clients se retounèrent. Quelques murmures

163

parcoururent la salle. Même dans cette taverne, on n'entendait pas tous les jours des propos de cette nature.

— C'est à toi de le faire, déclara fermement Minuit. Nous avons besoin de Kelemvor pour nous assurer une retraite rapide, une fois la Tablette dénichée.

Le guerrier avala une gorgée de bière.

— Oui, grommela-t-il. L'Escalier Céleste est peut-être loin d'ici, nous devons nous tenir prêts.

Le prêtre tremblait. Sous les regards des autres, il ramassa sa chaise et se rassit.

— Ouais, dit un client. Il en faut un pour faire le guet à l'escalier pendant que les autres se feront la malle avec la tablette.

Un autre buveur à la grosse trogne réjouie intervint à son tour :

— Seulement il faut pigeonner un dieu par-dessus le marché. Le vol repose là-dessus. Ils ont bien dégotté un technicien du bluff, mais voilà qu'il se dégonfle.

— Ça pourrait faire foirer l'affaire.

— Dommage. Une si belle tablette, remarqua une fille à la voix de rogomme.

— M'est avis qu'il devrait y avoir de l'argent à gagner.

— De la bière, mes amis ! De la bière !

A ce stade, Kelemvor n'avait plus qu'à payer une tournée générale. Il s'exécuta sans se faire prier.

— J'ai l'intention de restituer la Tablette aux Plans, reprit la magicienne à voix basse. C'est la seule chance que nous ayons de mettre un terme à la folie qui ravage Féerune.

— Il y a une chose que vous oubliez, intervint Adon, le visage caché dans les mains.

— Quoi ? demanda Minuit.

— Il y a *deux* Tablettes du Destin. Que répondras-tu au Dieu des Gardiens quand il te demandera ce que tu as fait de l'autre ?

— Je lui dirai la vérité. Heaume n'a aucune raison de me faire du mal.

Adon eut un petit rire nerveux.

— Comme c'est curieux... C'est exactement ce que s'efforçait d'accomplir Mystra... Avant d'être déchiquetée par Heaume.

Il se leva sur ces paroles et alla s'enfermer dans sa chambre, ignorant les regards ironiques des ivrognes.

Minuit et Kelemvor finirent par l'imiter. Un baladin avec une barbe blanche, et une harpe au bras, entra dans l'auberge. Le nouveau venu les regarda monter l'escalier, puis exhiba quelques pièces d'or, s'attirant aussitôt l'attention obséquieuse du maître des lieux.

— Je ne désire pas manger ni me loger. Je veux des informations : que peux-tu me dire sur le couple qui vient de gravir cet escalier ?

L'aubergiste jeta un regard en coin aux pochards perdus dans leur prostration.

— Cela dépend de ce que vaut l'information pour toi, murmura-t-il.

— Cher, répondit le baladin, l'air sombre... Plus que ce que tu imagines.

L'autre sourit, les mains crochetant l'air avec avidité :

— J'ai beaucoup d'imagination.

— Alors, dis-moi tout, dit l'inconnu, lui tendant l'or. J'ai peu de temps et beaucoup à apprendre...

CHAPITRE XII

DES TEMPLES ET DES CLOCHES

Sur le parvis de l'*Auberge de la Lune Paresseuse*, les compagnons se firent leurs adieux. Minuit embrassa Kelemvor pour la cinquième et dernière fois. Le farouche visage de son amant était moins renfrogné depuis qu'il était libéré de la malédiction. Mais l'inquiétude revint au galop.

— Peut-être devrions-nous rester ensemble, après tout, dit-il. L'idée que tu risques ta vie ainsi...

Elle posa les doigts sur ses lèvres :

— Nous sommes tous en danger. Nous devons trouver, sans nous éterniser, ce que nous sommes venus chercher. Nous serons plus efficaces en nous séparant.

— Sois prudente, grommela-t-il, lui embrassant le bout des doigts.

— C'est toi qui me dis ça ? fit-elle, sarcastique.

Elle prit congé d'Adon, caressa le visage du guerrier une dernière fois et partit. Elle se dirigea vers le sud ; deux pâtés de maisons plus loin se dressait un bâtiment de deux étages, sans fenêtres visibles. L'enseigne annonçait « La Maison des Petites Gens ».

La porte entrebâillée résista. Un gémissement s'éleva à l'intérieur ; un corps glissa à terre. Minuit redoubla d'efforts et se glissa dans la pièce.

Des torches fixées aux poutres par des appliques métalliques éclairaient les lieux. Une douzaine de lits dépourvus de couvertures occupaient l'espace restreint, où s'entassaient environ soixante-dix hommes, femmes et enfants. Des volontaires prenaient soin de ces pauvres, sans-abri ou malades, et leur apportaient de quoi manger.

Minuit fut hélée par une femme d'âge moyen en blouse blanche.

— Que viens-tu faire ici ? demanda-t-elle d'un air bourru, les bras croisés.

— J'ai besoin d'un guide pour visiter la cité, expliqua Minuit. Je pensais que peut-être...

— Tu t'imaginais trouver un laquais pour rien, coupa la femme. Le gouvernement a un bureau pour les larbins, sur l'avenue Hillier. Tu ferais mieux d'y faire un tour.

Minuit fronça les sourcils.

— Je pensais dénicher quelqu'un qui connaisse les us et coutumes mieux qu'un fonctionnaire blasé. (Elle désigna les indigents.) Et j'essayais d'aider.

— Veux-tu déclencher une bataille rangée ? Si tu leur offres de l'or, ils vont s'entre-tuer. Décampe !

— Attends ! intervint un jeune homme. Je travaille pour les autorités quand je ne suis pas ici. Elles prélèvent d'ailleurs une grosse part de mes émoluments. Pourrions-nous nous arranger ?

— Ce serait parfait, convint Minuit, à condition que tu ne m'assourdisses pas de questions en chemin.

— Bien ! répondit le jeune homme prenant l'air choqué. On tient à sa tranquillité, hein ? Pas de problème, tant que le prix est convenable !

Il n'avait pas plus de seize ans, mais était de haute taille et de forte carrure, une chevelure noire bouclée tombant sur ses épaules. Il se tourna vers la femme en blouse blanche :

— Peux-tu te passer de moi, petite mère ? demanda-t-il, enthousiaste.

— Me passer de toi ? Si seulement tu n'étais jamais venu m'empoisonner l'existence ! coupa-t-elle, hargneuse. Bon vent et bon débarras ! Si un garde vient quérir de tes nouvelles, je lui dirai que tu es en visite chez une tante gâteuse, dans la branche la moins recommandable de la famille.

Quelques instants plus tard, le pétulant jeune homme et Minuit se mirent en route.

— Au fait, dit-il, jovial, mon nom est Quillian. Tu ne m'as pas dit le tien.

— C'est exact.

Il siffla entre ses dents.

— Eh bien, si tu refuses de me dire ton nom, pourrais-je au moins t'appeler « ma dame » ?

— Etant donné les circonstances, oui, soupira-t-elle. Souviens-toi de notre accord : c'est moi qui poserai les questions.

Quillian eut un sourire en coin.

— Je parie que tu es une voleuse, venue dépouiller toute la cité.

Minuit fit halte, foudroyant l'adolescent du regard.

— Ce n'était qu'une plaisanterie, ajouta-t-il à la hâte, une main levée pour prévenir les reproches. D'ailleurs, poursuivit-il quand ils se remirent à marcher, si tu *étais* une voleuse, ça ne me gênerait pas de t'aider. Cette ville m'a volé mon existence.

Minuit secoua la tête :

— Tu es un peu jeune pour être aussi amer.

— L'âge n'a rien à voir dans l'histoire. Vous avez vu notre maison des pauvres et des indigents. Si mon père n'était pas mort en héros, et ne nous avait pas laissé une pension décente, nous serions les pensionnaires de ce trou à cafards, ma mère et moi, et non des bienfaiteurs.

La magicienne imagina le jeune homme en haillons, l'étincelle de ses yeux noyée par la faim et le besoin. Elle chassa de telles pensées :

168

— Je ne suis pas une voleuse, mais je te paierai grassement. Fais ton travail et tout ira bien entre nous.

Quillian sourit et repoussa une mèche de cheveux de ses yeux :

— Par où commençons-nous ?

— Par les temples, qu'en penses-tu ? répondit-elle d'un air nonchalant. Tous les sanctuaires que tu connais m'intéressent.

— Voilà qui est facile. Commençons par le temple de Torm. C'est juste...

— Je pourrai le trouver sans l'aide d'un guide, remarqua-t-elle, désignant les belles tours visibles au nord.

Quillian eut l'air embarrassé.

— C'est vrai. Allons vers le marché, alors. C'est tout près d'ici, et il y avait un petit sanctuaire.

Ils cheminèrent en silence. Aux abords du marché, la foule grossit ; ils se retrouvèrent immergés dans des effluves de cuisine, des bruits de marchandages passionnés et de rauques harangues.

— Plus haut, à droite, il y a une boucherie, expliqua Quillian à l'abord d'une place encombrée de monde. Avant, c'était un temple dédié à Waukyne, la Déesse du Commerce. Connais-tu la Vierge de la Liberté ?

— Vaguement, répondit-elle avec un haussement d'épaules. Je me souviens d'une femme aux cheveux d'or, avec des lions à ses pieds.

— C'est ainsi qu'elle apparaît, dit-on. Personnellement, je ne l'ai jamais rencontrée au coin d'une rue, ajouta-t-il, railleur. Tantras a eu l'honneur de la visite de Torm.

La magicienne fut surprise du ton sardonique de son compagnon, tout à fait étranger à l'enthousiasme des habitants.

— N'adores-tu pas Torm ?

— Pas d'ordinaire. Seulement en cas de nécessité.

Je ferais mieux de changer de sujet, se dit-elle,

étant donné sa façon de réagir à la mention du Dieu du Devoir.

— Que peux-tu me dire au sujet du temple de Waukyne ?

— Des statues ornaient le fronton. Les Tormites ont fait l'acquisition d'un lion doré pour décorer leur nouveau temple. Je ne sais ce qu'il est advenu des autres.

Ils traversèrent la place débordante d'activité. Minuit posa la main sur l'épaule de Quillian, avant de pénétrer dans le temple désaffecté :

— J'espère que l'argent que je te donne te rendra moins désinvolte à mon égard que tu l'es avec les dieux.

Une voix retentit derrière eux :

— Désinvolte ? Voilà un terme peu usité par ici ! Surtout depuis l'arrivée de Torm !

Un vieil homme, à la belle chevelure et à la barbe blanches, se tenait devant eux. Il tira quelques notes mélodieuses d'une petite harpe. Minuit l'examina attentivement : il lui rappelait quelqu'un.

Le baladin la mit soudain en garde contre un voleur à la tire, que Quillian prit la main dans le sac. La foule s'attroupa, en colère, et le boucher, propriétaire de l'ancien temple, surgit, empourpré, son couteau rouge de sang à la main :

— C'est toi le voleur qui as tracassé mes clients ces deux dernières semaines ? (Le commerçant l'agrippa par les cheveux et l'obligea à le regarder en face.) Sais-tu le manque à gagner que tu m'as valu ? Ma fidèle clientèle a peur de venir dans mon échoppe. C'est mon concurrent, Loyan Trey, au sud de la ville, qui se frotte les mains !

— Merveilleux ! bafouilla le voleur. Relâche-moi et je vais m'occuper de sa boutique. Tu retrouveras ta clientèle, pas de problème !

— Pas question. Mon gars, dit le boucher à Quillian, tiens-lui la main droite bien à plat, que je la

170

coupe proprement. Ça lui apprendra.

— Pitié ! s'écria le voleur. Tu ne peux pas faire ça ! Je rendrai l'argent. Je ne viendrai plus jamais ici !

Le boucher ne voulait rien entendre ; il leva son couteau d'étal, scintillant au soleil.

Minuit cria et s'élança.

— Regarde autour de toi, murmura-t-elle au boucher, qui avait suspendu son geste, intrigué. Si tes affaires te préoccupent tant, réfléchis à ce que tu t'apprêtes à faire, devant ces dames et ces nobles seigneurs. Veux-tu qu'ils se souviennent de toi comme du boucher qui aura estropié un voleur ? (Sur le visage du commerçant, la colère fit place à l'inquiétude.) Te considéreraient-ils encore comme un homme bon et honnête ?

Le boucher étudia la mer de visages horrifiés ou indignés qui les entourait... La magicienne avait raison. Il perdrait tout s'il blessait le voleur.

— Mais il recommencera, grogna-t-il.

— Bien sûr qu'il recommencera, rétorqua Minuit d'un ton égal. C'est ainsi qu'il gagne sa vie. Mais ça ne veut pas dire qu'il aura la stupidité de revenir dans les parages. Il mettra même ses frères en garde contre les dangers de cette zone.

— C'est vrai ! Je ferai tout ce que dit la dame ! bafouilla l'homme à la barbe jaunie.

— Déguerpis ! grommela le boucher, faisant signe à Quillian de le libérer. Et explique à tous tes copains de la Guilde des Voleurs que Beardmere est un homme redoutable !

Le baladin resurgit sous les yeux de Minuit.

— Belle dame, dit-il de sa voix aux accents mélodieux, j'écrirai une ballade sur ta sagesse et ton courage.

Il tourna les talons et disparut dans la foule.

Les badauds retournèrent à leurs affaires. Le boucher se tourna vers elle :

— Je te suis reconnaissant de ton aide. Que dirais-tu des meilleurs morceaux de viande de Beardmere pour un mois ?

Elle sourit, amusée.

— Merci, mais je désirerais quelque chose de moins onéreux : pourrais-tu me dire comment cet ancien temple de Waukyne est devenu ton étal ?

— C'est tout simple, répondit Beardmare. Les autorités de la ville me l'ont vendu.

Minuit ne put cacher sa surprise, mais se ressaisit vite :

— Les adorateurs de la Vierge de la Liberté avaient-ils laissé des objets du culte dans ce lieu ?

— Oh, dit Beardmere, convaincu d'avoir trouvé le péché mignon de la jeune femme. Tu es collectionneuse ?

— En effet, dit-elle vivement. J'aime beaucoup les objets religieux.

Le boucher approuva. Il mena les deux jeunes gens à l'étage, jusqu'à une petite pièce qui sentait le renfermé, et encombrée de vieilles reliques : des caisses vides s'entassaient sur un plancher crasseux, près de grands livres détrempés.

— J'ai vendu quelques objets, fit le boucher en s'ôtant une toile d'araignée du visage. Mais ils n'avaient pratiquement aucune valeur. Bien sûr, il n'était pas question de les détruire, c'eût été sacrilège. Alors je les ai rassemblés ici.

Minuit frémit en tombant sur une magnifique statue de la déesse à la peau d'albâtre, plus vraie que nature. Deux lions d'or gisaient encore à ses pieds.

Quand la sphère entra en contact avec la statue, rien ne se produisit. Elle promena méthodiquement le globe de détection magique autour d'eux, le cœur battant sourdement dans la poitrine. En vain.

— Que cherches-tu ? demanda le boucher, fasciné par le globe ambré.

La magicienne s'obligea à sourire.

— Je ne saurais le dire. Mais je *saurai* quand je le trouverai.

Elle remercia Beardmere de sa patience, et ressortit en compagnie de Quillian.

— Qu'est-ce que c'est, cette chose ? demanda Quillian Dencery, d'un air faussement nonchalant. C'est magique ?

— Pas de questions, lui rappela Minuit, fermement. (Elle lui saisit le bras, impatientée.) Où allons-nous maintenant ?

Il se dégagea, agacé par la brusquerie de la jeune femme.

— Je sais où se réunissent les adorateurs de Bhaal, le Seigneur du Meurtre : dans les salles de jeu de l'*Auberge de la Moisson Noire*, presque tous les soirs, coupa le jeune homme. Si tu cherches quelque chose de spécial, comme je le crois, tu devrais y aller.

— Je t'ai peut-être mal jugé, avança-t-elle prudemment. (Bhaal était allié à Myrkul, qui avait aidé Baine le Fléau à dérober les Tablettes,) Très bien : adjugé pour *La Moisson Noire*.

Ils passèrent trois maisons, et continuèrent vers l'est. Le soleil n'avait pas bougé d'un iota depuis leur arrivée à Tantras.

L'établissement était peint en noir, avec une balafre rouge sang. Les agents du Seigneur Noir et les adorateurs de Bhaal, Dieu des Assassins, devaient être enchantés de cette sinistre vision, dans une cité marchande aux pimpants coloris.

La magicienne frémit. Pourquoi se jeter ainsi dans la gueule du loup ?

— J'ai changé d'avis, annonça-t-elle à son guide. Nous allons chercher ailleurs pour le moment. Si nous faisons chou blanc, nous pourrons toujours revenir.

Le jeune homme haussa les épaules.

— Tout ce que tu voudras, ma dame. Allons au sud, nous passerons par les décombres du temple de Sunie.

173

A la mention de la Déesse de la Beauté, Minuit pensa à Adon. Pour la première fois, elle fut soulagée que ses amis ne l'aient pas accompagnée.

En dix minutes, ils furent à destination : des amas de bois calciné...

Promenant la sphère de détection sur les décombres, Minuit, une fois encore, ne remporta aucun succès. Au bout de quelques instants, elle demanda :

— Pourquoi les Sunites sont-ils partis ?

— Je n'en sais vraiment rien. Mais il y a peut-être un moyen de le découvrir : l'*Auberge Curran* est connue sous le surnom de « La Langue Bien Pendue ». Quelques petites questions et tu devrais y apprendre tout ce que tu désires savoir.

— Une autre auberge ? s'exclama Minuit, dubitative. Tu veux m'y emmener pour que je te paie un bon repas ! (Il haussa les épaules ; elle sourit.) Très bien, allons-y.

Quillian la conduisit vers l'ouest, près du port. L'auberge était bondée ; la fête battait son plein. Minuit dut se frayer un chemin jusqu'au comptoir, suivie de son guide.

Elle se souvint du bon vieux temps où elle fréquentait ce type d'estaminets tumultueux. Il était curieux de venir encore recourir aux forts en gueule qui les hantaient. Elle ne demandait qu'à poser ses questions et repartir au plus vite. Elle s'était longtemps considérée comme une aventurière farouche, une baroudeuse en jupons. Les choses avaient bien changé en trois mois.

Toujours est-il qu'il lui fallait jouer le jeu, si elle ne voulait pas repartir bredouille.

Le barman posa les coudes sur le comptoir ; il se pencha vers elle, exhibant une haleine viciée et des yeux injectés de sang qui la tirèrent de sa rêverie.

— Ça te ferait du mal de commander quelque chose ? grommela l'homme.

— Tout dépend du genre de venins que tu débites

sous l'étiquette « bonnes bières », rétorqua la jeune femme sans se démonter.

L'homme inclina légèrement la tête :

— J'ai un élixir qui peut te bourrer complètement. Tu en tomberas à la renverse, ha, ha, ha !

Même si elle n'avait rien perdu de son art de la repartie, Minuit se lassait rapidement de ce petit jeu. Mais elle savait qu'elle n'obtiendrait rien si elle ne s'y pliait pas un peu.

— Ton élixir, tu peux aller le répandre dans les cimetières. Tu arriveras bien à renverser les mortes.

— Et encore, c'est pas gagné d'avance ! marmonna un garde près d'eux d'une voix pâteuse, avant de se fendre d'une série de hennissements hilares.

Il lui fallut un moment pour s'apercevoir qu'il était seul à rire.

Minuit ricana :

— Donne-moi le double de ce qu'il a bu. Tu pourras peut-être me dire une ou deux petites choses ensuite.

— Je peux t'en dire long comme ça, ma petite dame ! grommela l'aubergiste en s'emparant d'une grande bouteille couleur lie-de-vin derrière le comptoir.

— Je n'en doute pas, soupira l'aventurière. Ce qui m'intéresse, c'est le bâtiment réduit en cendres, à quelques pâtés de maisons d'ici. C'était le temple de Sunie, à ce qu'on m'a dit. Pourquoi les prêtres ont-ils quitté une ville aussi belle que Tantras, je me le demande. C'est la beauté qu'ils vénèrent, après tout.

Il éclata de rire, pressant la bouteille contre sa poitrine. Le liquide pétilla à l'intérieur.

— Je me souviens de ces énergumènes. Ils venaient ici dans leurs vêtements de carnaval, et déclamaient leur jolis contes fleuris comme de foutus poètes. Je ne les chassais pas à coups de balai parce qu'ils avaient de l'argent à dépenser.

— A t'entendre, ils en avaient un joli paquet, en

effet. Ça ne me dit toujours pas pourquoi ils se sont envolés.

L'aubergiste renifla de mépris.

— J'imagine qu'il est dur de concurrencer un temple qui abrite son propre dieu en chair et en os. Quand Torm a montré le bout de son nez, les fidèles des autres déités se sont faits moins enthousiastes, et ceux qui étaient encore assez fous pour...

Deux soldats avachis se redressèrent, renversant leur tabouret. Un silence de mort tomba sur la salle. Un des soudards empoigna la garde de son épée.

Le visage de l'aubergiste se ferma ; il vida ostensiblement la bouteille d'alcool sur le sol.

— Cette bouteille est vide, dirait-on. Autre chose t'intéresse ?

— Un bon repas pour mon neveu et moi, répondit-elle, placide.

Le garçon attrapa la balle au bond :

— Quillian Dencery, annonça-t-il, jovial, serrant vigoureusement la main d'un des gardes.

— Dencery, répéta l'autre machinalement. J'ai dû rencontrer ton père une fois. Un homme de qualité. Un bon soldat. C'est ta sœur ?

— Ma tante du côté de ma mère, dit-il en se tapotant la tête, un sourcil levé. Une passionnée de reliques. Vous voyez le genre !

Le garde jeta un coup d'œil à Minuit, éclata de rire, et se détourna.

Le calme revint dans l'auberge. Ils s'attablèrent, la magicienne ne quittant pas les gardes des yeux.

A l'heure de la digestion, Quillian l'emmena dans une petite maison à l'abandon.

— Les adorateurs d'Ilmater, Dieu de l'Endurance, y avaient leur quartier général. Les autorités municipales ont levé de si lourdes taxes qu'ils n'ont pas pu les payer. Les instances dirigeantes les ont alors envoyés dans des hospices d'indigents. Quelques-uns vivent même à la Maison des Petites Gens.

176

L'étrangeté de la chose rendit un instant la magicienne perplexe :

— Quel genre de taxes ?

— Une fois que s'est répandu le bruit de l'arrivée de Torm en ville, les Tormites de tout Féerune ont afflué ici, avec une tonne d'or dans leurs bagages, qu'ils ont mise à la disposition de l'Église. Il y a eu trop de richesses à Tantras et les prix ont monté. Au bout d'un temps, il a bien fallu que les autorités augmentent les impôts à leur tour. Elles ont signifié aux adorateurs d'Ilmater de payer des taxes égales à celles des Tormites, ou de vider les lieux. Tu peux deviner ce qui est arrivé.

— Comme c'est étrange. Ailleurs les Églises sont exemptées d'impôts. Ici, les dieux les amènent et les taxes les font fuir. (Elle réfléchit un instant.) A quelle distance sommes-nous de l'autel de Mystra ?

— Pas très loin, répondit-il d'un air enjoué. C'est au sud de la cité, près des garnisons.

Ils y parvinrent au terme d'une assez longue marche.

C'était une simple arche de pierre, entourée d'un mur en matériau brut, percé d'ouvertures à intervalles réguliers. Minuit ordonna à son compagnon de l'attendre, pendant qu'elle explorait le cercle de pierres, étudiant l'autel sous toutes ses coutures. Elle pénétra dans l'enceinte, et se posta devant la statue de la Dame des Mystères, au centre de l'arche. Elle ne put se résoudre à s'agenouiller et à prier... Elle n'avait qu'une envie : fuir ces lieux le plus vite possible.

Elle se raisonna, puis retourna vers l'autel, brandissant sa sphère de détection.

Qui se mit à vibrer, légèrement.

Un résidu d'enchantements, lancés il y a des années, sans doute. La magicienne se détourna. A quelque distance de là, un grand clocher attira son attention.

— Qu'est-ce que c'est ? demanda-t-elle.

— Un endroit où les enfants venaient jouer autre-fois, répondit le garçon en étouffant un bâillement. Construit selon la légende par un mage puissant Aylen Attricus. L'un des fondateurs de Tantras. On dit qu'il avait plus de mille ans quand il s'est éteint, il y a un siècle. Il a forgé la cloche de ses propres mains et construit la tour pierre par pierre. Puis il a eu recours à un sortilège pour empêcher tout être hu-main de sonner cette cloche. Il y a gravé une prophé-tie, restée indéchiffrable même pour les savants de la ville. (Il étouffa un autre bâillement et haussa les épaules.) Tout ce que je sais, c'est que cette cloche est là depuis des siècles. Elle aurait sonné une fois, et sauvé la ville, mais je n'y crois pas.

— Pourquoi pas ?

— Parce que seuls les sorciers y ajoutent foi, et que les sorciers ne disent jamais la vérité.

— Je veux la voir, exigea-t-elle, l'air sombre.

Quillian siffla entre ses dents :

— C'est dans la zone interdite, où est cantonnée la garnison. Les soldats ne laissent passer personne. (Il sourit.) Mais ils me connaissent ; après tout, je suis le fils de mon père ! Nous avons tous deux les che-veux noirs et la peau mate. On pourrait peut-être s'infiltrer en jouant encore à la tante et au neveu. Quelle famille nous faisons tous les deux !

— Alors, allons-y.

Il arrêta son élan d'une main sur son bras :

— Il y a un problème. Morgan Lisemore, le com-mandant qui nous laisserait passer sans problème, est absent jusqu'à demain soir. Si je m'adresse à quel-qu'un d'autre, il y aura une flopée de questions, auxquelles tu n'as aucune envie de répondre.

Il ne parvint pas à étouffer un troisième bâillement. Levant les bras au ciel, elle se détourna du jeune homme.

— Nous n'arriverons à rien de bon cette nuit, sou-pira-t-elle. Si on peut appeler ça une nuit. Repose-toi, et tâche de nous obtenir un cheval : demain, nous irons plus vite. Merci pour ton aide, neveu. Retrouve-moi au matin à l'*Auberge de la Lune Paresseuse*.

Dans sa chambre, elle ne trouva aucun message de ses compagnons.

Elle voulut étudier son grimoire. Ne parvenant pas à se concentrer, elle rédigea des notes pour Kelemvor et Adon. Finalement elle s'efforça de se détendre et de dormir un peu.

Le lendemain, ils repartirent à cheval visiter les temples désaffectés et les lieux de culte clandestins. La sphère demeurait obstinément muette, au grand dam de la jeune femme. A la fin du jour, ils se dirigèrent vers l'avant-poste militaire, à l'extrême sud de la ville. Ils eurent affaire à Morgan Lisemore, un homme de haute taille aux cheveux blonds.

— Ma parole, mais on dirait Quillian Dencery ! dit-il d'un ton mitigé.

Le commandant écouta son histoire de tante un peu lunatique et de voyages d'exploration, puis soupira :

— Tu sais que je déteste te refuser quoi que ce soit, mon garçon. Mais il y a des règles.

— Elle peut être rappelée chez elle à tout instant, Morgan. Ce pourrait être la chance de sa vie !

Morgan leva les yeux au ciel, avec un autre soupir.

— Très bien. Allez-y, grommela-t-il.

La tour était un obélisque de pierre grise. Un escalier intérieur, en colimaçon, menait à une cloche d'argent entourée de grandes fenêtres. Quand elle descendit de cheval, Minuit éprouva une étrange sensation dans le dos, comme si des centaines de doigts le lui labouraient de leurs ongles acérés. Elle hurla un avertissement à Quillian, et jeta son sac le plus loin possible. Une violente lueur ambrée jaillit du sac, qui parut s'embraser. Puis ce fut l'explosion, silencieuse.

Le sac de jute était réduit en charpie et l'entrée du monument complètement noircie.

Le garçon, choqué, repoussa la magicienne qui lui tendait la main.

— Tu m'as caché la vérité ! s'écria-t-il, indigné.

— Quelle vérité ? s'irrita-t-elle.

— Tu es une magicienne ! Ton art pestilentiel aurait pu nous tuer tous les deux ! hurla-t-il, fou de rage en se relevant. Je savais bien que je n'aurais pas dû te faire confiance.

Elle se détourna de lui et regarda la tour. L'explosion ne signifiait rien, se rappela-t-elle amèrement. Il pouvait s'agir de n'importe quel objet magique.

Quillian s'écria :

— Nous devons partir ! On va penser que tu cherches à détruire la cloche !

— *Toi,* tu t'en vas, siffla la jeune femme, le dos tourné. Moi, je dois y aller.

Quand elle pénétra dans l'enceinte, un silence de mort la coupa du reste du monde. Elle examina l'intérieur de la tour, totalement nu. Elle grimpa l'escalier jusqu'au sommet. Sunlar, son professeur au Val Profond, avait insisté pour qu'elle étudie les langues anciennes : l'inscription était un méli-mélo de langages divers. Tandis qu'elle scrutait les étranges lettres, désespérant d'y entendre quoi que ce soit, une lueur d'un blanc azuré jaillit subitement des glyphes incompréhensibles, élucidant le message :

Cette cloche a été moulée afin de dresser un bouclier de puissance mystique impénétrable sur la ville que j'ai aidé à construire. Ceci pour protéger ma plus belle création des plus grands dangers.

Autrefois, mon alliée bien-aimée, la magicienne Cytherai, a sonné la cloche et a sauvé la cité des épouvantables desseins d'un sorcier que je combattais. Rester en ces lieux et défendre notre foyer exigeait d'elle un immense courage, car elle eut mille fois préféré se battre à mon côté.

Seule la main d'une femme à la puissance et au cœur comparables à ceux de la mienne en des ins-

tants désespérés, pourra à nouveau faire sonner cette cloche.

Revenant sur ses pas, Minuit réfléchit à l'étrange prophétie. Les bruits du monde extérieur assaillirent ses oreilles dès qu'elle fit un pas au-dehors.

— J'ai eu une longue journée aujourd'hui et j'espère être payé, grommela Quillian, leurs montures prêtes.

Ils repartirent et chevauchèrent plus d'une heure, dans un mutisme total.

— Ne t'inquiète pas, je ne soufflerai pas un mot de ton identité, dit le jeune homme, sans cesser de regarder droit devant lui. J'évite le plus possible de me frotter à ceux de ton espèce. (Il ajouta après un instant :) L'avenir est très sombre pour toi, magicienne, je le sens. Essaie de ne pas entraîner des innocents dans ta chute.

— Je garderai cela à l'esprit, répondit la jeune femme, furieuse de se faire sermonner par un gamin de seize ans.

Même s'il y avait moins d'une décennie de différence entre elle et lui, elle avait l'impression d'avoir vieilli de cent ans depuis qu'elle avait appelé Mystra au secours, sur la route de Calantar, deux mois plus tôt.

Arrivée à l'auberge, elle paya ce qu'elle devait à son guide, ainsi qu'un bonus pour les dangers dont elle ne l'avait pas averti préalablement. Il repartit sans mot dire.

Minuit trouva un message d'un prêtre de Torm pour elle, assurant qu'Adon allait bien. A en juger par l'état chaotique de leur chambre, il était clair que Kelemvor y était venu en son absence ; il avait pris la lettre que Minuit lui avait écrite, et laissé une note griffonnée à la hâte : *Cyric est vivant.*

Le parchemin tomba de ses mains tremblantes ; la magicienne sortit en trombe, le cœur battant de frayeur.

CHAPITRE XIII

MOISSON NOIRE

Sur le parvis de l'*Auberge de la Lune Paresseuse*, Kelemvor et son amante se faisaient leurs adieux. La magicienne embrassa le guerrier pour la cinquième et dernière fois. Le guerrier plongea son regard vert dans les beaux yeux noirs et frémit.

Je ne supporterais pas de la perdre à nouveau, songea-t-il.

— Peut-être après tout, dit-il, devrions-nous rester ensemble. L'idée que tu risques ta vie ainsi...

Elle posa les doigts sur ses lèvres :

— Nous sommes tous en danger. Nous devons trouver ce que nous sommes venus chercher, sans nous éterniser. Nous serons plus efficaces si nous nous séparons.

— Oui, grommela-t-il, lui embrassant le bout des doigts. Sois prudente.

Minuit eut un demi-sourire :

— Prudence, prudence, quand tu nous tiens !

Et elle lui caressa le visage.

Kelemvor la regarda s'éloigner. Adon disparaissait déjà dans la foule. Les premières heures suivant leur séparation, Kel alla se familiariser avec les quais.

Si tout rate, nous pourrons toujours embarquer comme hommes de main à bord d'un navire marchand, songea-t-il, mais l'idée lui répugnait.

Après une heure passée à se faire éjecter de tous les entrepôts avoisinants, il déclara forfait et se dirigea vers le sud. A l'horizon, une bande pourpre et rose montait jusqu'au ciel, où elle se transformait graduellement en un bleu céruléen. Dans toutes les autres villes, le soleil disparaissait déjà.

— Etrange, n'est-ce pas ? dit quelqu'un derrière lui.

C'était un homme en uniforme chamarré, et aux yeux noisette. Un peu plus jeune que Kel, il portait une barbe châtain qui tirait sur le blond, impeccablement taillée. Il arborait un petit sourire en coin.

— Etrange ? Pas plus que ce que j'ai vu récemment, répondit le guerrier. C'est presque plaisant au contraire.

— Cette lumière éternelle en a affolé plus d'un, soupira l'homme. Pour beaucoup de mes concitoyens, elle est pire que les plus noires ténèbres qui s'abattirent jamais sur Féerune.

Le guerrier sourit en repensant aux horreurs qu'il avait affrontées à la Brèche aux Fantômes, sur la route du Val des Ombres.

— Quand les collines de cette cité se dresseront pour prendre les habitants en tenaille et les réduire en bouillie, tu pourras t'inquiéter.

L'homme éclata de rire :

— A t'entendre, on croirait que tu as vu des choses abominables.

— Abominables, et même largement pires, répondit Kelemvor, la voix lourde de tristesse.

— Incroyable. (Il lui tendit la main.) Je me présente : Linal Alprin, capitaine du port de Tantras.

— Kelemvor Lyonsbane.

— Je suis bloqué ici depuis l'*Avènement*, soupira le capitaine. J'ai été témoin de choses que je n'aurais jamais imaginées il y a un an.

Alprin et Kelemvor échangèrent quelques-unes de leurs expériences sur le chaos magique et l'instabilité de la nature depuis l'*Avènement*. D'un ton enjoué, Alprin invita le guerrier à venir dîner chez lui. Ils se retrouveraient le soir dans un magasin qui vendait de jolis chapeaux, le long de l'avenue.

Le seul chapelier de l'avenue marchande portait comme enseigne « A l'Elégante Boutique de Messina ». Kelemvor se sentait hors de son élément, à vaquer ainsi au milieu des étals de lingerie féminine... Les chuchotements des femmes, et les regards de côté qu'elles lui lançaient aggravaient encore son malaise.

Une belle jeune femme aux cheveux poivre et sel le heurta; elle semblait effrayée, et son beau visage était zébré d'une marque rouge. S'agrippant à lui, elle le supplia :

— Aidez-moi... Il est devenu fou !

Un jeune homme surgit, les poings serrés.

— C'est ma propriété ! aboya-t-il. Ôte tes sales pattes de cette garce !

Le guerrier grimaça de dégoût : l'individu était petit et minable. A en juger par son haleine avinée et son équilibre approximatif, il était fin soûl.

— Ecarte-toi, intima-t-il, malgré une petite voix intérieure qui chuchotait : « *La malédiction ! Et si elle était toujours là ! »*

C'était le moment ou jamais d'en avoir le cœur net, décida-t-il.

Le sale type fut un instant démonté. Puis :

— *Toi*, écarte-toi. C'est ma femme.

— Elle ne semble pas du même avis, gronda Kelemvor. (Il saisit la taille de la jeune femme et la poussa doucement de côté. Il dégaina. La lame d'acier étincela au soleil.) Je vais te dire : battons-nous pour elle.

L'homme jaugea l'épée et le guerrier qui la tenait à leur juste valeur, croisa le regard glacé qui le défiait, puis la mine apeurée de la jeune femme. Vaincu, il s'éloigna, tête basse. Une fois qu'il eut disparu, Kel remit sa lame au fourreau et se tourna vers l'inconnue :

— Je connais ce genre de gaillard : il a peur, mais il reviendra te chercher, tu peux en être sûre.

Il saisit la main de sa protégée et y versa quelques pièces d'or.

— Embarque sur le prochain bateau qui part pour le Cap des Corbeaux. Tu enverras chercher tes affaires plus tard.

Une larme roula sur les joues de l'inconnue. Elle acquiesça, embrassa le guerrier, puis hâta le pas vers le nord, se perdant dans la foule. Kelemvor éprouva une satisfaction qu'il n'avait plus connue depuis son adolescence. *Si je suis toujours maudit*, se dit-il, *ma disgrâce est au moins en sommeil.*

Un baladin se dressa devant lui.

— Les jeunes amours sont parfois décourageantes, soupira-t-il. Tu as fait une bonne action, l'ami. Peu de gens s'intéresseraient aux déboires d'une inconnue.

— Les bonnes actions contiennent en germe leur propre récompense, observa Kelemvor, placide.

Le baladin était un vieil homme à la belle barbe blanche et aux yeux cernés d'une pléthore de petites rides.

— A Eau Profonde se joue une tragédie de jeunes amours et de sombres désirs, poursuivit le vieil homme en plongeant son regard dans le sien. Quelques-uns pensent que le dénouement est d'une terrible tristesse, d'autres, que l'apothéose est le bonheur et la gloire. Je peux te la chanter, si tu veux.

Le baladin fit vibrer les cordes de son instrument, s'arrêta et tendit la main. Kelemvor lui donna une pièce d'or en souriant.

— Kelemvor !

Alprin sortit de la foule ; le trouvère s'éclipsa aussitôt.

— Tu sembles perplexe, nota Alprin avec sagacité.

185

— Pas perplexe, mon ami, répondit Kelemvor, le front plissé. Contrarié peut-être. Je voulais entendre ce conte que m'a promis le vieil homme.

Après avoir fait l'acquisition d'un chapeau pour sa femme, le capitaine du port entraîna le guerrier vers l'est, au cœur de la cité. Puis les deux nouveaux amis empruntèrent un tracé tortueux en direction du nord, où les rues prenaient une inclinaison escarpée. Ils parvinrent à une petite bâtisse d'un étage, et pénétrèrent dans la demeure.

— Comment va aujourd'hui ma pauvre petite épouse négligée ? héla Alprin depuis le hall d'entrée.

— Elle irait beaucoup mieux si son époux lui consacrait un peu plus de temps, répondit-on.

Une jeune femme banale aux longs cheveux noirs apparut. Elle lança un petit cri de ravissement en apercevant le beau chapeau de couleur rose.

— Pour toi, mon amour ! dit-il en riant.

Il lui posa le chapeau sur les cheveux et l'embrassa.

— Qui est-ce ? demanda-t-elle, soupçonneuse, désignant Kelemvor.

Alprin se racla la gorge :

— Un invité pour ce soir, ma chérie, dit-il, prenant son air le plus innocent.

— J'aurais dû m'en douter, répondit-elle, arborant un air ostensiblement froissé.

Puis un sourire illumina son visage, et elle saisit Kelemvor par la main.

— Mon nom est Moira. Soyez le bienvenu si vous êtes un ami de mon mari.

Une heure plus tard, au terme d'un délicieux dîner, Kelemvor narrait ses extraordinaires aventures, tout en passant soigneusement sous silence la plupart des causes de son périple.

— Que de folies ! s'exclama Alprin, ravi. Quand tu penses, Moira, que nous pourrions assister nous aussi à toutes ces merveilles !

— Pourquoi ne pas embarquer à la première occasion ? demanda Kelemvor.

Moira se leva et débarrassa la table.

— Kelemvor, répondit Alprin, l'air grave, si je peux obtenir un passage sûr pour tes compagnons et toi, quitteras-tu Tantras le plus tôt possible ?

— J'en ai bien l'intention... dans quelque temps. Mais pourquoi cette impatience de me voir partir ?

— Des gens ont disparu, murmura Alprin sans ambages. D'honnêtes gens.

Moira fit tomber une coupe de métal, qu'Alprin se baissa pour ramasser. Elle chuchota à son époux :

— Il pourrait faire partie de la clique ! Fais attention à ce que tu dis.

— Quelle sorte de gens ont disparu ? demanda le guerrier sans montrer qu'il avait surpris la remarque de Moira. Des étrangers comme moi ?

Alprin secoua la tête.

— Je ne t'en voudrais pas si tu me crois fou quand tu auras entendu mon histoire, murmura-t-il.

— Je t'écoute...

— Un de mes amis, Manacom, a disparu, commença le capitaine. Un jour là, évanoui le lendemain. Personne, que ce soit la garde ou les autorités, ne voulait en parler. Toute trace de son existence a disparu des archives municipales. J'ai voulu découvrir ce qui lui était arrivé. Quelques heures plus tard, une bande de voleurs m'est tombé dessus à bras raccourcis et m'a rossé. Les bandits m'ont laissé pour mort. Moira avait des potions, qu'elle gardait depuis notre mariage. Sans cela, j'aurais pu mourir.

— Les prêtres de Torm ne pouvaient-ils donc te soigner ? Puisque leur dieu est près d'eux, ils devraient être en mesure de guérir les gens.

— Ils en ont le pouvoir mais non la volonté, grommela Moira, revenant de la cuisine.

— Qui a enlevé votre ami ?

— Je l'ignore. Il est vrai que j'ai mon idée là-dessus. Mais pourquoi te compromettre à ton tour ?

— Tu m'as déjà compromis en me rapportant tout ceci, rit Kelemvor. Autant finir ce que tu as commencé. Tu peux au moins me dire ce qui se trame, sans mentionner de noms.

Alprin soupira et acquiesça :

— Depuis l'arrivée de Torm, on a tout fait pour faire partir les adorateurs des autres dieux. Quelques prêtres récalcitrants, comme Manacom, ont refusé de vider les lieux et se sont fait assassiner. Je suis dans la ligne de mire à présent.

— Pourquoi ne t'ont-ils pas enlevé ?

— Cela soulèverait trop de soupçons, murmura Moira. Alprin est bien connu ici. Sa disparition créerait des remous. C'est la dernière chose qu'ils veulent en ce moment.

— Si toi et tes amis fourrez votre nez partout, à la recherche de vos reliques, reprit Alprin, tu es sûr de ton affaire. Je n'ai rien pu pour mon ami. Peut-être pourrai-je te sauver, Kelemvor.

Moira posa la main sur le bras du guerrier qui se levait.

— Restez, dit-elle d'une voix ferme. Nous vous avons peut-être mis en danger en vous parlant. Le moins que nous puissions faire, c'est de vous garder pour la nuit.

Kelemvor accepta en soupirant.

Il passa la nuit dans la chambre d'enfant qui avait été aménagée avant que Moira apprenne qu'elle ne pourrait jamais concevoir. Le visiteur eut un sommeil agité. Au matin, Moira lui prépara un petit déjeuner ; Alprin était déjà parti au port. Kel ne tarda pas à retourner à *La Lune Paresseuse*. Il prit connaissance du message de Minuit, mais ne laissa pas de mot. Les commentaires de son amante sur les temples de Tantras recoupaient les soupçons exprimés par le capitaine au sujet d'une conspiration. La mention de « *La Moisson Noire* », *dangereuse et à éviter à tout prix*, tournait et retournait dans sa tête.

Au port, le capitaine du port avait déjà arrangé un passage pour Kelemvor et ses amis à bord d'une petite galère originaire de Calaunt. Le commandant de bord était superstitieux, mais fiable. Son bâtiment resterait à quai quelques jours. Pour plus de sécurité, personne ne saurait avant la veille du départ que de nouveaux voyageurs étaient prévus.

Satisfait de ces prudentes dispositions, Kelemvor interrogea son ami sur les réseaux clandestins du crime à Tantras et à *La Moisson Noire*.

— Ce n'est qu'une seule et même chose ! cracha Alprin, en jetant des coups d'œil nerveux autour de lui. Les autorités ferment les yeux sur cet abcès de fixation parce que leurs espions y glanent souvent des informations. C'est la lie de la lie, un cloaque de dépravation et de cultes démoniaques !

Kelemvor comprit les frayeurs de Minuit. Mais il se considérait comme un professionnel expérimenté, un aventurier chevronné. Il n'avait pas le choix : il devait se salir les mains.

— Mes amis et moi sommes venus ici pour une raison que je ne peux dévoiler, expliqua-t-il. Tu dois me faire confiance.

Alprin soupira et secoua la tête :

— Tu me rappelles Manacom. (Il se détourna.) Ecoute, je pensais que nous avions déjà discuté de cela hier soir. De plus, nous devrions éviter de parler en plein air. Le danger est trop grand. Attends cette nuit.

— Je ne peux pas attendre cette nuit ! coupa Kelemvor, en colère. (Ils avaient haussé le ton. On les dévisagea. Le guerrier, poings serrés, s'obligea à se détendre.) Mes excuses, murmura-t-il. Mais ce soir, il sera trop tard pour ce que j'ai à faire.

— Je n'aime pas ça, grommela le capitaine du port. Si tu es déterminé à te rendre à *La Moisson Noire*, celui que tu voudras voir répond au nom de Sabinus. C'est un contrebandier qui a des contacts parmi les

Tormites et les autorités de la ville. Vas-y ; je t'en ai déjà trop dit. Si on soupçonnait que je t'ai parlé de tout cela...

— Ils n'en sauront rien, sourit le guerrier, en tapant amicalement dans le dos d'Alprin. Tu es un véritable ami, et je te suis reconnaissant. Je te revaudrai ça.

— Alors paie ta dette en repartant de cette ville en un seul morceau, grommela Alprin.

Il s'éloigna en scrutant la foule.

Une heure plus tard, Kelemvor arriva devant le sinistre bâtiment.

Le garde, laid et obèse, ne le laissa entrer que quand il eut cité Sabinus, et prétendu qu'il possédait l'Anneau d'Hiver.

A l'intérieur, des danseurs exotiques tournoyaient sur les tables et au sol. Des parieurs se disputaient leur propre vie ou celle des autres ; on laissait les dés choisir le joueur qui, cette nuit-là, remporterait la belle jeune femme ou l'éphèbe mis en jeu. La salle empestait la sueur et la nourriture en décomposition. Des bestioles inconnues, petites boules vives de fourrure et de griffes, grouillaient à terre, à l'affût de la moindre proie.

Le dénommé Sabinus, attablé à l'écart, n'avait pas plus de dix-sept ans. Les cheveux roux coiffés en brosse, il dégageait une aura particulière, celle qui entoure les secrets poussiéreux et les anciennes reliques.

— Tu as éveillé ma curiosité, siffla-t-il. Mais ne t'avise pas de me faire perdre mon temps. L'Allonge du Dragon est remplie de rustres aux griffes trop longues... L'Anneau d'Hiver n'est pas à prendre à la légère. Je le croyais perdu à jamais.

— Ce qu'on a perdu peut se retrouver. Allons droit au but.

Sabinus eut un sourire carnassier.

— Efficace. J'aime ça. Si tu l'as, montre-le.

— Tu imagines que je l'apporterais ici ? Pour quel

190

triple idiot me prends-tu ? demanda Kelemvor.

— Ça dépend du genre de triple idiot que tu es, coupa l'autre. Aurais-tu la stupidité de me mentir ? L'Anneau d'Hiver, c'est le pouvoir. Avec lui, une nouvelle ère glaciaire pourrait s'abattre sur les Royaumes. Seuls survivraient les plus forts.

Kelemvor se pencha en avant :

— Je peux te donner l'emplacement précis de l'Anneau, et décrire les risques à courir pour s'en emparer.

— En échange de quoi ? demanda Sabinus.

En échange de la cachette de la Tablette du Destin, pensa Kelemvor, sardonique, *mais je me contenterai de quelques indices.*

— J'ai besoin de savoir pourquoi les adorateurs de Sunie, d'Ilmater et de toute autre divinité que Torm ont été chassés de cette ville... Et sur l'ordre de qui.

— Peut-être te le dirai-je, murmura Sabinus. Dis-m'en un peu plus sur l'Anneau d'Hiver. Cela devrait me rafraîchir la mémoire.

Le guerrier se souvint de tous ses compagnons massacrés par la créature, lors de cette aventure. Jubilant intérieurement, il dit tout ce qu'il en savait.

A l'écart, cachés dans les ombres, deux hommes guettaient le guerrier et Sabinus. L'un avait un masque noir à visière, l'autre était mince, nerveux, ému de voir Kelemvor tomber aussi facilement dans le piège qu'ils avaient tendu.

— Sabinus joue bien son rôle, commenta Cyric, nonchalant.

— Je n'aime pas ça, grommela Durrock. Pas plus que je n'ai aimé, pour traverser l'Allonge du Dragon, être transporté dans une caisse qui avait tout du cercueil !

— Tu n'as même pas eu à t'y cacher tout le long de la traversée, sauf quand nous avons été en vue des terres, répliqua sèchement le voleur. Es-tu superstitieux à ce point ? Crois-tu que dormir une nuit dans un cercueil signifie que tu rendras ton dernier soupir le lendemain ? Si c'est le cas, Durrock, nous devrions peut-être partir d'ici. Inutile de te battre.

— Non, gronda l'assassin défiguré, portant la main à son coutelas. J'ai déçu mon dieu. Je dois m'amender. Mais je ne veux plus revoir cette caisse. *A moins d'y contempler ton cadavre, voleur*, ajouta-t-il silencieusement.

Cyric secoua la tête en riant :

— Combien de fois dois-je le répéter ? Avec ton faciès, Durrock, nous n'aurions pas fait un pas dans cette ville. Ta réputation te précède. Tu es un assassin notoire. Cette caisse, et les contacts de Sabinus parmi les dockers, étaient les seuls et uniques moyens de t'emmener en ville sans donner l'alerte. (Sous sa visière rabattue, visiblement Durrock fulminait.) Regarde : Sabinus l'entraîne déjà. Ils descendent dans l'arène. Tu ferais mieux de te presser. Sitôt qu'il verra le piège, il réagira. (Le voleur reposa sa chope de bière et sourit.) Baine serait très mécontent si un nouvel échec se produisait.

— C'est valable pour nous deux, lui rappela Durrock en maugréant.

— Que la fortune te sourie, conclut Cyric.

A la suite des deux autres, ils empruntèrent une porte dérobée, puis une volée d'escaliers sinueux. Sabinus conduisait le guerrier crispé, tous les sens en alerte, dans des ténèbres impénétrables.

— Il y a des archives stockées ici ? gronda Kelemvor, impatient.

— Où donc les garderais-je ? se moqua l'autre. Un document t'intéresse particulièrement : un décret d'exécution... Le tien !

Une grande estrade blanche se découpa dans la pénombre. Une douzaine de torches s'allumèrent, éclairant une arène entourée de gradins à l'intention des spectateurs avides de sang et des amateurs de sensations fortes.

Sabinus, d'un bond, se mit hors de portée.

Kelemvor allait s'élancer à sa poursuite quand une ombre attira son attention : un homme immense en armure noire, casque baissé, le défiait. Durrock !

Le guerrier pris au piège se ressaisit et tira son épée d'un mouvement élégant. L'assassin descendit majestueusement les gradins, arborant une imposante lame noire gravée de runes sanglantes.

D'une main gantée de pointes aiguisées comme des rasoirs, le serviteur de Baine ôta son casque, révélant un visage hideux qui n'avait presque plus rien d'humain.

Kelemvor surmonta son horreur ; l'arène bondée éclata en cris et en huées. L'assassin s'élança, vif comme l'éclair, expert en escrime. Le guerrier vit immédiatement qu'il avait affaire à forte partie. C'était à un maître qu'il se mesurait.

Le premier échange coûta un morceau de cuir chevelu au champion de Minuit ; le second lui valut une entaille à la poitrine. Le seul moyen de s'en sortir vivant était de tuer son adversaire. Le guerrier aux yeux verts oublia sa douleur à la poitrine, feinta et se rua sur l'assassin. La lame mordit la chair du genou, mutilant le bretteur. Durrock fit passer le poids de son corps sur l'autre jambe et bondit en arrière.

La foule frémit en voyant Kelemvor se précipiter sur l'assassin. Durrock fit un roulé-boulé et para le coup de son épée noire, touchant le guerrier à l'épaule. Kelemvor, effrayé d'avoir été blessé à un point vital, adopta une posture défensive et, de sa main libre, endigua le flot de sang.

L'assassin s'appuya sur son arme pour se remettre sur pied et, prenant sa jambe valide comme point d'appui, repartit à l'attaque : Kelemvor n'eut que le temps de se jeter en arrière pour esquiver l'assaut du tueur. Percuté en pleine face par l'épée noire, il réussit à garder sa concentration et sentit sa lame pénétrer la chair de Durrock et fracasser les os de sa poitrine.

L'assassin empalé fit un ultime effort pour atteindre

le visage du guerrier honni. Il retomba inerte, vomissant le sang, sans réussir à proférer un son.

On vint traîner le cadavre encore chaud hors de l'arène. Le guerrier, épuisé, rouvrit les yeux sur les gradins... Cyric lui faisait face. Un sourire carnassier se dessina sur les lèvres minces. D'un seul coup un homme qui passait le dissimula aux regards de Kelemvor ; l'instant d'après, le voleur au nez crochu avait disparu.

Un nain glabre et contrefait vint lui proposer de l'argent, des femmes, le pouvoir ou des secrets ; Kelemvor choisit les secrets. On l'entraîna hors de l'arène pour soigner ses blessures.

Une vingtaine de minutes plus tard, il chevauchait en direction de *La Lune Paresseuse*, s'efforçant de contenir sa colère. A *La Moisson Noire*, il venait d'apprendre qu'un officiel, nommé Dunn Tenwealth, était mêlé aux disparitions dénoncées par Alprin. Tenwealth était responsable de la récupération de tous les objets à caractère religieux, abandonnés dans les divers temples. La plupart de ces objets étaient déjà ensevelis dans un caveau appelé « la main de Torm ».

Tenwealth avait très bien pu récupérer la Tablette du Destin à son insu, et, ignorant de quoi il s'agissait, la reléguer avec les autres reliques. Il faudrait le questionner, fouiller son caveau. Mais pour l'heure, il y avait plus urgent : Cyric.

Le voleur s'était allié à Baine, c'était évident. Kelemvor résolut de découvrir par quel bateau il était arrivé, de l'y cueillir au moment où il rembarquerait, et de lui faire cracher ce qu'il savait du dieu déchu avant de lui trancher la tête.

Au port, il ne trouva nulle trace d'Alprin. On lui apprit que le capitaine, après avoir lu un billet, avait quitté son poste en trombe, comme si tous les démons de l'enfer étaient à ses trousses.

Kelemvor comprit soudain : Moira, son épouse !

Il fila comme une flèche, à cheval, et parvint au

bâtiment où résidaient Alprin et sa femme. La maison était en flammes. Il eut le temps d'apercevoir, par une fenêtre ouverte, le couple qui gisait à terre : le marin, la nuque ensanglantée, un bras passé autour du corps sans vie de sa femme, en une obscène parodie de la tendresse qui les avait unis...

Sur un mur, on avait inscrit derrière eux :

J'ai été infidèle. Ceci est mon châtiment.

Une foule de voisins effrayés par le sinistre qui se propageait attendait la brigade d'intervention.

Kelemvor se pressa le poing contre la bouche ; il s'éloigna d'un pas mal assuré. La vague de chagrin qui le submergea lui fit oublier Cyric.

Terriblement secoué, il revint à l'auberge et griffonna une note pour Minuit. Allons, il en avait vu d'autres. Il n'avait plus guère d'espoir de retrouver le vaisseau espion zhentil. Brûlant d'une terrible soif de vengeance, il se résolut à rechercher Dunn Tenwealth.

Il passa de nombreuses heures à explorer les alentours de la citadelle de Tantras, puis du temple de Torm.

Quand il revint à l'auberge, Minuit l'attendait dans leur chambre, malade d'anxiété.

— J'ai passé la moitié de la nuit à te chercher dans le quartier des docks ! s'écria-t-elle en se jetant à son cou.

Ils s'embrassèrent tendrement.

— Cyric est vivant et veut me tuer, lui confirma-t-il. Adon est-il revenu ? Nous devrions quitter cette auberge, et nous cacher quelque temps. Allons dans les bas quartiers près des docks, où on ne se fera pas trop remarquer.

— Adon n'est pas rentré.

Kelemvor blêmit.

— Il est encore au temple ?

— Oui... Mais je ne sais pas pourquoi, dit la jeune femme à voix basse.

Kelemvor lui fit signe de ressortir avec lui.

— Nous devons le retrouver. Adon court un terrible danger aux mains des Tormites. Je t'expliquerai en chemin !

Minuit prit le sac de toile renfermant son grimoire, et lui emboîta le pas.

CHAPITRE XIV

TORM

Sur le parvis de l'*Auberge de la Lune Paresseuse*, Adon vit Kelemvor et Minuit se faire leurs adieux. La tendresse des deux amants était touchante, quoiqu'un peu larmoyante. Fouiller la ville serait dangereux, c'était vrai : il restait possible qu'ils ne se revoient jamais.

— Adon, dit Minuit, l'arrachant à sa rêverie. (Elle lui adressa un chaleureux sourire.) Ne te ronge pas les sangs, je t'en prie. Tout ira bien.

— C'est ce que tu dis, maugréa le prêtre.

Minuit lui empoigna le bras.

— Et cesse de t'apitoyer sur toi-même ! murmura-t-elle, avant de s'éloigner.

Adon la regarda disparaître, puis se fondit à son tour dans la foule.

Sa mission était simple. Il était accoutumé au protocole des clergés d'obédiences rivales. Sur de simples signes universellement reconnus et acceptés (mains bien visibles, pouces écartés, une phrase rituelle « Il y a de la place pour tous »), un prêtre pouvait être admis dans n'importe quel temple.

Allait-il en être ainsi en la circonstance ? Adon

commençait à en douter.

Il y avait tant de gardes aux abords du temple de Torm qu'il eut l'impression de se rendre dans une caserne.

L'aspect ordinaire et massif de la bâtisse grisâtre frappa le prêtre, qui s'attendait à une architecture plus digne de la divinité. La forteresse était entourée de murs d'enceinte, de froids et lourds portails et de guérites surveillant les allées.

Le prêtre fut admis dans l'enceinte et bientôt soumis à d'interminables interrogatoires.

Quand il s'étonna de pareils traitements devant le cinquième garde, il ne reçut pas d'éclaircissements. Il refusa de répondre aux insidieuses questions des fonctionnaires ; on le laissa seul, bouclé dans une petite cellule.

Six heures plus tard, un autre prêtre chauve vint lui rendre visite.

— Nous n'avons pas de temple dédié à Sunie ici, dit-il, traitant par le mépris ses gestes d'accueil rituels. Le Seigneur Torm est parmi nous. Il est *tout*. Il détermine les heures de la journée, la loyauté...

— ... La loyauté habite notre cœur, la raison notre esprit. J'ai déjà entendu cela, coupa Adon, perdant son calme. J'exige de savoir pourquoi on m'a soumis à ce test insultant !

Le Tormite, glacial, étrécit les yeux :

— Ta place n'est pas dans un temple de Torm, Adon de Sunie. On va te reconduire immédiatement.

Adon maîtrisa sa colère.

— Attends ! s'écria-t-il. Je ne voulais pas t'offenser.

L'homme chauve se retourna, l'air méprisant.

— Tu n'es pas un prêtre digne de ce nom, accusa-t-il. Tu n'as rien à faire dans un lieu du culte.

Le jeune homme sentit son rythme cardiaque s'emballer sous le coup de la colère et de la confusion. A aucun moment il n'avait laissé entendre qu'il avait perdu sa foi. Mais le Tormite ajouta :

— La nature des questions nous permet de procéder à des déductions, avec un degré de précision très pointu. Tu es un livre ouvert, pour nous.

Le jeune aventurier devint fébrile ; s'ils l'avaient percé à jour aussi facilement, Minuit et Kelemvor risquaient eux aussi d'être en danger.

— Je désire une audience avec le Seigneur Torm, annonça-t-il, opposant sa calme colère au dédain de l'autre.

Le prêtre chauve ne put dissimuler sa surprise, devant pareille témérité.

— Ce n'est pas une requête qui se fait à la légère. Pourquoi le Dieu de la Loyauté accorderait-il ce privilège à un misérable de ta sorte ?

— Et pourquoi pas ? contra Adon, haussant les épaules. J'ai été le témoin de phénomènes réservés aux divinités, seules capables de les comprendre et de les apprécier.

— Tels que ?

— Dis au Dieu du Devoir que j'ai vu le Seigneur Heaume en haut de l'Escalier Céleste ; que j'ai entendu son avertissement aux dieux déchus.

Le Tormite eut une grimace de haine et réprima un geste de menace. Puis il se reprit et adressa un semblant de sourire à l'adorateur déchu de la belle Sunie.

— Puisque tu es venu à Torm avec de telles connaissances, mes supérieurs voudront sans doute s'entretenir avec toi.

Il l'entraîna hors de la cellule. Adon passa la nuit suivante dans une annexe, en tendant l'oreille aux conversations des gardes. Quelques bribes attirèrent son attention :

— ... Avoir posé les yeux sur sa face est suffisant. D'autres, à ce que j'ai cru comprendre, ont même touché ses vêtements...

L'inconnu parlait avec une piété touchante ; le jeune homme en éprouva de la nausée. Aurait-il eu de tels accents d'adoration mêlée de crainte religieuse, si Sunie lui était apparue ? A une époque, sans doute. Plus maintenant.

Plus tard, deux dévots s'arrêtèrent à proximité de sa couche.

— Des paroles inconsidérées ! lança une femme effrayée. Que nul ne t'entende dire une chose pareille. Veux-tu donc disparaître comme les autres ?

Plus tard encore, un homme déclara :

— J'ai entendu parler d'un groupe d'adorateurs d'Oghma, le Dieu de la Connaissance. J'ai leurs noms et leurs adresses. Avec la grâce de Torm, d'ici la fin de la semaine...

— Le Seigneur Torm n'a pas besoin qu'on le dérange avec de telles vétilles ! répondit sèchement son interlocuteur. Donne-moi ces renseignements, et je veillerai que cette affaire soit réglée en temps et en heure...

Finalement, avant les premières lueurs de l'aube, un homme s'arrêta à la fenêtre du prêtre alité.

— Il ne doit jamais le découvrir, maugréa une voix graveleuse. Tout a été accompli en son nom. Mais le Seigneur Torm ne comprendrait pas, après avoir été si longtemps à l'écart du monde. Il ne doit jamais savoir ce qui s'est passé.

Un prêtre de haute taille, à la chevelure platine et aux yeux bleu azur, à la mine chaleureuse, vint le chercher au petit matin.

Prenant soudain conscience de sa mise débraillée, avec ses cheveux en bataille, Adon, d'une main, tenta de remettre ses boucles en ordre. Le prêtre le regarda faire, amusé. Le jeune homme abandonna.

— J'ai dormi dans mes vêtements, mes cheveux sont un désastre, et je n'ai rien mangé depuis hier, soupira-t-il. J'imagine que vous avez bien du mal à me voir comme un prêtre de Sunie.

Le prélat le guida hors des murs du petit bâtiment, vers l'allée conduisant au temple de Torm.

— Ne te fais pas de souci, Adon de Sunie, murmura-t-il, tu ne seras pas jugé sur ton apparence. Un repas spécial te sera offert ce matin. En le partageant avec toi, je te dirai tout ce que tu dois savoir.

Ils pénétrèrent dans l'enceinte du temple, traversèrent un long couloir, où s'élevaient chants liturgiques et actions de grâce derrière les portes de chêne massif frappées aux armes du dieu. Puis le couloir se scindait en deux corridors diagonaux, d'une douzaine de mètres, menant, chacun, à une porte de chêne poli. L'une des chambres était couverte de fresques à la gloire du Dieu du Devoir.

Adon se rendit compte trop tard de son faux pas quand il omit de bénir son frugal repas de fruits, de pain et de fromage. Il avait manqué un autre test, et connut le découragement.

L'homme aux cheveux platine le réprimanda doucement et lui dit :

— Tu es venu ici chercher aide et assistance ? C'est pour cela que tu as monté de toutes pièces cette histoire de message à apporter au dieu Torm ? demanda-t-il tristement.

— Peut-être, murmura Adon, affichant une mine confuse pour masquer sa peur.

— Tu as fait le premier pas vers ta rédemption, continua l'autre avec un grand sourire. Tu vas accepter notre dieu ; aujourd'hui, tu pourras te promener librement dans notre temple, et explorer toutes les pièces aux armes de Torm. Les autres te sont pour l'instant interdites... Tu t'exposes à de sévères châtiments si tu désobéis, poursuivit-il, l'air sombre. Tu dois le comprendre.

Le sourire revint, avec une nuance de menace.

— Tu ne m'as pas dis ton nom, remarqua Adon.

— Tenwealth, répondit le prélat d'un air gracieux. Abandonne cette grise mine, l'ami. Ici, tu es en sécurité, dans la paume gantée du Seigneur Torm, acheva-t-il, les bras ouverts.

Il aida Adon à se relever et s'excusa : d'autres affaires l'attendaient.

Le jeune homme passa le plus clair de sa matinée à observer des rites si ordinaires qu'il ne tarda pas à s'ennuyer ferme. Ce code n'avait rien d'impressionnant ou d'émouvant pour un prêtre qui, au cours de ses voyages, avait un jour participé à une cérémonie païenne d'une beauté terrifiante, sur les lèvres d'un cratère volcanique bouillonnant.

Au milieu de l'après-midi, après avoir envoyé un message à la *Lune Paresseuse*, il se retrouva sur un banc de jardin, face à une statue de lion doré. Il renonça à sa satisfaction de façade et réfléchit. Quelque chose de sinistre hantait ces lieux à l'insu du dieu. Comme ses semblables déchus, Torm avait eu recours à un avatar humain, prisonnier de murs sévèrement gardés et d'adorateurs aux sourires plaqués. Adon frissonna et ferma les yeux.

— Les dieux sont aussi vulnérables que nous, murmura-t-il tristement.

— Je l'ai longtemps soupçonné, fit une voix nonchalante près de lui.

Adon rouvrit les yeux sur un être d'une beauté mâle saisissante. Ses cheveux roux tiraient sur l'ambre. Sa mâchoire bien dessinée était mise en valeur par une barbe impeccablement taillée. Le regard de l'inconnu était d'un bleu profond, semé de pourpre et de noir. Son visage n'était pas sans rappeler un astre radieux.

L'homme eut un sourire sincère, chaleureux :

— Je suis Torm. Mes fidèles me nomment « le Dieu Vivant », mais tu sais déjà que ces temps-ci, à Féerune, je ne suis qu'une divinité parmi d'autres.

Les épaules d'Adon s'affaissèrent. Un nouveau test, sans nul doute. Encore un prêtre venu l'éprouver.

— Ne me tourmentez pas ! cracha-t-il. Si c'est une autre épreuve...

Torm fronça légèrement les sourcils, fit un geste en direction du moulage doré de bronze... Le lion de marbre rugit, et vint lui quémander une caresse.

Le prêtre défiguré secoua la tête.

— Beaucoup de mages peuvent réussir ce tour, dit-il. C'est folie que d'user ainsi de magie sans discernement, et je refuse de m'exposer à des dangers inutiles en restant en ta compagnie.

— Par tous les Plans ! s'écria le Dieu du Devoir, se levant et s'étirant. Cela fait bien longtemps qu'on ne m'avait plus parlé ainsi ! Je suis guerrier avant tout, et je respecte cet état d'esprit.

— Ne te mets pas en frais, mage, dit Adon avec mépris. Je souhaite qu'on me laisse en paix.

Les yeux divins s'assombrirent ; le lion enchanté approcha du dieu.

— J'apprécie l'énergie et le cran, Adon de Sunie, mais je ne tolère pas l'insubordination.

Quelque chose dit à l'aventurier qu'il avait commis une erreur en s'attirant la colère de l'homme roux. Les pointes pourpres et noires dansaient dangereusement au fond des beaux yeux bleus, où se lisaient une puissance et un savoir bien au-delà de l'humain. Adon sut que c'était le regard d'un dieu. Il courba la tête :

— Je suis désolé, Seigneur Torm. Je m'attendais à ce que vous vous déplaciez avec tout un cortège. Je n'aurais jamais cru vous trouver seul, dans un jardin.

Le dieu vivant lissa sa barbe.

— Ah, tu as enfin foi en mes paroles.

Adon frissonna.

Foi ? se dit-il, amer. *J'ai vu des dieux anéantis, tels des porcs à l'abattage. J'ai vu des fidèles se comporter en tyrans domestiques. Non, la foi ne me touche plus, de près ou de loin... Mais je sais encore reconnaître la puissance quand je la vois. Et je sais quand il faut courber l'échine pour sauver ma peau.*

Le Dieu du Devoir eut un petit sourire en coin :

— J'ai installé sur mon trône une image de ma personne, fort occupée à broyer du noir, et j'ai donné ordre de ne me déranger sous aucun prétexte, sous peine de sanctions effroyables.

— Mais comment êtes-vous arrivé ici sans être vu ?

— Les couloirs de diamant, répondit simplement Torm. Ils forment une étoile labyrinthique, dont le centre est le temple lui-même, et dont les rayons se connectent à toutes les pièces. (Il fit une pause pour flatter la crinière du lion.) Tu as un message pour moi... de la part du Seigneur Heaume ?

Adon rapporta tout ce qu'il savait, à l'exception des meurtres perpétrés par Cyric, et de la Tablette du Destin cachée à Tantras, selon Elminster.

— Baine et Myrkul ! tonna Torm. J'aurais dû me douter que ces chiens sans scrupules étaient à l'origine du vol. Mystra morte, sa puissance éparpillée dans la texture de magie élémentaire ! Bien tristes et sombres nouvelles...

Un homme passant par hasard repartit en courant donner l'alerte. Le paisible petit jardin n'allait pas tarder à grouiller de Tormites.

— Je regrette de ne pouvoir vous aider pour sauver les Royaumes, reprit Torm au bout d'un moment de recueillement. J'ai des devoirs envers mes fidèles. Mais je peux quand même faire quelque chose pour toi. Tu dois regarder dans ton cœur pour repousser les idées noires qui te rongent et te rendent si amer. Qu'étais-tu avant ton investiture ?

— Rien..., murmura Adon. Un fardeau pour mes parents. Je n'avais aucun véritable ami.

— Pourtant des amis et des amantes embellissent maintenant ton existence. Honore-les. Honore leur cause. Tu ne le pourras pas si tes peines te dévorent. Ne perds pas ta vie à t'apitoyer sur ton sort, Adon de Sunie, conclut le dieu, poings serrés, car tu ne peux servir ni amis ni dieu quand ton cœur est lourd de chagrin.

Adon entendit des bruits de pas et des éclats de voix ; les adorateurs arrivaient.

— Merci d'avoir partagé ta sagesse avec moi, Seigneur Torm, murmura-t-il. Laisse-moi remplir mon devoir envers toi : les apparences sont trompeuses, que ce soit dans ton temple ou à Tantras. Des forces mauvaises attendent leur heure autour de toi. Prête attention aux manigances de tes prêtres. Leurs offices n'ont pas tous la justice pour but.

Une douzaine de prélats firent irruption et se jetèrent aux pieds du dieu réincarné, la bouche pleine de tâches urgentes qui n'attendaient plus que son bon plaisir. Le dieu se leva, souriant, et partit, une foule empressée sur ses talons.

Adon fut reconduit dans une cellule spartiate où il resta reclus des heures.

Tenwealth vint enfin le voir, et demanda d'un ton paternel un compte rendu détaillé de l'entrevue avec le dieu. Le prêtre de Sunie se sentit bafoué.

— Qu'y a-t-il à en dire ? grommela-t-il. J'ai eu mon entretien avec Torm, et suis prêt à quitter ces lieux. Pourquoi tes gardes refusent-ils de me laisser aller ?

— Mes gardes ? répéta Tenwealth, un sourire hypocrite aux lèvres. Ce sont ceux de Torm ; ils servent le Dieu du Devoir et ne font qu'exécuter sa volonté.

— Et je suis retenu prisonnier sur ses ordres ?

— Pas exactement, admit l'autre. Il n'y a ni garde ni loquet. Il te suffit d'ouvrir la porte. D'un autre côté, tu pourrais te perdre dans le labyrinthe en cherchant la sortie... Certains n'ont jamais été retrouvés, vivants ou morts...

— Je comprends, fit Adon en s'affalant contre le mur.

— C'est bien ce que je pensais, reprit Tenwealth avec son plus beau sourire. Repose-toi. D'ici quelques heures, le Haut Conseil de Torm entendra ce que tu as à dire.

Adon songea à sa situation désespérée, puis plongea dans un sommeil sans rêve. Lorsque les gardes revinrent le chercher, il résolut d'arracher une de leurs armes à la première occasion et de mourir au combat plutôt que se laisser supplicier. Il joua les idiots tout au long de la marche, agaçant l'homme aux cheveux platine.

Au moment où il allait mettre son plan suicidaire à exécution, il aperçut un vieil homme au bout du couloir. Son cœur oublia un battement. Il courut vers l'inconnu en négligeant les cris de son geôlier.

— Elminster ! hurla-t-il. Vous êtes sauf !

Alarmé, le vieillard chenu releva la tête. Adon lui fourra sa torche sous le nez. La chaleur fit presque fondre le bout du nez du digne bonhomme.

— Maître ! s'exclama-t-il, bouleversé, tandis que les gardes le rejoignaient.

Le mage jaugea la situation, et lança immédiatement un sort. L'air crépita ; une brume bleu-blanche étincelante d'énergies brutes envahit le corridor.

Tous ici allez nous accompagner, Adon et moi, hors de ce temple et au-delà de la citadelle. Vous reviendrez et agirez ensuite comme si de rien n'était.

Des hochements de tête de Tenwealth et des gardes ensorcelés lui répondirent.

Le mage sourit : l'enchantement avait fonctionné ! La proximité de Torm n'y était sûrement pas étrangère. Il remercia la Déesse de la Chance, deux précautions valant mieux qu'une, et ouvrit la marche libératrice.

— Ôte ce sourire idiot et ces larmes débiles de ta face, grommela Elminster à Adon quand ils furent en vue des jardins. Tu vas attirer l'attention sur nous !

Sitôt leur escorte repartie, ils tentèrent de se perdre dans la foule.

Le soulagement du jeune prêtre se mua en colère.

— Ecoute-moi, vieil homme, gronda-t-il, l'attrapant par le bras dans une ruelle plus calme, nous ne serons jamais en sécurité à Tantras, où que nous nous réfugions. Le Conseil de Torm nous fera poursuivre. Pour les explications, cet endroit en vaut un autre. Je t'écoute !

— Lâche-moi, ordonna le magicien, les yeux mi-clos comme ceux d'un chat qui va bondir sur sa proie.

Adon obéit.

— Dis-moi ce qui est arrivé à Valombre, au temple de Lathandre. Je t'ai cru mort... par ma faute. Tu ne peux imaginer l'enfer que j'ai vécu !

— Tu te trompes, je peux tout à fait le comprendre, soupira Elminster.

Une voix s'éleva de la foule :

— Adon !

Le vieil homme se serait volontiers éclipsé, mais le prêtre eut le réflexe de le retenir par le bras. L'instant d'après, Minuit, suivie de Kelemvor, se jetait au cou du mage miraculé.

Le guerrier sentit la colère le gagner.

— Quelle voix mélodieuse tu as, fit-il au mage sardonique, en reconnaissant la harpe du mystérieux baladin. Quel dommage que tu l'utilises pour semer le trouble !

Adon avait peine à contenir sa fureur :

— Tu ne nous as même pas dit que tu étais vivant ! On est là, à risquer nos vies dans cette quête maudite...

— Dame Mystra est celle qui vous y a engagés, rappela le sage. Je n'ai fait qu'apporter ma contribution.

— Nous sommes des criminels traqués, dit Minuit. Adon et moi avons failli être exécutés à Valombre : on nous accusait de ta mort.

— Ce chef d'inculpation a été abandonné, marmonna Elminster, leur faisant signe de ne pas rester sur place, car ils commençaient à attirer l'attention. Je me suis rendu à Valombre. Vous n'êtes plus suspects. Restent les six gardes assassinés durant votre fuite, et dont vous aurez à répondre.

— Tu nous espionnais, explosa Kelemvor. Voilà ce

que tu faisais.

— Et que pouvais-je faire d'autre ? rétorqua le devin. Si vous avez tué ces hommes, vous ne pouvez être les champions élus de Mystra et de Féerune !

Kelemvor expliqua que Cyric était l'auteur des crimes et qu'il avait agi à l'insu de ses compagnons. Il était à présent à la solde du Seigneur Noir.

Minuit s'insurgea : rien ne prouvait, selon elle, que son ami ait commis ces meurtres. Quant à ses alliances actuelles, il pouvait très bien y avoir été forcé, comme Kelemvor un peu plus tôt, souligna-t-elle.

Elminster entraîna le petit groupe dans un sanctuaire sûr, loin de la milice de Torm. Auparavant, la jeune femme aux cheveux de jais, soutenue par Adon, supplia le mage d'expliquer ce qui était arrivé au temple de Lathandre.

— J'ai essayé d'invoquer l'Œil de l'Eternité pour mettre Baine en échec. Mais les forces surnaturelles sont devenues si instables que j'ai échoué. La faille que j'ai créée ouvrait sur l'Enfer, un endroit terrifiant, fourmillant de créatures cauchemardesques. On ne pouvait plus refermer la faille de ce côté ; la seule solution qui avait de bonnes chances de succès, c'était de la refermer *de l'autre côté*. Je me suis donc laissé glisser dans le gouffre et j'ai lancé les sortilèges nécessaires pour juguler cette épouvantable hémorragie cosmique. Restait un petit problème.

— Le retour ? lança Minuit.

— Loviathar, la Déesse des Souffrances, a élu domicile dans le Plan des Enfers. Ce ne fut pas une mince affaire que de s'échapper de là. (Il frissonna et se frotta les bras.) J'ai fini par trouver un lieu redouté des démons eux-mêmes. Un îlot de rémission, béni par Mystra des siècles plus tôt, suite à un différend avec Loviatar. C'est toute l'histoire, conclut-il en pressant le pas. Me revoilà, perdant mon temps à jacasser avec vous, tandis que la maudite garde du palais se prépare à nous donner la chasse.

En chemin, ils continuèrent à discuter de ce qu'ils avaient découvert. Apprenant le statut de Tenwealth au temple, Kelemvor trouva la pièce manquante au puzzle :

— Les prêtres de Torm, murmura-t-il, ont chassé les religieux des autres cultes de la ville pour pouvoir dépouiller de leurs trésors les temples abandonnés.

— Voilà pourquoi les Sunites ont brûlé leur temple. Ils refusaient de voir ses richesses pillées par les Tormites ! observa Minuit.

— La majorité des objets sacrés volés devrait donc être dissimulée dans le temple de Torm, conclut Adon.

— Exact ! approuva Kelemvor. Les Tormites ne soupçonnent sans doute rien. Tenwealth n'a dû y voir que du feu.

— Voilà pourquoi j'étais au temple ce matin, grommela Elminster.

*
* *

Le port de Val Balafre avait été sens dessus dessous après la disparition de la *Reine de la Nuit*. De graves conséquences avaient suivi pour la cité. Baine avait transféré son quartier général au port, le trafic maritime étant désormais soumis au contrôle des troupes noires.

Devant une montagne de cartes décrivant fidèlement les moindres mouvements de ses bataillons, dans le passé et dans l'avenir, le Dieu des Conflits, en compagnie de Tarana Lyr, écoutait son général en chef exposer sa stratégie et ses doléances. Tapant du poing, il fendit la grande table qu'il présidait. Cela fit taire les récriminations des officiers présents.

— La bataille du Val des Ombres fut un désastre,

admit calmement le dieu, après quelques instants de silence. Nous avons subi des pertes plus élevées que la normale. En revanche, nous avons réussi un coup de maître en nous emparant du Val Balafre presque sans dégâts. Mais les armées de Sembie et des Vallées essaieront bientôt de reprendre la cité. (L'état-major émit un murmure approbateur.) Le gros des forces d'occupation doit apparemment rester au Val Balafre. (Il sourit.) Mais je suis un dieu, et, en tant que tel, j'ai d'autres ressources que les humains.

Cyric entra en trombe dans la salle et comprit trop tard qu'il avait eu tort d'interrompre la séance. Ignorant la colère des généraux, Baine le somma de lui faire son rapport sur-le-champ.

— Durrock est mort, Kelemvor l'a tué, dit le voleur, tête basse. L'assassin s'est battu de façon spectaculaire, mais le guerrier l'a vaincu.

— Pourquoi ne l'as-tu pas tué ?

— Après l'échec de Durrock, mon devoir était clair : je devais revenir vous informer que Kelemvor, Minuit et Adon étaient à Tantras. (Il déglutit.) Et vous deviez savoir, Seigneur Baine, que Tantras se prépare à la guerre.

Un brouhaha parcourut la salle. Les généraux semblaient effrayés.

— Armez la flotte, et préparez les équipages en y incorporant le moins de Zhentils possible.

— Non ! s'écria Hepton. C'est une terrible erreur !

— Silence ! hurla Baine. La nouvelle de notre victoire au Val Balafre est parvenue à Tantras. Cette cité va en appeler à ses voisins, si nous lui en laissons le temps. (Il se pencha vers Hepton et gronda :) Je veux que ma bannière flotte au-dessus de Tantras dans une semaine au plus tard. *Je le veux* ! scanda-t-il. Tu m'as bien compris ?

Hepton, défait, s'inclina ; les généraux prirent congé un par un. Baine retint Cyric :

— La Compagnie des Scorpions est toujours sous

tes ordres ?

Le voleur au nez crochu hocha la tête, retenant un sourire de satisfaction : à la nouvelle du soulèvement de Tantras, le dieu déchu avait oublié sa colère.

— Je souhaite que tes troupes et toi deveniez ma garde personnelle. Mais sache une chose, cracha Baine : s'il advenait malheur à Fzoul Chembryl, c'est *ta chair* que j'annexerais ensuite ! Et je serais moins généreux : ton esprit serait entièrement écrasé. C'est bien clair ?

Il agrippa l'épaule du jeune homme et la serra jusqu'à faire craquer les os sous la chair. Cyric, grimaçant de douleur, acquiesça, puis s'empressa de quitter la salle.

Le Seigneur Noir se tourna vers la sorcière :

— Assure-toi que les portes sont verrouillées, puis invoque le Seigneur Myrkul.

Ce fut fait sur-le-champ.

Le crâne ambré du Dieu des Morts se matérialisa au milieu d'un nuage putride.

— Mes félicitations pour ta victoire au Val Balafre, commença Myrkul.

— Peccadille ! grommela Baine. Un problème réclame mon attention à Tantras. J'appareillerai avec une partie de ma flotte et...

Le Dieu des Morts se fendit d'un rictus découvrant des dents gâtées.

— ... Et je dois prendre part à la bataille, acheva-t-il.

— J'ai besoin du pouvoir que tu m'as octroyé à Valombre : l'énergie des morts, expliqua Baine, pianotant sur l'accoudoir de son fauteuil. Peux-tu le faire ?

— Pour cela, il faut des morts en grand nombre sur le champ de bataille, objecta Myrkul, circonspect. Tu as sacrifié tes bataillons à Valombre. Qui paiera le prix cette fois ?

Le Dieu des Conflits retourna longuement le problème dans sa tête. Il ne pouvait plus se permettre d'utiliser ses soldats et ses prêtres de la sorte. Cependant, pour que le sort de Myrkul fonctionne, les âmes sacrifiées devaient appartenir à des gens gagnés à sa cause.

— Les assassins..., murmura-t-il. Ils ont échoué à de multiples reprises depuis l'*Avènement* : dans le Bois des Araignées, au Val Balafre, et maintenant à Tantras. Pour cela, tous les assassins des Royaumes doivent périr et me donner le pouvoir dont j'ai besoin !

Le Dieu des Morts éclata de rire :

— Tu es devenu aussi fou que ton assistante ! Les assassins me sont utiles.

— Ah oui ? s'enquit Baine, un sourcil levé. Pourquoi cela ?

Myrkul plissa le front, faisant saillir ses pommettes sous sa peau putréfiée.

— Ils fournissent des âmes à mon Royaume, lequel en a un besoin pressant...

— Ah oui, le Royaume des Morts..., continua Baine d'un ton mordant. T'y es-tu rendu récemment ?

Tarana pouffa de rire.

Myrkul garda le silence un moment. Il reprit la parole sur un ton où ne perçait plus la moindre trace d'amusement :

— Je ne suis pas venu pour m'entendre débiter des évidences. L'accès à nos Royaumes nous est désormais interdit.

— En ce cas, toute mesure prise pour nous aider à regagner ce qui nous appartient ne saurait être tenue pour extrême ou inutile, n'est-ce pas ?

— A condition que nos efforts ne soient pas vains, maugréa Myrkul.

— Je veux reconquérir la Tablette du Destin que j'ai dû cacher à Tantras, Myrkul ! hurla-t-il, souhaitant que son vis-à-vis soit *en chair et en os* face à lui, afin qu'il puisse le frapper pour son insolence. Des forces redoutables risquent de se mettre en branle contre moi, contre nous, si Minuit et ses compagnons découvrent cette Tablette ! A Valombre, ma confiance aveugle m'a coûté une amère défaite. Plutôt mourir que de subir de nouveau cette honte !

Myrkul considéra les faits. Les fumées nauséabondes voilèrent son visage émacié, frappant son acolyte d'une panique momentanée. La projection retrouva son éclat, au grand soulagement de Baine. Il lut dans son regard que le Dieu des Morts avait décidé de l'aider.

— Si tu es si déterminé à remettre la main sur cet objet, mon aide t'est acquise, annonça Myrkul.

Baine joua les blasés :

— Je n'en doutais pas un instant.

— Tu en doutais énormément, riposta son complice. C'est l'unique raison de ma décision. Il me plaît de constater que tu ne te précipites plus dans des situations dangereuses sans préparation. (Il lui jeta un regard glacial.) Médite une chose, Seigneur Baine : tu n'auras peut-être pas mon soutien la prochaine fois.

Baine hocha la tête, mais il tenait les menaces de Myrkul pour de simples figures de rhétorique.

— Je vais invoquer le Seigneur des Assassins, poursuivit le Dieu des Morts. Je te recontacterai en temps utile. As-tu réfléchi à l'aspect que tu adopterais pour recevoir les âmes sacrifiées ? Il faut un solide réceptacle quand je canaliserai l'énergie vers toi.

Baine le Fléau resta coi.

— Ton premier avatar humain n'a pas supporté la pression ! explosa Myrkul, la rage au fond des yeux. Cette fois, elle sera beaucoup plus forte ! As-tu encore la petite statue d'obsidienne qui renfermait ton essence à la Frontière Ethérée ?

— Oui, répondit Baine, dérouté.

— Voici ce que tu dois faire...

Le Seigneur des Ossements énuméra ses instructions ; puis il contraignit Baine et la lunatique sorcière à les répéter à plusieurs reprises. Satisfait, il disparut dans un éclair grisâtre et une malodorante bouffée jaune et noire.

CHAPITRE XV

LA TABLETTE DU DESTIN

Dans une pièce obscure, entouré d'une douzaine de ses adorateurs les plus fervents et de ses hiérophantes, le Seigneur Myrkul examinait la scène à cinq niveaux, montée pour la circonstance. Des dalles de marbre émeraude et ébène formaient un escalier dont chaque marche correspondait à l'un des cinq stades de la cérémonie rituelle au cours de laquelle les assassins de Féerune allaient être sacrifiés à la cause du Seigneur Baine.

Myrkul entendait, non loin de là, les cris d'agonie et les supplications des malheureux. Le dieu déchu frissonna au souvenir de son royaume perdu, son Château des Ossements dans l'Hadès. Même si ces hurlements de souffrance n'étaient en rien comparables aux cris stridents des âmes damnées, il les savourait avec une certaine nostalgie.

Sur un signe de leur maître, des hommes en toge approchèrent, portant des sceptres à embout aiguisé, sculptés dans de l'os. Ils s'agenouillèrent, cou offert au couteau sacrificiel. Quand leur chant, mené par le dieu déchu, atteignit un crescendo, Myrkul les égorgea un à un avec leurs propres sceptres. Ils tombèrent, la bouche figée dans une plainte muette exprimant les souffrances imprévues de leurs derniers instants.

Loin des chambres secrètes de Myrkul, le Seigneur Baine patientait dans un grand entrepôt désaffecté du port du Val Balafre. A ses côtés se tenaient Tarana Lyr et sa nouvelle garde personnelle : cinq Scorpions armés jusqu'aux dents, dont Slater et Eccles.

Au centre se dressait la statuette, aux surprenantes allures de jouet d'enfant. Elle était entourée de runes complexes dessinées sur le sol.

Une colonne de volutes grises et ambre se matérialisa, perça le plafond avec violence, absorbant la figurine d'obsidienne.

— Enfin ! s'écria Baine, poing levé. Je vais connaître le vrai pouvoir !

Loin du Val Balafre, au même instant, au pied des montagnes, à l'ouest de Suzail, douze hommes tenaient conseil autour d'une table rectangulaire ayant appartenu au précédent seigneur du château Dembling. Ils venaient d'assassiner ledit seigneur avec toute sa famille. Le petit château était leur nouvelle base d'opération, mais ils ne s'en tiendraient pas là : ils avaient juré la perte du roi de Cormyr, Azoun IV.

Roderick Tem, qui trônait au bout de la grande table, était le chef de la confrérie des Cinq Couteaux, et il était las des querelles de clocher qui avaient eu raison de toutes ses tentatives pour réorganiser le groupe, pour améliorer l'efficacité et le rendement de la petite guilde clandestine de meurtriers.

— Assassins, mes frères, ces disputes ne nous mènent nulle part, proclama-t-il, en frappant la table du pommeau de son coutelas.

Il n'alla pas plus loin. Ses yeux s'écarquillèrent, et son corps se tétanisa. Un éclair vert ambré jaillit de sa poitrine, puis serpenta dans la pièce comme la foudre. En quelques secondes, le feu mystique perça le cœur de tous ses complices. Ils s'écroulèrent, frappés à mort.

Arpentant les allées détournées d'Urmlaspyr, une cité de Sembie, Samirson Yarth aperçut sa proie et dégaina son coutelas. Yarth était un tueur à gages, aux états de service impressionnants. Pas un seul de ses « contrats » n'avait échappé à sa lame. Il avait fait couler assez de sang pour que sa divinité elle-même, Barth, Dieu des Assassins, s'intéresse à sa personne.

Ce jour-là, Yarth savourait l'ivresse de la chasse. Sa victime était un artiste de cirque soupçonné d'avoir séduit l'épouse d'un haut dignitaire. Son employeur, un petit bonhomme chauve d'apparence placide, appelé Smeds, avait offert de doubler la prime si le tueur lui apportait le cœur encore chaud du saltimbanque.

Yarth attendait tranquillement devant la maison des comptables. Ils savait que son contrat allait sauter par la fenêtre et atterrir à ses pieds. L'homme se releva en souplesse et sut qu'il était attendu. L'assassin lut la peur dans ses yeux et leva le coutelas.

Alors une lueur aveuglante, verte et ambre, déchira la poitrine de l'agresseur ; le coutelas tomba à terre. Pour la première fois de sa vie, Yarth ne réussirait pas à honorer un contrat...

Très loin de là, à Eau Profonde, Bhaal, Dieu des Assassins, connut une expérience nouvelle : un sentiment de perte inouï s'abattit sur lui, et il eut peur pour la première fois.

Quittant la salle en trombe, il découvrit son fidèle Dileen Shurlef, nimbé d'une lueur verdâtre et ambrée, hurlant comme si on lui arrachait l'âme. Saisi de stupeur, le dieu bestial se rendit compte que c'était exactement ce qui était en train d'arriver.

A l'entrepôt du Val Balafre, la créature d'obsidienne avait grandi d'environ quinze mètres et ne manifestait pas la moindre intention d'arrêter sa folle croissance. Un flot régulier de lumière grise et ambre plongeait dans la figurine noire.

Baine fixait, comme hypnotisé, ce qui allait devenir

son nouvel avatar.

Devant les Scorpions, le Dieu des Conflits ouvrit largement les bras ; une langue de feu émeraude et ambre vint s'enrouler autour de lui en dansant.

— Quand je quitterai cet avatar, sa chair sera faible, son esprit désorienté. Tarana, tu resteras à l'arrière pour veiller sur Fzoul et protéger mes intérêts au Val Balafre.

— Je donnerais ma vie... ! s'écria Tarana.

— Je sais, murmura Baine, levant la main pour endiguer ses protestations de loyauté. Et tu le feras un jour. Pour l'heure, je dois partir.

Une exhalaison d'un noir mêlé de carmin jaillit de la bouche de l'homme. Elle fila vers la statue géante, laissant dans son sillage une ligne grise et ambre. Le prêtre roux s'écroula dans les bras de la sorcière. Un cri épouvantable surgit des lèvres en formation et résonna dans tout le Val Balafre.

Les bras de la statue s'animèrent lentement et se posèrent sur le visage encore dépourvu d'yeux. Des pointes effilées et tranchantes, similaires à celles que portait Durrock, jaillirent des bras, de la poitrine, des jambes et de la tête. Les volutes cessèrent de tourbillonner dans l'entrepôt désert ; les lueurs de la sculpture ensorcelée virèrent au noir rougeâtre.

Des yeux d'un rouge incandescent se ciselèrent sur la face lisse. Baine le Fléau porta ses nouvelles mains à son visage.

— Creux, dit-il d'une voix indéniablement divine. Mon univers est creux. Mon corps...

Cyric contemplait le dieu réincarné, incrédule, le cœur battant la chamade. *Posséder une telle puissance !* s'extasia-t-il. *Coûte que coûte, je me mesurerai à des êtres tels que Baine.*

Soudain, le Seigneur Noir éclata de rire. Un rire caverneux, pétrifiant, qui retentit dans toute la bâtisse.

— Je suis un dieu ! Je suis enfin redevenu un dieu !

L'immense statue d'obsidienne se mit en mouvement sans crier gare et déchira le mur frontal comme une feuille de papier mâché. Les Scorpions, à l'exception de Cyric, aidèrent Tarana à transporter Fzoul dehors avant que le toit du hangar ne s'écroule.

Ils virent leur dieu s'élancer en direction du port. Cette fois, Baine tenait la victoire !

*
* *

Tenwealth et le Conseil de Torm furent agacés par la disparition des adorateurs de Bhaal, des habitués de *La Moisson Noire* et de tous les assassins résidant à Tantras. Ils n'allaient pas retrouver de sitôt des hommes capables de les débarrasser des hérétiques pour une somme dérisoire.

D'autres problèmes retenaient leur attention : certains membres étaient partisans de tout révéler au Seigneur Torm, afin qu'il prenne conscience de l'ampleur des efforts consentis pour unifier la cité. Mais comme Tenwealth le rappelait sans cesse, le dieu nouvellement réincarné ne comprendrait pas pourquoi on avait eu recours à ces terribles mesures pour éliminer de la population les incroyants et les sceptiques. Tenwealth avait fini par embaucher, contre les plus récalcitrants, des assassins patentés, ce qui avait provoqué dans le Conseil une véritable scission. Les membres dissidents avaient disparu peu après.

En provoquant cette longue série de meurtres, Tenwealth était persuadé de servir la cause de son dieu. Torm ne manquerait pas de le remercier un jour d'un tel dévouement.

Quittant ses appartements, le hiérophante se dirigea vers la salle d'audience d'un pas léger. Tout ce qu'il avait accompli visait à la plus grande gloire de son dieu. Une fois les forces de Tantras unifiées, il avait l'intention de lui remettre la Tablette du Destin, cachée dans les fondations du temple. Torm pourrait réintégrer les Plans, suivi de ses fidèles adorateurs.

Parvenu à la salle d'audience où l'on venait de requérir sa présence, il eut la surprise d'y trouver une vaste assemblée, dont cinq vieillards au regard furieux, dans un coin. Les portes se refermèrent violemment sur le hiérophante aux cheveux platine.

Les adorateurs d'Oghma, pensa-t-il, alarmé. *Les serviteurs du Dieu de la Connaissance sont vivants ! On m'a trompé !*

Des gardes armés jusqu'aux dents formaient un cercle menaçant. Le Seigneur Torm en personne présidait, son poing ganté parallèle au sol. Le lion doré auquel il avait accordé la vie arpentait le sol à ses pieds.

L'animal poussa un rugissement ; Torm se pencha en avant pour s'adresser à ses fidèles.

— Je ne sais pas par où commencer, dit-il d'une voix sourde. La déception que j'éprouve et l'outrage que j'ai subi ne sont pas mesurables à l'échelle humaine. Si j'avais appris les horreurs que ce Conseil a commises en mon nom quand j'étais dans les Plans, j'aurais réduit ce temple en cendres.

Tenwealth fut pris de tremblements qu'il eut du mal à dissimuler.

— Ces trois derniers jours, le mortel que j'ai choisi comme avatar a donné le change, annonça Torm à l'assemblée. Tandis qu'il occupait mon trône, j'ai parcouru la ville, j'ai investi les corps d'une poignée de mes plus fidèles adorateurs, et j'ai appris de première main tout ce qui s'y tramait. (Il grinça des dents.) Ce que j'ai découvert m'a écœuré. Aucun châtiment n'est à la mesure des atrocités que vous avez perpétrées, mais sachez une chose : *vous allez être châtiés*.

Tenwealth sentit ses jambes se dérober. Tous les membres du Conseil tombèrent à genoux. *Il reste une chance de sauver notre cause sacrée !* songea le prêtre, désespéré.

— Tout ce qui a été accompli l'a été en votre nom ! s'écria-t-il. Pour votre plus grande gloire, Seigneur Torm !

Le dieu bondit sur ses pieds, et le lion rugit en contrepoint. Torm traversa la salle en quelques enjambées et empoigna Tenwealth par le collet, le soulevant du sol.

— Comment oses-tu ! hurla-t-il, levant le poing gauche pour lui porter un coup fatal.

La panique s'empara de Tenwealth :

— Nous avons la Tablette du Destin, Seigneur Torm !

Le dieu suspendit son geste, fixa le mortel, puis le laissa tomber à terre.

— Comment cela ?

— Elle est cachée dans le caveau du temple. La nuit de l'*Avènement*, quand les boules de feu ont déchiré les cieux et que votre essence s'est abattue sur l'édifice, je l'ai découverte. J'ignorais alors ce qu'elle représentait mais...

— Je t'ai révélé la véritable cause de notre venue sur terre, à Féerune, et tu en as déduit la grandeur et la puissance de l'objet que tu détenais. (Le dieu ferma les yeux.) Quelles étaient tes intentions, Tenwealth ? La revendre au plus offrant ? Baine et Myrkul, peut-être ?

— Non ! Par pitié ! supplia Tenwealth. Laissez-nous vous prouver notre loyauté, Seigneur Torm. Tout ce qui est arrivé a été fait en votre nom !

Le dieu frémit, baissant les yeux sur l'homme qui tremblait à ses pieds.

— Cesse de dire cela, murmura-t-il. Tu ne sais rien de mes désirs.

Il tourna le dos, poings serrés, et revint s'asseoir sur son trône. La rage le tenait et ne le lâchait pas. Il mesurait l'étendue du mal causé par le plan pervers de

221

Tenwealth. Tandis que le chaos s'étendait et que des hommes de valeur tombaient sous le couteau des meurtriers, lui, Dieu du Devoir, il avait à portée de la main le moyen de rétablir l'ordre et le bon droit, de remplir son *devoir* envers le Seigneur Ao. Et ses prêtres le lui avaient dissimulé, prétendument pour son bien.

Il contempla les religieux apeurés, les gardes frappés de stupeur et se vit à travers eux pour la première fois. *A leurs yeux, je ne suis qu'un tyran de plus. Rien qu'un despote, pour les faveurs duquel ils feraient n'importe quoi* .

A la question de Torm, Tenwealth répondit :

— J'ai dissimulé la Tablette derrière une illusion, et des protections magiques veillent sur elle.

Le dieu en colère n'en écouta pas davantage. Il ouvrit la bouche pour ordonner l'arrestation de tout le Conseil.

C'est alors qu'un messager entra en courant dans la salle :

— Seigneur Torm, des bateaux zhentils se profilent à l'horizon ! Ils viennent par ici ! Il y a aussi un géant de quinze mètres, un goliath qui porte une armure noire hérissée de pointes comme celle des assassins du Seigneur Noir !

— Baine ! hurla Torm. (Le lion rugit et bondit à l'unisson.) Il est venu pour la Tablette du Destin ! Convoquez mes fidèles : réunion dans une heure aux portes du temple.

— *Nous* sommes vos fidèles ! s'écria Tenwealth.

— Dans une heure, chacun de vous aura l'occasion de le prouver. (Il fit signe aux gardes.) Emmenez-les et surveillez-les de près. Que les soldats se préparent à défendre le port contre la flotte zhentille. Je me charge du Seigneur Noir.

A l'heure dite, Torm fit face à la foule de ses fidèles, le Conseil enchaîné à proximité de l'estrade.

— Le temps est compté, commença-t-il. Notre cité

va bientôt essuyer le feu des forces zhentilles. Le Seigneur Baine, Dieu des Conflits et de la Tyrannie, conquérant du Val Balafre, approche sous la forme d'un guerrier gigantesque. (Des murmures effrayés parcoururent la foule.) Je peux arrêter Baine. Pour cela, j'ai besoin de votre foi... et de votre sacrifice. (Il leva sa main gantée pour rétablir le silence.) Mon avatar s'est porté volontaire le premier pour m'offrir son essence, dit-il avec une émotion contenue. Vous devez suivre son exemple. Faites votre devoir, si vous voulez sauver Tantras.

A ces mots, il plongea les mains dans sa poitrine et en extirpa le cœur du mortel. Un torrent de force bleue se matérialisa autour de la silhouette chancelante, submergeant à la fois la frêle coquille humaine et le lion qui accourait auprès de son maître. Quand le tourbillon aveuglant s'estompa, un homme de près de trois mètres de haut, à la peau dorée, se tenait sur l'estrade. Il avait une tête léonine, et son corps crépitait d'énergie à peine maîtrisée.

— Le devoir vous appelle ! rugit la nouvelle entité. Vous ne souffrirez pas. Je ne ferai pas de mal à mes fidèles. Vous devez simplement accepter votre destin, et votre fin sera sans douleur.

— Choisis-nous, Seigneur Torm, s'écrièrent une douzaine de fanatiques.

Ils tombèrent morts, terrassés, une expression de béatitude sur leurs traits figés pour l'éternité. Des volutes bleu azur s'échappèrent de leurs lèvres entrouvertes pour se fondre dans la nouvelle essence divine.

Torm absorba leur énergie et ses proportions augmentèrent en conséquence.

Le temple fut bientôt jonché de cadavres ; l'avatar léonin atteignit une hauteur de quinze mètres.

Les prêtres du Conseil pleuraient en comprenant que leurs forfaits les privaient d'une communion totale avec leur dieu.

— C'est si beau, si beau ! sanglota un prêtre,

fasciné par la divinité qui resplendissait de l'or de mille soleils. Malgré notre ardent désir de le rejoindre, le Seigneur Torm refuse notre sacrifice !

— Quels imbéciles nous avons été ! s'écria Tenwealth. Ô dieu, pardonne nos offenses, accepte notre sacrifice ! Laisse-nous prouver notre loyauté !

Torm baissa les yeux sur les membres du Conseil. Il sentait leur agonie mentale, il goûtait presque l'anxiété qui tourmentait leur cœur maintenant qu'ils prenaient conscience du prix de leur aveuglement criminel.

Le dieu réincarné ferma les yeux et ouvrit les bras. Alors moururent les prêtres : leurs âmes fondirent sur le dieu qui les absorba les derniers. Puis, avec un rugissement, il se mit en quête du dieu des Conflits.

*
* *

A la proue de l'*Argent*, une trirème zhentille, se tenait Cyric, fixant la ville qui se découpait à l'horizon. Les Scorpions étaient restés en arrière au Val Balafre, mais la majorité l'accompagnait à Tantras, suivant les ordres explicites de leur dieu. Dalzhel, l'un des lieutenants de Cyric, homme athlétique, vêtu d'une cape noire battue par les vents, se lissait la barbe.

— Tu t'inquiètes sans nécessité, observa-t-il. La victoire ne fait aucun doute. Le Seigneur Baine en personne nous conduit à Tantras.

— Bien sûr, répondit Cyric d'une voix retenue.

Sous le regard de l'autre, il crut bon d'afficher une force tranquille.

— Nous nous baignerons dans le sang de l'ennemi.

Dalzhel le fixait toujours. Cyric réfléchit et comprit son erreur.

— Si nous y sommes contraints, nous massacrerons les Tantrasiens. Les ordres de Baine ne sont pas à prendre à la légère. Peu importe notre soif de vengeance.

Le lieutenant détourna le regard.

— Etais-tu dans le secret de la cérémonie mystérieuse : le nouvel avatar de Baine ?

— En effet, répondit Cyric, dont les yeux brillèrent. C'était impressionnant, presque... mystique.

Dalzhel hocha la tête :

— A ce que j'ai cru comprendre, trois témoins sont venus du Château-Zhentil, et le Seigneur Myrkul en personne présidait.

— C'est un peu exagéré, remarqua le v: ur, qui se mit en devoir de conter ce qu'il avait vu.

Pendant ce temps, le dieu géant pénétrait dans l'Allonge du Dragon, à l'est du Val Balafre, tandis que la flotte - quatre voiliers, trois galères équipées de béliers, et l'*Argent* -, appareillait au sud. Les trirèmes bénéficiaient d'une vitesse et d'une maniabilité supérieures à la moyenne ; l'*Argent* prit sans surprise la tête de la flotte, et passa le cap du Val Balafre à temps pour apercevoir l'avatar démesuré de Baine.

Haut dans le ciel, le soleil baignait de ses rayons la création surnaturelle qui écartait les eaux de l'estuaire à grandes enjambées, montrant le chemin à la flotte. Les remous provoqués par le géant d'obsidienne empêchaient ses vaisseaux de le suivre de trop près. Le voyage toucha à son terme au bout de deux jours. Baine avait pris deux bateaux avec lui, pour aborder Tantras par le nord, là où s'élevait le temple de Torm. Le Seigneur Noir clamait qu'il allait abattre le Dieu du Devoir et plonger la ville dans le chaos.

Cyric n'était pas dupe. Tout ce qui comptait pour le dieu, c'était la Tablette du Destin, quelque part aux abords du temple.

L'*Argent* avait reçu l'ordre de mouiller à l'extrémité nord du port, plus près de Baine que les autres bâtiments. Le grand vaisseau devait se tenir prêt, et ne prendre aucune initiative à moins d'une nécessité absolue.

Toutefois, Cyric, avait ses propres idées.

*
* *

Le repaire du sage Elminster était un taudis crasseux situé dans les bas quartiers de la ville. Les compagnons y avaient passé trois jours à se cacher et à débattre d'un nouveau plan.

— Je pense que nous devrions nous ruer dans le temple et nous en emparer, maugréa Kelemvor, absorbé dans la contemplation du fil de son épée. Et la salle centrale dont Adon nous a parlé ? dit-il en relevant la tête. Le caveau pourrait se trouver juste en dessous !

Elminster regarda le plafond.

— Tu parles comme l'imbécile présomptueux que j'ai toujours vu en toi, Kelemvor, soupira le sage. La Tablette doit se trouver dans les *corridors de diamant* mentionnés par Torm et Tenwealth.

Le mage était prêt à entendre de vives reparties, mais Minuit se dépêcha d'intervenir :

— Comment parvenir jusqu'à cette Tablette ?

Elminster s'éleva contre l'idée de recourir à la magie. Ensuite, il leur révéla l'emplacement de la seconde Tablette :

— Vous pourrez accéder à la seconde Tablette par la Cité des Morts, près d'Eau Profonde. J'ai appris cela durant mon... séjour dans les Plans. Quant à savoir si vous êtes dignes d'une telle quête...

Kelemvor expédia un direct contre le mur délabré qui lui faisait face.

— Non ! s'écria-t-il. On ne va pas aller à la chasse de l'autre ! On n'a rien à y gagner ! Que cette vieille peau de sorcier aille la chercher lui-même !

— Toujours de la graine de mercenaire, n'est-ce pas, Kelemvor ? rétorqua sèchement Elminster. Si c'est une récompense qu'il te faut...

— Ne me parle pas de récompense ! hurla Kelemvor. Maintenant que je ne suis plus sous l'emprise de la malédiction, je peux songer à d'autres choses : le bien-être de Minuit, et notre avenir. Enfin, à supposer que je sois intéressé par un pacte, tu es la dernière personne avec laquelle j'irais en conclure un ! Tu as manqué à ta parole.

— J'étais dans une mauvaise passe, maugréa le magicien. Si tu avais attendu mon retour au lieu d'aller pactiser avec le Seigneur Noir, tes paroles auraient peut-être plus d'effet sur moi.

— Nous nous mettrons en quête de la seconde Tablette, dit Minuit. (Elle posa une main apaisante sur le bras de son amant.) Mais uniquement par conviction et par libre arbitre ; je refuse de continuer à n'être qu'un pion.

Adon se souvint des paroles de Torm à propos du devoir et de l'amitié :

— Nous devrions attendre encore quelques jours. Laisser croire que nous avons quitté la ville. Alors nous agirons, et partirons pour Eau Profonde.

— Ce qui ne nous dit toujours pas *comment* nous emparer de la Tablette cachée dans le caveau du temple..., objecta Kelemvor.

Des cris alertèrent les compagnons qui virent une foule envahir les rues en réponse à l'appel de son dieu. Adon alla interroger un passant et revint, pâle, expliquer que Torm venait de mobiliser tous ses fidèles pour lutter contre Baine le Fléau. Les aventuriers sortirent et trouvèrent les rues de la ville jonchées de cadavres. Des vents surnaturels baignaient cette scène de fin du monde. Ils traînaient dans leur sillage d'étranges vapeurs azur roulant en direction du temple. Au loin, des spectres voletaient autour des tours d'or.

— Regardez ! s'écria Kelemvor, désignant un jeune prêtre qui se sacrifiait « pour la gloire éternelle de

Torm ! ».

Il venait de tomber raide mort, une buée azur aux lèvres.

Les compagnons avisèrent des chevaux et galopèrent à travers les rues de la ville morte.

Ils virent l'impensable : un géant doré à tête de lion écrasait de sa taille le temple et toutes les bâtisses ; il absorbait les lueurs bleutées qui avaient été l'essence vitale de ses adorateurs. Le monstre tourna la tête, vers la côte nord de Tantras.

— C'est Torm ! s'écria Elminster en tirant sur les rênes de sa monture. Il a créé ce nouvel avatar pour combattre Baine !

— Nous ferions mieux, cria Minuit, de gagner le temple au plus vite, au cas où Baine aurait le dessus.

En quelques instants, ils arrivèrent aux portes grandes ouvertes du temple. Un silence effrayant planait sur les salles remplies de cadavres.

— Ils ont donné leurs vies pour Torm, murmura Adon. Tous, jusqu'au dernier...

Au moment où ils pénétraient dans les quartiers de Tenwealth, un garde survivant les héla. Elminster resta en arrière pour s'occuper de cet obstacle imprévu.

Les trois aventuriers cherchèrent en vain une seconde porte dans la grande pièce austère, tandis que leur parvenait l'écho des voix d'Elminster et du garde. Puis ce fut le silence.

Ils sondèrent les murs, et Kelemvor détecta un pan qui sonnait creux. Minuit estima que la porte devait être dissimulée par un sortilège. L'idée de recourir de nouveau aux forces occultes la terrifiait. Elle se souvint alors des derniers mots de Mystra :

Utilise le pouvoir que je t'ai donné.

Elle soupira et se prépara, ignorant les protestations de ses compagnons.

La jeune fille récita l'enchantement qui permettait de détecter la présence de magie ; un symbole complexe d'énergie bleu-blanc jaillit de ses mains et percuta le mur. Il se mit tout de suite à vibrer. Des fragments d'énergie mystique jaillirent de la porte dérobée. Ils traversèrent les corps humains sans les blesser. Des dagues de lumière blanche dansèrent dans l'œil droit de Minuit. Puis tout cessa d'un coup.

La magicienne dit en tremblant :

— Je crois que je peux voir la porte.

La projection mentale qu'elle visualisait était anormale, comme si on avait superposé deux images. Sa vision redevint normale lorsqu'elle ferma l'œil droit. Mais quand elle fermait l'œil gauche, elle voyait distinctement la porte cachée par un sortilège. Avec l'œil droit, les objets physiques, personnes y compris, prenaient un aspect gris fantomatique. Seuls les sortilèges conservaient une apparence distincte.

Kelemvor avança impulsivement :

— Attends qu'Elminster revienne !

— Non, Kel, intervint Adon, le saisissant à l'épaule. C'est à Minuit d'agir, maintenant. Nous n'y pouvons rien.

— C'est un charme d'isolement qui nous empêche de voir cette porte, dit Minuit, plaçant une main sur son œil gauche. (Elle parlait d'une voix basse, lointaine, comme dans un rêve. Elle frémit.) Je crois pouvoir l'ouvrir.

Elle toucha le mur ; Kelemvor et Adon virent une porte se découper contre la paroi. Une lumière blafarde jaillit de la grande salle qu'elle gardait.

— Je vois un grand nombre de pièges de nature surnaturelle. Tenwealth a été très occupé.

Elle toucha le mur et disparut.

L'antichambre était une petite pièce d'environ trois mètres carrés, éclairée aux quatre coins par des globes lumineux. Son œil gauche décelait peu de choses : la pièce était entièrement nue, mis à part une mosaïque murale représentant un gant de Torm, et, sur le sol, une trappe en forme d'étoile.

Son œil droit lui révéla la présence d'une multitude de complexes magiques qui serpentaient dans la petite salle, comme des fils de soie entremêlés. Il y en avait de toutes les couleurs.

L'une de ces protections déclencherait l'alarme si on ouvrait la porte, une autre susciterait un épais nuage qui aveuglerait les intrus. La magicienne sourit en lisant le mot de passe de Tenwealth, inscrit au sein du canevas magique. Elle poursuivit sa prudente inspection du dispositif installé par le défunt prêtre. Ces défenses surnaturelles n'étaient pas toutes inoffensives : un sort avait pour effet de rendre sourd quiconque le déclencherait ; un autre ferait jaillir de la porte une boule de feu. Le pire était le sortilège lié au mécanisme de la serrure et conçu pour vider totalement l'esprit de l'intrus, le réduisant à l'état de légume.

Elminster entrouvrit la porte. Il s'arrêta aux cris d'alarme de sa consœur.

— Il y a des boucliers magiques : je les vois, l'avertit Minuit sans tourner la tête. Je vois ces sorts.

Le vieux sage leva un sourcil broussailleux, et se lissa lentement la barbe.

— Tu *vois* les sorts, dis-tu ? Peux-tu les désamorcer ?

— Je l'ignore, répondit-elle. Mais je vais essayer. Tu devrais refermer la porte et rester avec les autres. Si... quelque chose m'arrivait, Kelemvor et Adon auront besoin de ton aide pour trouver les Tablettes.

Il soupira et en convint.

Kelemvor se mit à jurer ; elle le voyait presque en train d'arpenter furieusement l'autre salle.

— Bonne chance, lança le prêtre balafré.

Elle inspira profondément ; les forces rebelles de la magie l'avaient jusqu'ici épargnée, elle et son entourage.

Elle prononça le mot de passe : « Le devoir avant tout. »

La toile magique se tendit et miroita ; les fils d'or étincelèrent avant de disparaître. Elle faisait face aux deux sortilèges qui gardaient l'accès du caveau : le premier lui était inconnu ; les filaments noirs du second signalaient le sort détruisant le mental.

Elle ferma les yeux et se concentra pour invoquer le charme de dispersion de la magie. Le grand prêtre défunt avait certainement eu recours à un mage puissant et elle savait que ses chances de réussite étaient minces. Elle adressa une prière silencieuse à Mystra (qui ne l'entendrait pas) et se jeta à l'eau.

La toile verte inconnue s'évanouit instantanément ; les fils noirs vinrent s'enrouler autour d'elle. Désespérée et terrifiée, elle récita l'incantation en un éclair. Un éclair bleuâtre illumina la pièce et le sort noir disparut.

Elle ouvrit la trappe qui conduisait à une petite crypte, remplie de trésors volés : plats d'or et de platine, candélabres d'argent, icônes richement décorées, une inestimable tapisserie de la Déesse du Commerce. Au milieu de ces merveilles gisait la Tablette du Destin dissimulée par Baine avant que les dieux aient été chassés de leurs Royaumes.

L'illusion qui la protégeait était aisément décelable pour sa vision surhumaine. Elle ferma l'œil gauche et inspecta le caveau : dans un coin, une lumière rouge filtrait d'un coffret. Elle se précipita et vit que la Tablette était dissimulée sous la forme d'un banal gantelet de fer. La lumière augmenta soudain, aveuglante. Minuit s'écarta en titubant.

Quand sa vision se rétablit, son œil droit était redevenu normal.

Elle revint au coffret et en sortit la précieuse Tablette : elle correspondait en tout point à la description de Mystra. En argile, une soixantaine de centimètres, avec des runes qui scintillaient à sa surface.

La magicienne revint auprès de ses compagnons, heureuse et épuisée.

Kelemvor l'étreignit :

— Nous pouvons quitter cet endroit. Dépêchons-nous avant qu'un malheur se produise !

Elminster secoua la tête, le front plissé :

— Vous avez encore à faire ici, avant de partir pour Eau Profonde. Vous souvenez-vous de ce qui est arrivé lors de l'affrontement entre Heaume et Mystra ?

— Aucun de nous ne pourrait l'oublier, répondit Minuit en mettant sur son dos le sac qui contenait le grimoire et la Tablette. Les ravages s'étendaient sur des kilomètres.

Adon hocha lentement la tête :

— Et si un dieu en anéantit un autre...

— Tantras sera détruite, conclut Kelemvor.

Minuit se tourna vers le sage :

— Il existe peut-être un moyen de sauver la ville, même si Baine et Torm s'entre-tuent. Le clocher d'Aylen Attricus : selon la légende, il n'a sonné qu'une fois.

— Je sais, coupa le mage, un sourire espiègle aux lèvres. *Selon la légende*, il a le pouvoir de protéger la ville comme un bouclier. Nous devons partir tout de suite !

Les compagnons le suivirent et sortirent du temple en courant.

— Mais le clocher se trouve au sommet d'une colline, au sud de Tantras, haleta la jeune femme. C'est à une heure de cheval d'ici, à condition d'aller à un train d'enfer et de crever nos montures ! Les avatars seront en train de s'égorger longtemps avant qu'on y parvienne.

Elminster s'éloigna un peu du groupe, pour s'absorber dans des gesticulations ésotériques.

— *Si* nous y allons à cheval, marmonna-t-il dans sa barbe.

Il lança un sort avant que quiconque ait le temps d'émettre une objection.

Un bouclier de lumière bleu-blanc se matérialisa autour des quatre aventuriers. A la grande frayeur de ses compagnons, Elminster psalmodia une incantation. Mais il ne s'agissait pas d'un sort de téléportation. Ils étaient toujours face au temple de Torm.

— Vous êtes prêts ? demanda-t-il. (Les héros, confus, échangèrent des regards.) Prends-leur la main, Minuit.

Elle obéit ; ils s'élevèrent au-dessus du sol. En quelques secondes, ils survolaient la ville.

Elminster désigna l'ouest : l'immobilité parfaite de l'avatar léonin avait quelque chose de menaçant. Torm guettait l'instant où le Dieu des Conflits quitterait l'Allonge du Dragon.

— Il faut prendre des risques, dit le vieil homme. Les dieux n'attendront pas que nous nous rendions à pied à la tour.

CHAPITRE XVI

TANDIS QUE LES DIEUX GUERROIENT

Les héros survolaient le chaos qui régnait sur Tantras : des gens couraient en tous sens dans les rues ; des adorateurs de Torm agonisaient çà et là. Des traînées d'azur - les âmes des fidèles -, dessinaient de belles circonvolutions au fil des avenues, avant de se réunir pour obéir à l'appel irrésistible du Dieu du Devoir.

Les forces militaires de Tantras étaient mobilisées, repoussant les groupes de fuyards paniqués en direction de la garnison du sud. Dans le port, vaisseaux et catapultes s'armaient. La flotte zhentille s'était arrêtée hors de portée de tir.

Kelemvor se sentait étourdi par l'air raréfié. Le guerrier aux yeux verts s'émerveillait de ce fantastique voyage entre ciel et terre.

Le prêtre défiguré contemplait la cité, loin au-dessous d'eux. Il se demanda si c'était ce que voyaient les dieux : des milliers de petits êtres frénétiques... Il ferma les yeux en frémissant.

Minuit sentit une noirceur envahir son âme. Face aux géants qui allaient s'affronter, elle savait que Mystra ne serait pas la seule déesse à périr avant que

234

le Seigneur Ao recouvre ses Tablettes.

Elminster, pratique, se concentrait sur son enchantement.

L'ancien sanctuaire de Mystra, où se dressait le clocher d'Aylen Attricus, était en vue : ils furent bientôt au pied du grand obélisque de pierre.

— La lutte n'a pas encore eu lieu ! s'écria Minuit. Tout n'est pas perdu !

Elle s'élança sur les pas d'Elminster, surpris par le silence surnaturel, et grimpa quatre à quatre l'escalier en colimaçon. Elle déroula la corde et enjoignit silencieusement au mage de sonner le carillon. Kelemvor et Adon regardaient en silence.

Elminster n'avait aucune idée de ce qu'il fallait faire, et aucune envie de nuire involontairement à sa jeune collègue.

Il se résigna à tirer sur la corde.

Rien ne se produisit.

En sueur, écarlate, il tendit la corde à la magicienne. La fibre tressée lui parut glaciale dans ses mains moites. Minuit songea aux milliers de morts, et à tous ceux qui mourraient encore si elle échouait. Elle retint son souffle et canalisa toute son énergie pour tirer sur la corde.

Un son se fit entendre, si ténu qu'elle crut un instant qu'il était le fruit de son imagination. Sentant un courant d'air froid, elle leva la tête et vit une lueur ambrée nimber la cloche ensorcelée. Des filaments noirs jouèrent à sa surface, puis s'élancèrent dans les airs.

— Ces prophéties sont fausses la plupart du temps, croassa Elminster, mais pas cette fois ! Il fallait une femme de caractère pour actionner cette cloche !

Kelemvor et Adon levèrent les yeux : la lumière sombre s'élança sur soixante mètres dans toutes les directions avant de tisser un réseau complexe d'arches, qui formèrent un gigantesque dôme-bouclier.

Kelemvor ramassa une pierre et la lança contre la

barrière : le roc rebondit.

A l'extérieur du bouclier protecteur, les avatars n'avaient pas changé de position.

Minuit fermant les yeux, se sentait vidée de son énergie.

— Est-ce fini ? demanda-t-elle. Sommes-nous en sécurité ?

— Nous, oui, s'écria Elminster, mais pas la ville ! Il faut recommencer, le carillon doit résonner sur toute la cité !

Si j'échoue, j'aurai sur les mains le sang de toute une ville, se dit-elle. *J'ai donné tout ce que j'avais, et c'est à peine si la cloche a tinté...*

*
* *

A l'autre bout de la mégalopole, les dieux réincarnés se faisaient face, sur une falaise surplombant l'estuaire. Ils atteignaient trente mètres de hauteur. Ils se jaugeaient.

— Seigneur Torm, commença Baine sur un ton mielleux, mes espions m'ont averti de ta présence, mais je ne m'attendais pas à une telle réception.

— Est-ce vrai ? tonna Torm, les babines bestialement retroussées.

— Précise ta pensée, soupira Baine.

— As-tu volé les Tablettes du Destin ? tonna Torm, sa rage retentissant dans toute la contrée. Es-tu le responsable de ce chaos ?

— Je ne peux en revendiquer tout le mérite, modéra Baine. Le Seigneur des Ossements m'a aidé. Sans parler de la réaction exagérée d'Ao, qui est pour beaucoup dans ce gâchis.

— Tu es fou, grogna Torm, les poings serrés. Tu te rends compte de ce que tu as fait ?

Torm brandit son poing droit, qu'un gantelet de métal vint recouvrir ; une épée embrasée venue de nulle part se cala entre les doigts d'acier. Il arrondit légèrement le bras gauche, et un bouclier frappé à ses armes y apparut.

Le Dieu des Conflits ne recula pas.

— Tu n'as aucune idée de ce que tu fais, Torm, soupira-t-il. Si tu me détruis, ton misérable petit camp sera rayé de la surface de la terre.

Torm suspendit sa marche :

— Tu mens.

Le rire de Baine fit trembler les toitures des maisons près des fortifications.

— J'ai vu Mystra anéantie à Cormyr, pauvre imbécile. Heaume l'a purement et simplement assassinée ! Quand elle est morte, continua la statue d'obsidienne en souriant, des éclairs d'énergie noire à l'état brut ont tout ravagé sur des kilomètres à la ronde. C'était assez joyeux, je dois dire. (Torm, choqué, se tut.) Je suis ici pour recouvrer ce qui m'appartient. Laisse mes soldats accomplir leur tâche, et je repartirai, assura-t-il. Inutile de recourir à la violence.

— Ce qui t'appartient ? Tu parles de la Tablette du Destin, cachée dans mon temple ?

Baine en resta muet de surprise. Si Torm la tenait, pourquoi ne la restituait-il pas à Heaume ?

— Je l'ai moi-même placée dans ton temple, quelques heures avant qu'Ao nous expulse de nos domaines, reprit Baine, faussement désinvolte. Une petite taquinerie de ma part : un objet volé par un serviteur déloyal, et caché dans le temple du Dieu du Devoir !

Torm agrippa la garde de son épée :

— Retourne-t'en, Baine. Je ne te laisserai pas faire. Cette Tablette est la propriété d'Ao, et...

— Epargne-moi le sermon sur ton devoir sacré, Torm, trancha Baine, méprisant. Tu devrais savoir qu'un appel à l'honneur est la dernière chose qui pourrait marcher avec moi.

— Alors il n'y a rien à ajouter, Baine, cracha son adversaire. Prépare-toi à te défendre.

Baine recula d'un pas devant l'épée enflammée. Un bouclier noir se matérialisa à son bras juste à temps pour encaisser le coup. Les deux armes mystiques éclatèrent en fragments d'énergie pure et se dissipèrent.

Baine chargea son adversaire. Dans leur fureur, les deux géants piétinèrent le temple. Baine repoussa Torm. Des cris de panique leur parvinrent de l'édifice miniature où s'était abrités une poignée de fidèles survivants. Le Dieu du Devoir sentit des larmes monter à ses yeux. Encore des vies innocentes sacrifiées...

Torm porta un coup à la gorge de son ennemi, et continua à la marteler, poussant son avantage. Désespéré, Baine tenta de happer le poing ganté. Le Dieu du Devoir découvrit ses crocs de bête fauve ; l'autre eut à peine le temps de se jeter en arrière pour éviter les redoutables mâchoires. Torm le jeta à terre d'un coup de pied en pleine poitrine ; l'impact colossal fit trembler toute la région. Les pointes hérissées de son armure s'étaient profondément fichées dans la terre et Baine tenta en vain d'éviter un nouveau coup de poing en pleine gorge. La fissure presque imperceptible de son cou d'obsidienne s'élargit. Une infime lueur ambrée suinta de la statue.

Torm ne s'en tirait pas sans dommage : l'une des piques du Dieu des Conflits lui avait perforé l'avant-bras. Le dieu léonin rugit de douleur, et s'écarta en titubant. De la plaie béante coula un torrent d'énergie azurée - les âmes sacrifiées de ses fidèles -, qu'il regarda s'évaporer dans les airs avec une fascination morbide. Il ne vit pas venir le poing de Baine qui le heurta en pleine face.

Ebranlé par la férocité de l'attaque, il riposta tardivement. Mais son direct arracha un éclat de pierre du visage de Baine le Fléau. Enragé, ce dernier bondit et le plaqua au sol. Ils roulèrent et tombèrent de la falaise en chute libre. Baine percuta les rocs à deux reprises avant d'atterrir sur la côte. Torm déracina un arbre en tentant de ralentir sa chute. Il portait à l'épaule une autre plaie béante causée par les pointes meurtrières. Il alla s'écraser à quelques centaines de mètres du Seigneur Noir.

Torm se releva le premier, décidé à tuer tous les envahisseurs zhentils, dont les bateaux se profilaient déjà dans la baie, dès qu'il en aurait fini avec leur maître.

Le Seigneur Noir jura, furieux, découvrant une nouvelle blessure sur sa poitrine.

— Imbécile ! siffla-t-il à Torm.

Le Dieu du Devoir se dressait devant lui, un immense rocher dans les bras.

— Tu dois payer pour tes crimes, décréta-t-il avant de lâcher le gigantesque bloc.

L'obsidienne éclata sous l'impact, et le visage de Baine se craquela. Le Dieu des Conflits, en représailles, infligea une nouvelle brèche mortelle à la jambe de Torm, qui recula, chancelant, pendant qu'un geyser d'énergie vitale s'échappait de ses blessures.

— Je meurs ! s'écria Baine.

Il se releva à demi, un genou au sol.

Il se mit en défense, les yeux phosphorescents, et défia à nouveau son ennemi :

— Viens, Torm. Nous allons descendre ensemble au royaume de Myrkul.

Avant que le dieu léonin puisse esquisser un seul geste, le Seigneur Noir se rua sur lui. Une douzaine de piques tranchantes percèrent l'avatar à tête de lion, qui rugit de souffrance. Les mastodontes vacillèrent, funestement liés l'un à l'autre. Baine eut un rire gras et caverneux, qui résonna sur tout l'estuaire de l'Allonge du Dragon. Torm plongea le regard dans les yeux de son adversaire et baissa sa gueule aux crocs carnassiers sur la gorge vulnérable du Seigneur Noir.

Le rire de Baine le Fléau s'étrangla.

Au sud de Tantras, Minuit cessa ses inutiles efforts. La cloche refusait de sonner.

— Essaie encore, lui ordonna Elminster.

— Je ne peux pas ! protesta-t-elle, épuisée.

Le vieux sage ne quittait pas des yeux les étranges lueurs qui incendiaient le ciel au-dessus d'eux. Des lignes de force tourbillonnaient en un vortex strié de traînées azur, ambre, émeraude et rubis. Même au-delà de la mort, les fidèles de chaque divinité poursuivaient leur conflit insensé.

Une pluie de météorites avait commencé à s'abattre sur la ville. Elle détruisait sans faire le détail constructions terrestres et navales.

Un météore rebondit sur le bouclier protecteur ; il tua un groupe de Tantrasiens qui tentaient de pénétrer dans l'enceinte magique pour s'abriter de la rage divine. Kelemvor, furieux de son impuissance, assista à l'atroce fin de ces malheureux.

A l'intérieur de la tour, Elminster sentit son vieux cœur s'emballer. Il se tourna et dit :

— Tu dois essayer encore, Minuit.

La jeune femme tomba à genoux, la corde entre les mains. Il alla vers elle et poursuivit d'une voix chaleureuse, peu coutumière chez un sorcier :

— Tu es la seule qui sois en mesure de le faire. Mystra avait foi en toi. Il serait temps de lui rendre la pareille, et de justifier sa confiance. Oublie tes craintes, et concentre-toi pour sauver cette ville.

Il se détourna. Elle imagina son carillon de toutes ses forces, et sa riche mélodie emplit ses oreilles. Elle ferma les yeux..., et comprit la cause du silence absolu qui régnait dans la tour. C'était en atteignant une concentration poussée à son paroxysme qu'un mage pouvait espérer réussir.

Elle cessa de penser. Cessa de sentir. Cessa de

respirer.

La magicienne aux cheveux de jais tira sur la corde, et la cloche sonna dans toute sa gloire, manquant lui percer les tympans. Un frisson terrifiant la parcourut des pieds à la tête. Des éclairs ambre et ébène bondirent dans les airs et dessinèrent un bouclier prodigieux au-dessus des malheureux qui fuyaient en tous sens.

Minuit continua de faire sonner la cloche. Ses forces déclinèrent au bout de ce qui parut une éternité, et elle s'écroula, le souffle court.

Kelemvor vint vers elle ; il l'étreignit tendrement.

— C'est fini, le bouclier est en place.

— C'est incroyable, murmura Adon.

Le bouclier s'étendait toujours comme une toile. Une explosion titanesque retentit : à l'horizon se dressa une forme massive. Une spirale rougeoyante dansait au cœur de l'informe nébuleuse. Une seconde émanation azur, au cœur ambré rappelant un astre radieux, s'éleva derrière la première.

Les quartiers de la ville restés sans protection, dont le temple de Torm et la citadelle, furent ravagés par des torrents de flammes qui carbonisèrent la terre et vaporisèrent les eaux de l'estuaire, bouillonnant sous l'effet de la chaleur intense. Les vaisseaux zhentils explosèrent et les troupes de Baine périrent dans les flammes de cet enfer.

Sur la côte, au nord, gisaient les avatars abandonnés, calcinés et friables. Le géant d'obsidienne était cassé en une douzaine d'endroits et décapité ; l'avatar doré du Dieu du Devoir avait été réduit en charpie. Sa fière tête léonine n'était plus qu'un masque aux yeux sans âme tournés vers les cieux.

Les essences palpitantes des divinités exilées étaient inexorablement attirées par le vortex où tourbillonnaient des milliers d'âmes humaines libérées ; à leur contact, un éclair incandescent éclata dans les airs. La spirale cramoisie qui avait été le Seigneur Baine, Dieu des Conflits, et l'essence ambrée du Maître Torm,

Puissance du Devoir, se mêlèrent au sein de ce magma en fusion. L'ultime cri des dieux retentit.

Puis ce fut le silence.

Les dieux n'étaient plus.

Dans la tour d'Aylen Attricus, Kelemvor et Adon aidèrent leur amie à se relever. Ils sortirent du clocher, suivis de loin par le sage Elminster. La foule des réfugiés se tut.

Minuit sourit de les voir sains et saufs, avant de remarquer leur mine épouvantée, où se lisait l'adoration fanatique qui avait conduit à la mort tant et tant de leurs semblables.

A voix basse, elle pria ses compagnons de la laisser seule avec le vieux mage.

— Que sais-tu de mes pouvoirs ? demanda-t-elle, dès que les autres se furent éloignés.

— J'ai *soupçonné* un certain nombre de choses dès le début. Quant à la véritable nature de tes talents, et aux plans grandioses au service desquels tu désires te mettre, je ne peux pas t'aider. Tu es bénie de Mystra, sourit-il. Le Conseil des Sorciers d'Eau Profonde sera peut-être enclin à entendre ton histoire, et à t'éclairer. Je pourrais glisser un mot en ta faveur, si tu le souhaites...

Elle soupira :

— Pourquoi te plais-tu tellement à nous rendre fous et à nous manipuler, Elminster ? Dis-moi simplement la vérité : sais-tu où est cachée la seconde Tablette, à Eau Profonde ?

— Hélas, non.

— Voilà qui ne va pas nous faciliter la tâche.

Kelemvor et Adon circulaient déjà parmi les blessés, pour prodiguer les soins les plus urgents. Minuit sourit en les voyant faire. Elle releva la tête : le ciel s'était éclairci, les rayons du soleil filtraient du bouclier d'ambre qui défendait encore la ville. L'astre solaire n'était plus au zénith ; le ciel s'assombrissait. Le soir venu, la lumière éternelle ne serait plus qu'un souvenir. *Tant mieux*, songea la jeune magicienne en se dirigeant vers les rescapés.

souvenir. Tout avau... songea la jeune magie levant en
s'affligeant vers les séismes.

ÉPILOGUE

La terrible fin de Baine le Fléau et de Torm avait creusé un gigantesque cratère à l'extrémité nord de Tantras, où s'étaient naguère dressés le temple et la citadelle. Le rivage était devenu lisse comme du verre, et une partie de la falaise s'était volatilisée. Des fragments des avatars étaient ballottés par les vagues du littoral.

Minuit, partie explorer les alentours avec ses compagnons, fut prise de vertiges à l'abord du cratère et s'évanouit. Elminster demanda l'aide d'un jeune homme aux cheveux roux coupés en brosse pour transporter la magicienne. L'inconnu réclama une pièce pour sa peine, avant de s'éloigner. Elminster, perplexe, parvint à réanimer Minuit.

— M'est avis que ce secteur est mort à la magie, lui expliqua-t-il. Rien de surnaturel, même les sorciers, ne peut s'y risquer.

— Comment est-ce possible ? demanda Minuit en se redressant. Je croyais que la texture magique enveloppait tous les Royaumes.

— Ce n'est plus le cas depuis l'*Avènement*, soupira le mage. Aujourd'hui, le trépas des dieux a déchiré la « toile ».

244

La jeune femme remonta en selle et murmura :

— Peut-on remettre en place le « canevas magique » ?

Elminster tourna la tête sans répondre.

Les deux magiciens rejoignirent Adon et Kelemvor au port, sur la jetée où le guerrier avait rencontré Alprin. Les deux aventuriers avaient aidé les autorités à restaurer l'ordre, et avaient prêté main-forte aux patrouilles pour lutter contre le pillage. Ils avaient participé au transport des blessés.

Les deux amants s'étreignirent jusqu'à ce que le vieux mage se racle bruyamment la gorge. Il s'adressa à sa jeune consœur, une lueur taquine dans les yeux :

— Pour autant que j'apprécie nos petits bavardages, il me faut quitter votre charmante compagnie. Nous nous reverrons à Eau Profonde.

Il partit, ignorant leurs protestations. Personne ne put l'arrêter.

— Je me demande si Cyric a été anéanti avec les vaisseaux zhentils, commenta Adon, rêveur.

— Non, répondit Minuit. S'il était mort, je le sentirais.

— Il ne vivra plus très longtemps, grogna Kelemvor. Dès que je lui aurai remis la main dessus...

— Laisse-lui une chance de s'expliquer, s'indigna sa compagne.

— Non ! Tu ne me feras pas croire qu'il agissait contre sa volonté à *La Moisson Noire*. Tu n'as pas vu sa surprise quand il a découvert que j'avais survécu. Tu n'as pas vu son *sourire* carnassier quand il contemplait mes plaies.

— Tu te trompes, affirma-t-elle, glaciale. Tu ne le connais pas.

— Je connais cet animal mieux que toi ! gronda-t-il, la rage brillant dans ses yeux verts. Si tu t'es laissée embobiner par ses mensonges, moi, j'ai appris depuis plus longtemps à ne plus le croire. La prochaine fois que nous nous retrouverons face à face, l'un de nous devra mourir.

— Kel a raison, Minuit, intervint Adon. Il est une menace pour nous tous et pour Féerune tout entier. Te souviens-tu comment il s'est conduit sur le fleuve Ashaba ? Peux-tu imaginer ce qui se passerait s'il mettait la main sur les Tablettes ?

Minuit se détourna, et alla au bateau où ils devaient embarquer. Elle serra son paquetage de toutes ses forces et sauta sur la passerelle.

Kelemvor jura bruyamment.

— Allons, Adon, grogna-t-il, suivons le chef.

*
* *

Dans la pénombre d'un entrepôt près de la jetée, le jeune homme roux qui avait aidé Elminster espionnait le départ des compagnons.

Il courut à une petite embarcation, tira brutalement le rameur de sa sieste, et lui fit mettre le cap au sud.

A quelques lieues de là, une trirème noire mouillait dans une crique isolée.

Le capitaine de l'*Argent* l'attendait.

— Sabinus ! l'accueillit joyeusement Cyric en l'aidant à monter à bord. Quel est ton rapport ?

Le contrebandier lui conta tout ce qu'il savait et lui fit une description détaillée du bateau des aventuriers.

Cyric sourit :

— Beau travail. Tu es un espion précieux.

— Tantras est devenue dangereuse pour moi. Tu as promis de m'envoyer loin d'ici.

— Et je suis un homme de parole, l'assura Cyric, nonchalant, en lui passant un bras autour des épaules.

Sabinus n'entendit jamais le crissement de la lame qu'on sortait de son fourreau. En revanche, il connut la fulgurante morsure de l'acier sur son cou. Cyric le poignarda à deux reprises et le poussa par-dessus bord. Le jeune homme roux mourut avant que son cadavre touche l'eau.

— Ne le prends pas mal, marmonna Cyric. Mais je n'ai plus besoin de tes services.

Sur les instructions de leur chef, Dalzhel cria aux survivants de la flottille zhentille de mettre le cap vers le sud.

Un peu plus tôt ce même jour, le voleur avait assisté à la formation du vortex dans les cieux, et il avait ordonné d'éloigner l'*Argent* des avatars. Ses hommes devaient leur vie à cette décision. Leur gratitude lui servirait dans les jours à suivre.

Cyric repensa à ses alliés d'autrefois. Il se souvint des menaces de Kelemvor et des commentaires d'Adon que Sabinus lui avait répétés. Pour une fois, songea-t-il sombrement, les deux hommes avaient raison.

Des jours auparavant, il avait décidé de n'avoir aucune pitié pour ses anciens compagnons, s'ils osaient contrecarrer encore ses désirs.

La silhouette noire de l'*Argent* s'enfonça dans les volutes glacés des brumes du petit matin.

Les **Royaumes Oubliés**
vous passionnent,
retrouvez cet univers fantastique dans

Tous les deux mois vous découvrirez
des reportages vous présentant
des univers imaginaires
comme s'ils étaient rééls …

Voyagez avec Cyric et Minuit, Conan
le Barbare, Bilbo et Gandalf, Luke Skywalker
et tous vos héros préférés !

Pour ne pas manquer un seul épisode,
abonnez-vous dès maintenant à
DRAGON® Magazine
en découpant ou recopiant le bon ci-dessous,
ou courez chez votre marchand de journaux
le plus proche.

PERRY RHODAN

La plus grande saga de science-fiction du monde

Créée en 1970, la saga de Perry Rhodan, écrite par K.-H. Scheer et C. Darlton, passionne des millions de lecteurs et constitue un véritable phénomène de l'édition.

★ *Une nouveauté tous les deux mois*

★ *Cinq rééditions par an*

FLEUVE NOIR

ANTICIPATION

De la science-fiction
à la terreur,
toutes les couleurs
de l'imaginaire !

Achevé d'imprimer en août 1994
sur les presses de l'imprimerie Bussière
à Saint-Amand-Montrond (Cher)

— N° d'imp. 2172. —
Dépôt légal : mars 1994.
Imprimé en France